LOCUS

LOCUS

LOCUS

LOCUS

to

fiction

to 48

優雅仕女的私密旅館

A Private Hotel for Gentle Ladies

作者：愛倫．昆妮 (Ellen Cooney)

譯者：劉佳音

責任編輯：江怡瑩

美術設計：何萍萍

法律顧問：全理法律事務所董安丹律師

出版者：大塊文化出版股份有限公司

台北市105南京東路四段25號11樓

www.locuspublishing.com

讀者服務專線：0800-006689

TEL：(02) 87123898　FAX：(02) 87123897

郵撥帳號：18955675　　戶名：大塊文化出版股份有限公司

總經銷：大和書報圖書股份有限公司

地址：台北縣五股工業區五工五路2號

TEL：(02) 89902588　　FAX：(02) 22901628

排版：天翼電腦排版印刷有限公司　　製版：源耕印刷事業有限公司

初版一刷：2007年 7 月

定價：新台幣 380元

Printed in Taiwan

A Private Hotel for Gentle Ladies
優雅仕女的私密旅館

Ellen Cooney 著
劉佳音 譯

獻給 Philippa Brewster

1

夏綠蒂・希斯是那麼急著要趕去和她的丈夫碰面，過了好一陣子，她才注意到雪橇上沒有繫著鈴鐺。如果鈴鐺在那裡的話，她就不會看見她丈夫，在他們住的城鎮的大廣場邊沿上，一棵榆樹下，向一名年輕漂亮的女人俯身低頭，正準備親吻她。

那時是下午三、四點左右。沒有其他人在旁。沒有人看見。除了夏綠蒂、她的馬兒、她的丈夫、那個女人外，環繞著廣場的道路，像是被遺棄了一樣。所有的房子都門窗緊閉，抗拒著寒冷。

如果不是沒有繫上那些鈴鐺的話……

她幾乎可以編成一首歌：如果不是因爲那些鈴鐺，少了那些鈴鐺，如果不是因爲少了那些叮噹作響的鈴鐺。

她的雪橇在雪地裡從穆貝瑞街行來，不應該是悄然無聲的。它應該製造出噪音，宣布自己的到臨，以雪橇本來會有的和諧又清越的叮叮噹噹鈴聲，伴隨著馬兒們的鼻鼾與呼嚕哨聲。馬兒不喜歡雪。在雪地上，牠們聽不見載具的輪子行進在沒有雪覆蓋的路面上的規律節奏，和牠們自個兒穩定的蹄步行走的喀答喀答聲。

如果他能聽見一聲警告——藉著鈴鐺，他就可以立刻辨識出是她來了——她的丈夫就可以先想出一些藉口。他可以冒充是位助孤單女子一臂之力的男士，以一種純粹合於社交禮儀的樣子，假裝他們正要穿越公園漫步，並且一點也不介意那裡的路面上積滿了雪。大廣場現在是雪白的，邊沿有堆高的雪牆，雪花四處飄揚，如同北極凍土帶，絲毫沒有城裡大塊綠地的原貌。冰凍刺眼的陽光照在樹上，灑落在每一根樹枝上，像是再加了一層冰屑一般。

那個女人是誰？夏綠蒂不認識她。

路上的雪積得很深。雪橇的輪刃劃過雪地，就像孩子們玩的小橇一樣順暢。即使夏綠蒂是在東部長大，而且深愛著冬天，她依然感受到，在雪地上無聲地滑行著的前進者有一種本質上的不自然。

那是一九九〇年的二月中旬。她其實應該爲這新世紀的來臨，而感到高興與樂觀。單單發覺自己依然活著的，似乎並不足夠使她驚異不已。

她丈夫花了好一陣時間，從那名女子的身邊調轉身來，爲了不讓那個吻眞正發生。妳得要夠瞭解他，才會明白他正說著（用表情而不是語言）：「這個我們得延遲。」

夏綠蒂想起去年夏天的某個時候，廚娘的女兒和兒子從馬廄把她雪橇上的鈴鐺拿到廚房玩遊戲去了。他們沒有把鈴鐺放回去，他們就是這副德性。除了夏綠蒂和廚娘派蒂太太外，整個家裡對這兩個孩子的看法是：他們就像兩隻在牆上掘洞進出的紅毛松鼠，非常需要被移置。

他們現在離開了，和他們的母親一起搬去波士頓了。夏綠蒂愛他們。她一直臥病在床。從一方面來說，她虧欠他們，她自己的性命。

她的馬兒很喜歡那些鈴鐺。她擁有比她需要用到的多的多，各種尺寸的鈴鐺都有。有的像鈕扣一樣小；有的則像拳頭一般大。她總是在收集雪橇的鈴鐺。是希斯家鼓勵她培養有關音樂上的興趣的。她小時候並沒有學會任何一種樂器。鋼琴她很糟，提琴更糟，其他弦樂器也很糟，更糟的是木管樂器。曾有人說過她缺少對音階和音符的獨特音感，而且也無法分辨調性。她沒有耐性。

也許馬兒比她清楚前方有什麼在等著。牠們不尋常地安靜。在轉上穆貝瑞街後，牠們大幅減慢了該有的速度。

他們位於波士頓南方的城鎮，是移民時代早期建立起來的。它是一個滿布清教徒的地方：有著大房子、良好的習俗、現代化的便利、細膩、專業、神聖的傳承、一切循規蹈矩。她丈夫愛他們的家，就像愛一個他能夠開開心心合適地住進去的盒子一樣。不過他也隨時準備好突破約束而去。夏綠蒂就從未跟隨他去過任何一趟業務上的出遊。

那是他自小居住的房子。它巨大無比，整條街上唯一的一幢住宅。希斯家族的一員在一八二〇年從一位因爲海上生意致富、又因爲一次差點造成海難事件而變成虔誠教徒的人手中買來的。這位前屋主原本想把此幢房舍用做一個自給自足、訓練傳教士的學校，但是這一切從未實現過。

房子優雅且樸素，有許多加上去的翼廂和隱藏起來的房間，可以在裡面遊逛幾小時，而看不見其他人。她丈夫的兩位姊姊和她們的丈夫住在這裡，還有他另外兩位還沒有出嫁的姊姊、他的兩位哥哥和他們的太太，以及夏綠蒂的公公婆婆，都住在一起。

一打的他們。她，只有一人。

希斯家的孩子們——其中六個的父母住在這幢房子裡——現在在住校；兩個年紀大到可以在外面建立自己的家。而夏綠蒂的丈夫，則是這家族裡的寶貝。

他從未想過要住在其他的地方，甚至不包括他們夏天的住處——在安角，海岸旁邊，一個名叫雛鴿灣的小村裡——那是不論季節，夏綠蒂總渴望置足之地。他並不喜歡海。夏季裡，他會忍受每個月在那兒度一次周末，只因爲那是別人期待於他的事。他討厭潮濕。

最近，他在俄亥俄州忙於處理工廠轉型所牽扯到的財務安排事宜。因爲一位伯父的遽然離世，才被家族叫回來的。他是帶著這個女人一起回來的嗎？

他在中西部大做生意，而且對他所搭乘的抵達那兒的火車，抱持著一種近乎情愛的私人關係：他曾經爲鋪設部分鐵道籌集資金。而那家正在改頭換面的工廠，則是由製造廚房設備與爐具的生意，轉變爲生產自行車。

每個人都需要爐子，但是每個人都渴望擁有一部自行車。這就是財富眞實產生的地方。她丈夫自己並沒有騎自行車（據她所知是沒有），但是他預備給她一輛，如此一來，在未來她就可以在小徑上騎車，像他的姊姊、嫂子們一樣。這裡的「未來」是指「如果有一天妳痊癒的話」。總是有一個「如果」。他們認爲她是永遠也不會痊癒的了。

假如他買給她一輛自行車，她會把它放在院子裡，任由它生鏽蝕壞。或者她會把它送給女僕們。她只對一種騎乘有興趣。

在穿越過鎭的一路上，她放任馬兒們馳騁。她的耳朵仍然因爲有冰冷空氣快速掠過而嗡嗡響著。她的心臟還未自那種胸腔彷彿被一隻大手緊捉住，然後再施放的美好興奮感中，回復以往的跳動方式。

她並不魯莽。關於速度，她有自己的看法。在她生病以前，人們總是告訴她丈夫，叫她走路不要那樣急促。他會說：「夏綠蒂，妳必須改變妳走路的方式，妳一定要慢下來。」然後她就會說他是對的，他們都是對的，接著她會用一種女人的碎步小跑出鎭，再飛快地奔跑過樹林、田野和林道，在那些地方，除了上帝，沒有人會看見她。

沒有鈴鐺。只有一片寂靜。

她丈夫和那個女人一定才剛從她預備前去的房子離開。它屬於她丈夫的伯父，那位剛過世的老人。一位希斯家的叔伯輩，歐文，這個家族中做律師的那一派。

發生在前一天早上的事；他八十多了。在他那宏偉美麗，裝滿了大理石、發亮木頭，與法式家具的樓房中，他們爲他守靈。

她丈夫則是屬於這家族中搞財務的一派。派蒂太太向她的子女介紹她丈夫時，是這樣說的：「我們的希斯先生有很多錢。他經管事務。」他喜愛這樣的介紹字眼。「他自己擁有事物，而當人們要得到某些東西，或要製造某些東西時，他們付給他錢，他就去安排一切。」

夏綠蒂看見那女人如何鬆開她丈夫的手臂。慢慢地，不甘願地。滿懷自信地。當人們在僕人走進房間而不得不停止談論私事時，用的也是這樣的態度。

她拉緊韁繩，兩匹馬停了下來。她知道她看起來是太浪費了點，爲了這麼點輕的雪橇，用上兩匹馬，但牠們討厭被拆開。牠們很年輕，有著美麗的栗色毛，昂首挺立，自傲又健康。自從她上一次帶牠們出外，已經有好一段時間了。而牠們不停地要讓她瞭解，牠們有多麼高興再和她一塊，雖然牠們從未和她眞正分離；在她生病時，管馬廄的人每一天總會把牠們牽來她的窗前。

她丈夫脫下帽子——一頂堅硬深色的帽子。那是一頂弔喪的帽子。他撣著帽頂，好像大堆的雪曾經落在上面，用重量壓著他。但是其實沒有任何雪在那兒；他是在延宕著。他花了很長的時間才把它再戴回頭上，而且以一種不適合他的笨拙態度。他驚訝地看見妻子和馬兒與雪橇悄無聲息地來到他面前。他並不習慣於被占先。

約翰・海華・希斯。海斯，大家這樣叫他。

滑稽的是，他一開口是先向著那個女人說話，而不是向著她。不過至少他不用耳語的方式。

「嗯，這是夏綠蒂和她的馬兒。」女人不知道夏綠蒂是誰——或者她是裝作她不知道。海斯說：「我妻子。」

女人穿著一件毛皮外套——深色的貂皮——和一頂搭配的帽子，以及一雙時髦的皮靴，非常窄且是尖頭的。即使隔著皮外套，也可以看出她的緊身衣有內襯鋼條。內襯鋼條的緊身衣有獨特的造型。上衣有個收緊的腰身且附了條皮帶，正好在她的腰中間束了起來，打上一個完美的扣環。

夏綠蒂有很長一段時間，沒有穿過緊身馬甲了。她在生病期間瘦了好多，所以也不需要緊身衣了。但是她的確下過決心永遠不再穿它。當人從病床上爬起來時，就不會覺得自己還是原來的那一個自己。只要想到自己是個孱弱的病人，就足以使她瘋狂。

嗯，這是夏綠蒂和她的馬兒。夏綠蒂和她的馬兒。這句話聽起來，幾乎也像是一首歌曲。

她看見丈夫注視著那個女人的方式。

他的面孔柔和。她熟知那一副表情：嚴肅、坦露，帶著一種遲早會得到滿足的渴望。他擁有這種本質。他是那種一旦知道他要的是什麼，在獲得滿足前是不會離開的人。

直到現在，她一直相信只有兩樣東西會勾起他這副表情：對她的渴望，這是在她生病之前，以及小嬰兒，特別是當別人抱個新生兒給他看，或者僅僅在他面前提到這個話題的時候。

她不知道她得支付多少精神，不停地去爲自己一直無法生養一個孩子而說抱歉。從其他女人那裡，她瞭解她應該不要停止嘗試，永遠不應該放棄希望。她應該把三次流產都當作排練，或是必須繳付的稅費，好像一個完整的懷孕過程是她終將弄對的事，她終將贏得勝利的事。她會發展出一種才能，在每個月的那一段期間，不去在意自己的血。她也避免穿任何一種紅色調的衣服。

在夏季別莊那兒，有一名女僕養了一隻母貓。牠不能到戶外去，因爲夏綠蒂已經退休的公公在研究鳥類。院子裡到處是飼料器，樹上也滿是鳥屋，還有特殊的花栽與灌木，是爲了吸引某種特殊的鳥類前來。在這種環境裡，貓無疑是謀殺犯。

這隻貓感覺到自己處身孤絕的限制中。所有的女僕也爲牠難過；後來有一天，一位漁夫帶來了一隻細瘦的橘色小貓。那隻成貓叼住小貓的頸子，把牠帶到黑暗的角落去——去毀掉牠或是收養牠——那一刻，夏綠蒂正好在那裡。她總是喜歡到廚房去的。

那是她生命中頭一遭理解到，被純粹、刺痛、燒灼的嫉妒貫穿身體是怎樣一種感覺。貓兒再次驕傲誇耀地走回陽光中，展示著牠的寶貝，好像在對人說：「我不記得經歷過生產過程，但是我推想我一定經歷過，而現在我非常開心。」夏綠蒂看著那隻貓舔著小貓身上每一部分，但從此以後，直到小貓長大之前，她總遠遠地避開屋子裡的那個角落。

和她丈夫在一起的這個女人，看起來不是產婦的類型。她的帽子斜戴成一個獨具風格的角度，並不顧及這是一個守靈辦喪事的場合。

海斯和女人彼此站離開了一點。他們表演得很好。他們看起來也就像陌生人一樣。他們看起來就像即使並不想分開，仍然能很習慣於分開狀態的兩個人。

在他發覺到妻子正在穆貝瑞街中央的那一刻，她丈夫的臉上並沒有顯露出任何罪惡感。她不應該出門的。他看起來很驚訝，不過並不覺得內疚。夏綠蒂想著，他並不認為親吻別的女人這回事，是什麼不正當的事。他看起來，就似乎他做的事並沒有任何錯。

「我正要去看你的伯父。」夏綠蒂大聲說出來，彷彿他開口詢問。她本來想給他一個驚喜；如果不算上那些鰥夫的話，在親戚間他是唯一沒有妻子陪伴在身邊的先生。他總是那個沒有妻子在旁的希斯。她認為他在意這一點。他並不特別親近歐文伯父，但這並不妨礙他去扮演他嫻熟的那一部分；一個做他該做之事的男人。一個把事情搞定的男人。

一個攫獲事情的男人。

希斯家總是對弔唁——與一切儀式——嚴肅以對。歐文伯父活得比所有人估計他能活的時間長的多。單單憑這一點，夏綠蒂就崇拜他。

他是在壁爐前小睡時心臟停止跳動的，恰恰是他自己所希望的死亡方式。他是一位能幹的律師，富有但不會過分貪婪或過分屯積，而這些卻正是所有希斯家人都有的特徵。他從不拒絕白蘭地、富含奶油的食物、甜點。他被痛風折磨，他的心臟衰弱，血流呆滯，像莎士比亞筆下的法斯塔夫一樣肥胖，事實上他也的確扮演過這個角色。城鎮劇團總是在市政廳演出歷史劇，雖是鎮上出經費建立的，卻是由希斯家族設計和捐款維持的。

希斯家爲著歷史而研習莎士比亞，而或許其中某一人——海斯——對哈姆雷特通曉一二。不過夏綠蒂可以肯定的說，在希斯家沒有一個人對偉大悲劇中最著名的兩位女主人翁：茱麗葉和克麗奧佩特拉的偉大之處，有一丁點兒理解。

有一次在聖誕節的家庭聚餐時，夏綠蒂對劇團演出發表了一點意見，這是她從未參與的部分，遠超出她曾經做過的貢獻：捐出她的馬兒（她親自駕著牠們）去幫忙搬運布景，好在鎮外的一處農莊搭建起來。劇團不喜歡不夠精巧用心的背景。

布景製作人同時還送來雕刻出來的鳥，有木頭鴿子、畫眉鳥和貓頭鷹。它們用鐵線懸吊在舞台上方，這些都是爲了夏綠蒂的公公而做的，他無論如何都會爲這些道具付錢的。

那次用晚餐時，她說如果劇團可以演出埃及女王克麗奧佩特拉的悲劇——那基本上也是段歷史——不是很有趣嗎？她隱匿起自己想演女王這個角色的念頭。沒有人想到要問她，但是她相信自己或許眞的可以做得好，她非常喜歡去創造一種跨越現實的幻象，一個勇敢、王者之尊、不馴的自己。

當女王被一條她清楚知道會致她於非命的毒蛇咬中時，她並不認為女王是個懦夫或瘋狂了。

演出「安東尼與克麗奧佩特拉」？劇團經理是希斯家的人，許多演員也是。每一套選角，主要角色總是由希斯家的人擔任。那一齣戲？在他們的鎮上？簡直就像夏綠蒂要求他們躺在沙發上吃喝，再導引出一場羅馬式縱慾的狂歡酒宴。

「但那故事是編造出來的，」她丈夫的某位表親說。他是海軍軍事歷史的專業學者。

「那完全是感官主義者的羅曼史，」另一個人說，「更何況還不是英國人的故事。」

這裡最奇怪的是，希斯家本身並非英國後裔。他們是從德國來的。初始的美國希斯擁有一個失落在歷史中的日耳曼名字；他們曾定居在賓夕法尼亞州和俄亥俄州，在那裡經營屠宰場和香腸工廠，不過那些早已經賣掉了。希斯家族多年前開始向東遷移，甚至早在有鐵路之前。在波士頓曾經有一家希斯銀行，但是也已經賣掉了。他們又離開了城市，再往南搬一點；他們會把他們的新城鎮變成一個希斯鎮，不過中西部仍然是他們賺錢的地方。

海斯能說出聽不出美國口音的德文、法文和一點義大利文。從這些國家到美國東部來做生意的人經常出現家中，吃晚餐、玩紙牌遊戲、參加小型音樂晚會、打撞球，或是在遊戲室裡玩擲骰子的賭博遊戲，還有星期日下午會在草地上休息，因為前一晚做了只有天知道的什麼節目。

海斯是到密西根念大學的，不過他曾經在巴黎待過兩年，他認為這個經驗塑造了他的內在核心，而這是在夏綠蒂結識他好幾年以前發生的。

在這些訪客面前，他那個歐洲式的另一個自我，會以一種清楚生動的方式浮現，就好像他換上了一套戲服，重新組合他身體的線條，而且甚至，有可能，戴上了某種面具，酷似他自己形貌的面具，但完全是另外一個人。這並不會困擾夏綠蒂，就算他在所有訪客都告辭以後，繼續扮演這個角色，一直延伸到他們兩人位於樓上的臥室裡。

海斯並沒有參與劇團演出，部分的原因是他永遠無法保證日常排演和正式演出時，他一定能待在鎮上，另一個原因是（非常少數人知道），他其實被一種極嚴重程度的羞怯而困擾著。他會變得很僵硬，完全換了一個人似的，像一個徒具人形的大塊木頭。他無法在會議中演說，無法在任何一群觀眾面前做任何表演。

大學時，他是辯論社的一員，不過只是訓練人員的教練。曾經有一次，他被找去在一個喪禮上致辭——另一位希斯家的伯父的喪禮，他沒有兒女，也沒有結婚，所以把財產全都留給了海斯——他勉強走上了教堂裡的講壇，之後他所做的，只是低下頭虛弱的說：「我心中充滿太多感情，以至於說不出我到這裡來應該要說的話。」當他走回座位時，希斯家的人說他就像莎士比亞「凱撒」一劇裡的安東尼，但是是一個現代美國版，一個決定要把話保留在自己心中的人物。他是個高個子，像柱一樣瘦長。像其他希斯家的人一樣有著深棕髮色，但他的膚色很白皙。

他有時會像女孩一樣地臉紅。當他在那次可怕的晚餐聚會上，替夏綠蒂辯護時，粉紅色的小點慢慢從他鬍髭的末端浮上臉頰。他很顯然同意家人所言，「安東尼與克麗奧佩特拉」對劇團來說，會是個錯誤的選擇。但是他似乎對妻子居然知道有克麗奧佩特拉這個人物的存在，覺得驚訝和高興。「只要她高興，夏綠蒂有權利提議並參與家庭事務，」他說。每個人都因為他的忠誠而讚賞他。大家都認為海斯愛夏綠蒂，只是原因看不太出來。他是為愛情而結婚的，每個人都這麼說。

而現在靜靜地躺在那優雅、寬大房間的律師伯父，傾身靠近夏綠蒂，用他肥胖、多斑的手指頭，敲點著夏綠蒂的手。他沒有任何不仁慈的舉止，他看起來為她覺得難過。「這樣看吧，親愛的夏綠蒂。」她有興趣知道多年以前，《官司》雜誌曾經要求他寫些什麼嗎？

《官司》是一本為律師同業全國發行的月刊雜誌，現在已經不在了。它不僅僅是關注於法律方面事件，也刊載文章、故事、軼事、插畫、個人論文，以及關於人生活在法律中的各式短評。歐文伯父曾是個固定的供稿人。他很少親自上法庭，他的專長是商事法。但是他為《官司》寫的文章多半是詼諧的短文，關於法庭程序不尋常的細節、罪犯的家庭背景、人們去法庭為滋事者加油打氣時的穿著，以及審理謀殺案時，午茶時段大家享用的點心。

「我親愛的夏綠蒂，他們知道我對莎士比亞戲劇感興趣，所以要求我寫一篇文章，推想出一場哈姆雷特殺了他總管的劇情，更不用提還有他的母親與國王被當作兇手站上法庭受審，而我作爲他的律師得爲他辯護。妳可以想像得到任何比這個更蠢的事嗎?難怪那本雜誌辦不下去了。」

夏綠蒂並沒有弄懂其中關鍵。「但是您會如何爲那個可憐人辯護呢?」

「哈哈!」歐文伯父叫起來。「這案子根本不成立呀。」

她覺得如果是由她來替哈姆雷特辯護,她會說,第一,他不是一個謀殺犯;第二,所有他所做的事,他做得誠實、體貼而道德。他是她所知道最誠實體貼和道德的人。「夏綠蒂絕對不會忍受任何說她最心愛的戲劇英雄壞話的人,即使這位英雄是個瘋子,還痛恨自己的母親,」她丈夫說道。他似乎認爲自己是在幫助她解套。

夏綠蒂問:「是否在邏輯上並不需要辯護,因爲在故事的最後哈姆雷特死了,自然就不可能有任何審判。」

歐文伯父猛然插進來。「死亡與否不是重點。我們這裡討論的是事實與編造兩者之間的差別。不會有審判哈姆雷特的案子成立,因爲他不是一個眞實的人,他只是一個故事裡的人物。」

那麼在歷史上,法斯塔夫也不算是眞實的。她應該用這個與他爭辯。歐文伯父還是會演出這個角色。

她想知道他是否改變對何謂故事的看法。她想知道當他坐在靠椅中,衰老的肺吸進最後一口氣時,他是否瞥見死亡,像一種無形無狀、怪異的東西靠近著他。她想知道,他是否相信眞正的死亡是可以藉由歷史——或歷史劇——來培養心理準備，好在時候到時坦然面對。她寧願想事情並非如此。

她寧願想，它更酷似鬼怪、巫仙、故事、虛構。當她決定要出門來參加守靈時，也許她有一個隱密的動機。也許她想要被他們看成是舉止不凡的人。她從來就被認為是不可能痊癒。她就是一個病人，如此而已。

這是夏綠蒂和她的馬兒們。夏綠蒂和她的馬兒們。我妻子從病床上爬起來，為了要來參加一個守靈儀式。這不是很怪異嗎？

哈姆雷特就不會這樣想。她記得二十幾歲時第一次讀到莎士比亞，那時候剛新婚，坐在丈夫家餐廳裡點著燭光的桌邊，是全家唯一還醒著的人。

她曾整夜讀《哈姆雷特》到天亮，而且在之後的數周裡，在某些奇怪的時刻中，她的心臟會突如其來絞緊起來；然後對丈夫她又會重新燃起一種嶄新的、有力且溫柔的熱情。

也許她是愛上了哈姆雷特。也或者她在丈夫身上的某處，看見哈姆雷特的痕跡。她也這樣告訴他：「海斯，你其實有一個複雜的靈魂，雖然你喜歡假裝成另一種模樣。」聽到這話他會臉紅起來，不過並沒有表示異議。

她丈夫的家和當律師的希斯家人的住處，正好在鎮的兩邊。海斯早上和他的一位姊夫出門，並沒有用自己的雪車。

她想自己來載他回家。她想像過那幅畫面，丈夫坐在她身旁，在灰濛濛的空氣和漫天飛舞的雪花裡：離開死亡之旅。她還想經過家門口時先不進去，繼續轉上另一邊的老路去晃晃。她想著，我想念我的丈夫，我要讓他知道。

有好長一段時間了，他們沒有一起分享過什麼事。就好像她已經變成了丈夫的姊妹之一，或是他哥哥的妻子之一。甚至就是一個陌生人。另一個無法被驅逐出的家中一份子罷了。

希斯家的人不能離棄妻子。她的病深深嚇著了海斯。她明白這點。而且當她一會兒前在家裡，一面穿上外套，一面叫人去備好雪車和馬兒時，她還想到，家庭中發生一個死亡事件，反倒是一個可以嘗試去把事情終於安置在它們應該在的軌道上的合理時刻。

死亡，她想，眞是一個實際、合邏輯的應用。但是她並沒有進去歐文伯父位於高街的房子。她怎麼可以進去呢？特別是海斯和那個女人才剛剛從那幢房子裡走出來。

她猜想海斯正試著回想他上一次看見她在戶外是什麼時候的事。她自己都不記得了，很久很久以前。

她躺在病床上已有十個月了，但感覺似乎要長的多：兩年、五年、八年、九年。她的主治醫生說她的毛病是某種形式的腦疾病。她經常聽到這樣的話：「夏綠蒂，是腦病，是某一種腦疾病。我想它會消失。有可能。」

很多顧問醫師認爲這是某一類型的小兒痲痺。他們堅持這種「某一類型」的說法，好像她這種特殊的不正常案例還不夠糟似的——就好像她沒辦法把事情弄對，就好像無法懷孕一樣，又添加一件她無法弄對的事。

這甚至包括了她頭髮的顏色，對此她也沒有選擇的餘地。她的髮色如同南瓜的顏色，熟透了的那一種，而且它們永遠毛亂亂的，鬈曲、狂野，永遠也無法服貼地整齊。她不再因爲這個病而不能活動，她身體的每一部分都如此顯示。

這個小兒麻痺的說法讓每個人更神經質；希斯家人不讓外面的任何人知道這回事。對他們而言，比較不冒犯的說法似乎是：「她腦子裡面有些東西出了問題。」夏綠蒂卻認爲這聽來很恐怖，又使人尷尬，更何況還是個謊話。

和海斯在一起的女人就像夏綠蒂的馬兒一樣苗條健康，明麗照人，擁有沙漏般完美女性的身段。完美。如同雜誌裡面的圖片。她看起來似乎從未生過病，不論因爲任何原因，從未沒有。

生病期間發生過的一件好事：就是夏綠蒂不需要住到醫院裡去。她待在遠離前廳的房間，通往樓下廚房的樓梯上方。廚娘的孩子總離她不遠。

女孩子叫蘇菲，九歲了，以及摩摩，是個男孩子，六歲。還有一個小嬰兒，愛笛絲。派蒂太太到家中來應徵，接受海斯父母的面試時，她是一個人來的。希斯全家一點都不知道還有這幾個孩子，直到他們全都搬了進來。

孩子們愛極了夏綠蒂，她那樣接連好幾個月躺著不動，看起來也無事可做，只需要有人按摩她的肌肉，她和他們聊天，讓他們在她身上爬來爬去，梳理她的頭髮，把她的大床當作遊樂場。

女孩子聽到海斯的一個姊姊提到《愛麗絲夢遊仙境》這本書，說它是英國文化傳統的一個大汚點，就像楓糖對小娃娃沒有任何好處一樣，又蠢又荒謬，對腦子有傷害力的東西。而蘇菲喜歡楓糖。她花了差不多一個月的時間，記住了大部分的故事。如果不是因爲離開這裡上波士頓去了，她應該可以記下整個完整的故事。

她從有個和她年紀相當的女兒的鄰居那兒偷拿了這本書。這位鄰居曾讓她和她弟弟在他們的院子中，和小馬、小鴨子一同玩耍。不過引出了一點麻煩。

一天，摩摩．派蒂不從側門而是直接從正門走進鄰居家的房子。一個僕人的孩子站在前門口！當他們糾正他犯下的錯誤時，蘇菲把腳踩進一個爛泥坑（當時在下雨），再溜進那房子，把自己的泥腳印留在鄰居客廳裡那極其昂貴的地毯上。一個花瓶也被打破了。

夏綠蒂只想著把蘇菲和她弟弟藏在床底下，好躲過他們惹出的麻煩——小嬰兒則蜷曲在枕頭上，有時煩躁地吐著含麥片渣及牛奶的口沫——然後她可以聽見那聲音。

「愛麗絲要展開一場冒險。有一隻大白兔在那兒。爲了這些你永遠料想不到的事情，你最好有心理準備。」她開始念著，好像以前從未有人聽過那故事一樣。

「她和她姊姊一起坐在近河邊的草地上，她是個很無趣的女孩，而她待會就會快跑起來，然後掉進一個洞裡。」

一塊松木地板的木條上有個鬆脫了的洞孔，藏在房間裡那一小塊褐色地毯下方。小男孩會把地毯掀起來，露出那個洞孔，彷彿他們就像愛麗絲一樣，也掉到一個洞裡。在他們下方則是冒著熱氣與蒸氣的廚房，還有廚娘派蒂太太。

他們生活中關於愛麗絲的這一部分，是他們之間的一個祕密。

人們經常談到這幾個孩子長得不像他們的母親，彼此也並不相像；顯然他們並非來自同一名父親。而派蒂太太非常謹言慎行，對一切守口如瓶。她是一名烹飪天才。雖然新來的廚娘——一位中年寡婦——在紐約的一家著名餐廳中受過訓，但即使是夏綠蒂的公公，也承認家中沒有人比得上她。但是從來沒有個派蒂先生。

他們所認識的家庭裡，沒有一家允許僕人攜家帶眷。這通常都做不久。某一天，夏綠蒂的婆婆只簡單地說：「我想要擺脫掉那個女人，」事情就是這樣了。

派蒂太太並沒有要求寫推薦信，她也根本不需要那樣的東西；你只需要把她放進一間廚房，再給她一隻雞、一些蛋和奶酪，然後你就永遠不會再想吃任何其他人煮出的菜。

沒有人知道夏綠蒂有多想念她和那幾個孩子。不過她知道他們去了哪裡。派蒂太太現在是一家專門供女士住宿的旅館裡的廚娘，一間名叫璧翠蒙的旅館，在畢肯丘的另一邊，在州議會大樓那閃閃發亮的圓屋頂之後。

「我要到那兒去，」她下了決定。「就是現在。」

她對波士頓並不熟悉。她去過靠近大公園旁的餐廳、特瑞蒙和華盛頓的劇院和音樂廳、藝術博物館、圖書館、查爾士街的商店、花園、派克街聖三一教堂，和後灣共和街上的一些住宅，她的主治醫生在那裡擁有一間辦公室。婚前，海斯在共和街上有一幢房子，不過後來處理掉了。波士頓距離他們的城鎮只有三十哩遠，但是自從夏綠蒂生病後，它簡直像是座遠在月球的城市。

如果有一隻會講人話的大兔子出現在眼前雪地中替她帶路的話，事情就好辦多了。她會十分感激。如果她有機會掉進去一個魔術洞，發現就到了自己朝思暮想的地方的話，她也會感激萬分。不過還有更實際的事需要應付。天氣很冷；每一分鐘空氣都變得更加凍寒。很快地暮色就要降臨。她沒有燈，沒有鈴鐺。她身上也沒有帶錢。

她不覺得驚惶失措，甚至也不害怕，但是她想像著迷路的畫面；也想到馬兒們會心不甘情不願，讓她覺得難過，因爲牠們想要回家去；還想到自己的四肢，包裹在羊毛和皮革中漸漸變成霜藍色，甚至超過她生病的時候更嚴重的傷害。

想及她能從老友那裡得到的溫暖，並不能抵銷現實的困難。她瞭解到自己也許無法走得很遠。

有一整個隊伍的希斯家人聚集離此不遠的地方——她沒有忘記這一點。她十分確定，只要她丈夫給出一個警訊，四五個穿著喪服、粗暴又吵嚷的表親，會很高興地離開歐文伯父身邊，像大西部男生那樣躍上馬匹，衝向她並抓住她，雖然之前她倒可以好好地讓他們先窮追猛跑一陣。

她在病床上著實學到一課。你要小心運用自己擁有的力量；你要去估量它；你會為它而覺得緊張。她認為這是從監牢中放出來的人的反應方式，第一次穿上出外的衣服，感覺到碰觸在他們臉上的空氣——眞實的空氣、眞實的太陽，和眞實的風。

你無法相信你眞的已經自由了，你開始恐懼；你無法確信這所有事不會從頭再發生一次，命運會密謀設計你，再把你關起來，最使你膽戰心寒的恐懼，正是你確定它一定會發生的那一件。

而同時當你正在嘗試熟悉你突破孤絕的嶄新自我時，使用著搖搖晃晃的腿走著，歪斜，驚嚇，像紙一樣蒼白，你四周的人叫囂的問為什麼你看起來不怎麼高興的樣子。但是沒有人知道你身體外部這一層——或者那些可以看到的部分——仿如使用耐久性極高的材質所製造的容器一般，但其實它並不比一只放進火中的玻璃水杯可靠。

由於你瞭解掌控不了自己身體時，是什麼樣的一種滋味。任由監禁的感覺擺佈，予取予求。渴望著離去。瞪視著窗子，希望自己能像一縷煙般細緲，從牆縫中鑽出去。出去，出去，出去！然後你開始相信，也許只有一種方法可以讓你出去。而你並不對此感覺害怕。

或許她想看歐文伯父一眼的原因是，她想知道自己是否嫉妒他？是這樣嗎？因為她也許害怕痊癒？

「把陰暗的想法保留下來，留待天色明亮的日子裡品味。」她是從哪兒聽到這句話？不是從派蒂太太那裡。她公公那裡？站在門邊，她看著一些知更鳥飛過往玻璃撞去，企圖摧毀自己的投影，誤以爲那映出的投影是一隻有敵意的鳥，這是正常的嗎？是啊，她瞭解那種心情，痛恨自己的投影。

「把陰暗的想法保留下來，留待天色明亮的日子裡品味。」這句話一定是從某位國王嘴裡說出來的。在市政廳裡的舞台邊上，在戰場或是城堡中的一片混亂裡，試著要扮演出一個勇敢的姿態。他會對著她微笑。一種老人的微笑。似乎他完全懂得她在想什麼。似乎渴望死亡並不是不正常，如果那另外的一種選擇是不用繼續活下去的話。

問題是，已經很久沒有明亮的日子了。

「我並不希望自己是您，歐文伯父。」她突然冒出這句話，低沉地，像個祈禱者，彷彿他可以聽見她。也許他眞的可以。「聽著，歐文伯父，不管您現在在哪裡，我很高興自己並不在那裡。」

「夏綠蒂！」海斯大喊著。「妳要到哪裡去？」

她有一種衝動要實話實說，想要猛轉回頭，大聲喊出：「波士頓！」但是她沒有回答他。她的公公知道這個女人的事嗎？有任何人知道嗎？她記得一天下午，她被帶進前廳的那間黃色系的起居間。是一位醫師顧問扶她過去的，一個熱心、高大的醫生；她不記得他的名字了。他自發性地扶起她，並說：「我親愛的，喝茶的時間到了。」然後她就去了那裡，出現在有六七個希斯家人的那間房間。

那時海斯正在和他的一個姊姊說話，靠近她的頭低著，嚴肅且祕密的方式。他是房間裡最後一個注意到夏綠蒂出現在那兒的人，而當他的視線與她的相遇時——當時她被放置在一張椅子上，有人跑去找一條毛毯來——她覺得他看起來就像是一個心中藏著祕密的男人。他看著她好似她是一個闖入者。他正拿著一杯茶。很快地他把它放到桌上，如此急促與急躁，以至於茶潑了出來，他的兩頰也紅了起來。接著，他用一種完全不似平日的他的一種尖銳刺耳、微微喘著的聲音對她說，他灑了茶是因爲他非常高興看見她能起床，多令人驚喜。他還說他剛剛只是談到這房間新漆的色調眞好，他們終於把它完成了。那是一個男人對沒有權利知道他心中眞正想法的人說話時，所用的聲音。

房間的牆壁是深黃色的。整個油漆工作在一個月以前完成，夏綠蒂很清楚，因爲一名油漆工在最後一天時，到她的房間問她想不想出去看看新漆好的牆面？當時是不可能去看的；一名女僕正幫她整理著頭髮。新的顏色和舊的顏色完全一模一樣。海斯是否以爲人一生病，就會重新安排自己的記憶？他是否以爲，她不懂得那些解讀他臉上表情的方式？當他對她說話時，去了解他聲音中的語氣？去聽出他沒有說出的意思？

一名女僕進來換桌布。有人倒給夏綠蒂一點茶。夏綠蒂說：「我喜歡這個新顏色，很喜歡，因爲它如此的明亮。」

她的婆婆，一位高眺而表情嚴厲的女人，梳著維多利亞女王式樣的髮型，穿著居家式的拼布長袍，束緊肋骨的緊身衣層層綁緊，像某種陷阱機關，就坐在壁爐邊的椅子上，爐火的光閃爍在她眼鏡片上，雙眼從正在讀著的《星期六晚郵報》上方瞥了夏綠蒂一眼。在這家裡，做任何事以前，如果沒有事先徵詢她的意見，都不太妥當，於是她對醫生說，「您並沒有提到您打算讓她下床。」

「她在慢慢好轉起來，」他回答。當他離開那房間以後，夏綠蒂感到孤單。她的婆婆轉回頭去繼續閱讀。新的熱茶又沏了上來。這是夏綠蒂第一次確確實實的感覺到，海斯放棄我了。

「夏綠蒂！夏綠蒂！夏綠蒂！」他的聲音從寒冷中傳來。他開始追逐她，他的帽子掉到了雪地上，那個女人彎下身去把它撿了起來。他穿的是正式場合穿的皮鞋，不是靴子。他並沒有在她身後追上很久。

她輕輕打了一下馬兒，轉過彎，離開了廣場一帶。馬兒很開心地可以開始奔跑。理論上，她不懷疑自己有能力獨自前往波士頓（雖然以前她從未如此做過）。不過她裝作自己就好像往回家的路走。當她一出丈夫的視線範圍外了，就再轉了一次彎，直奔向那個沒有人想到她會去的鎮的另一方。

「夏綠蒂，」她告訴自己，「妳必須去尋求幫助。」

2

沒有人在去年春天的大規模中毒事件中死亡。情形本來會更糟，糟的多。夏綠蒂的病和這件事沒有關係。她只吃家中廚房做出來的食物，何況這次中毒事件發生之前，她已經病了。

她是住在鎮上沒有被波及的一區。然而突然間，在大池谷地區，它不受控制地爆發開來。有好幾十個病例出現，像對毒籐子過敏時的紅疹，以及發燒、昏厥、腸痙攣，及可怕的胃部不適。還有那持續的答答答答槌擊般的頭痛，是所有症狀中最使人難受的，病人覺得自己像一棵樹（那些人如此形容），而頭部像樹皮剝落之處，一隻啄木鳥就在那裡用嘴不停敲啄著。

大池谷區是沿著鎮的大水池邊建起來的，農莊分布在對面，大池塘具有經濟實效：大到可以用小船到裡面去捕魚，冬季的時候則可以去收取有用的冰塊。

這一帶大約有二十五到三十戶小平房，每戶有自己的花園、戶外廁所、與養家畜的小棚。比較富有的家庭則擁有馬匹和穀倉。不過像這樣的人家並沒有很多。

住在這兒的男子們大多受僱於農場；有一些則在波士頓路上的客棧與小旅店裡做事。有一些經營賭博生意；有一些販售自製的啤酒及其他酒類；還有一些參與到波士頓與其他幾個較大的鎮收集馬糞，再運送販賣到南邊一家經營花卉養殖生意的大公司的粗活，人們說這家公司的大部分生意，是種植製造鴉片的罌粟花，不過這種說法大概並不眞實。還有一些男人受僱出外，加入建鐵路的工作行列，另外一些像他們的妻子、姊妹、母親一樣，成爲某戶人家的家僕，住在鎮另一邊的人都說他們很幸運，因爲他們有自己的家可住，不必住到幫傭的主人家裡。

在這些房子的旁邊，有一間小小的公理教會堂、一間其實只是搭著別人的屋子草率蓋起的小酒店，還有就是艾佛瑞特・葛森的麵包店。此店僱用了四名麵包師傅（不住在這地區的人），和三倍於此數的店員和一般助手（是當地人）。建築物本身是老儲藏間的重建，一層樓的磚房，當初鎮上還擁有自己的磨坊時，這是專門磨穀物的地方；這兒最早也有一條水流湍急的小溪，不過後來乾涸了，而磨坊本身毀於一場火災。

壞運道對大池谷區的人來說，並不是件新鮮事，不過這回是不同的情況。

它看起來像是一場瘟疫來襲，直到鎮公所的理事會執行了一次調查，發現這次中毒生病事件不是飲用水所引起的，不是因爲腐敗的肉類，不是牛奶，不是人們炭爐或壁爐中的有害化學物質。而是烘焙食品。

根據章程規定，鎮公所應該包含四位選出來的官員，有著同樣的階級，分別執行應有的權力與職責，包括對指派警官與消防隊的一般監督權。不過自從夏綠蒂嫁到這裡以後，理事會中只有一位官員。

他的名字是貝傳姆・達凡波，大家都叫他上校。在戰爭中他帶的可是一整個營，後來在蓋茨堡一役負傷，失去了左手臂，幾乎是整隻左臂。

上校差不多七十歲了，不過他不是一個相信自己會變老的人。有些人認爲，因爲沒有人要和上校聯手做事，所以鎭公所中只有他一個人，而另外一些人認爲，當一根火柴可以點燃蠟燭時，爲什麼需要用到四根呢？他同時是警長和消防隊的指揮官。許多年前曾經有一段時間，議會中的四位成員都是由姓希斯的人，或是和希斯家族成員締婚的人擔任。

不像其他一般選出來的官員，上校並沒有上過大學，也從來沒有去過歐洲，從未欣賞繪畫作品，或是出於自願地聆賞過軍樂以外的其他音樂。更有人說他幾乎不識字。而最重要的是，和中毒事件有些關聯的，就是他從未研習過化學，如果有人問他，他會回答說他覺得金屬這個主題實在乏味。他私下以爲，關於無生命物質的組成及化學反應這類事，完全是那些繼承到生活所需的財富，而沒有做過一天正經工作的知識份子所說的話。

金屬中存在著污染物？盡是一些看不見摸不著的事。他是不會對無形體的東西抱持任何信仰的。夏綠蒂知道這些有關他的事，是因爲他時常到家裡來拜訪，他會在門廊上就對著她致意：「我看過當失去一切希望，用雙腳站起來時模樣更糟糕的男人。」夏綠蒂謝謝他：「您的話鼓舞了我。」

他並不是個碩大粗魯的人。他的確是個大塊頭，有泰德・羅斯福般的味道，不過他有一種沉靜的性子，覆蓋著憂傷的感覺——一種深沉而不堪回首的哀傷——那種無法清楚解釋、或是在這鎮上超出設想比例的感覺，直到你記起，上校在他年輕的歲月裡經歷過的事情。

他從來沒有提起過戰爭。如果有其他參加過聯軍團的男人們，正巧聚集在一起談論當年的戰事時，他不會加入談話，也不像別人那樣，展示他所得到的勳章或獎章。他一直獨身。

夏綠蒂的公公有一天早上出現在她病房門口，向她說起他所觀察到的鳥兒們。他幾乎天天如此，他以爲一隻新來的鴿子築好了新巢，或是一隻在蘋果樹上的紅雀，是她躺在病床上時，可以聽見的最重要的消息。他從來不眞正走進她的房間。極少人會走進來，除了派蒂太太和她的孩子們。

她公公極少提到除了他感興趣的鳥兒之外的其他話題，但是那天早上，他是一個憂心忡忡的人。那是第一次她聽說發生在大池谷區的麻煩事。他簡潔的報告了這則新聞，她想他只是想把這件事傾倒出來，而且他可能認爲她可以提供什麼內行人的看法，因爲她算是位對疾病有經驗的專家。她沒有任何看法，至少那時並沒有。她的公公描述了自己對達凡波上校的信心，以及他相信關於這件麻煩事的閒言閒語，不會散布到城鎮外頭去。

她一點也不知道，就僅僅在幾天以後，她就神祕地變成了幕後人之一，深深牽涉進這場麻煩中。

上校自己著手調查整件事。他在大池谷區發現到：所有被疾疫侵襲的人的共同點，就是他們都吃過剛開張的艾佛瑞特・葛森麵包店的酥塔、蛋糕、麵包、派，或是甜餅乾。

爲了慶祝開張，也爲了打廣告，艾佛瑞特・葛森和他妻子瑪寶，以及他們的助理師傅、女僕、店員就在大水池邊上，五月陽光普照的晴朗天空下，擺出一張長長的大桌子，像是野餐一般，他們擺出烤好的點心免費招待大家。可能有整噸的食品被搬了出來，提供給漸漸湧來的人群。這些烘烤出來的點心，艾佛瑞特・葛森宣稱全是從一個高品質、高價位、有良好名聲的製造商那裡購買來的平鍋烘焙而成的。

沒有任何理由去懷疑葛森先生對鍋子來源的說法有說謊的地方，也沒必要懷疑鍋子的成分。

夏綠蒂不會稱她和葛森家建立的關係爲友誼，因爲這會暗示到感情的存在。兩者之間並沒有感情的存在。她幫助他們，而藉由此她知道，不論發現自己陷入何種麻煩，她可以尋求他們的回報。他們欠她債務。一種如同生意上來往的債務。

所以當駕著馬車來到他們房子前面時，她很清楚自己在做什麼。雖然她之前並沒有此計畫，但這就這麼無預警的發生了。

「我的丈夫和另一個女人在一起！」她爲此覺得懊惱，但是無能爲力。她知道有淚水淌在臉上，因為感覺到它們正凝結成冰屑。

艾佛瑞特·葛森，四十歲。他妻子則接近夏綠蒂的年紀，比他年輕個七八歲。兩人都在大池谷地區長大。他們曾經去紐約待了一段時間，在那裡的一家麵包店裡學習到很多生意上的經驗；然後他們回鄉來，試試看經營起自己生意的運氣。

銀行貸款給他們。海斯並沒有直接涉入，不過夏綠蒂知道，你是不可能觸碰到關於金錢或法律的任何事，而不牽涉到一個姓希斯的人的，而海斯也就是那個（祕密的、幕後的）勸告銀行不要在這借貸上退縮的人。

大家期待這家麵包店能夠在三四年後開始有營收，它供應各式店鋪與餐廳所需的點心、麵包，而在這過程中，也許就像海斯所說過的：「大池谷地區比較不受人尊敬的因素會離開。」或是像他一位連襟說過的：「他們就可以放棄那把馬糞搬來搬去的差事了。」

如果說有一對夫婦從來不看重自己的私人休假，那就非葛森夫婦莫屬了。他們兩人的長相酷似兄妹，雖然艾佛瑞特是金髮且白皙，瑪寶則有著吉普賽人的黝黑皮膚。他們兩人都又瘦又乾癟，好像長時期以來，除了維持基本生存外的任何食物，都沒有通過他們的雙唇。他們表情嚴肅，很少有笑容。他們使夏綠蒂聯想到那些挨打的馬匹，除了鞭子和勞苦工作外，什麼都不知道，但是或許這也是他們會被銀行垂青的原因。艾佛瑞特被視為可信賴辛勤工作的男人，除了工作，還是工作。

他們的住屋緊鄰麵包店。當夏綠蒂一抵達時，瑪寶首先從屋裡跑出來，她和她丈夫之間一定有某些直覺上的溝通，因爲他隨後也出現了，溫柔地控制住馬兒。在他的眼神中有一種解脫的神色，夏綠蒂猜想到他一定瞭解到她是來收取欠款的了。

她曾經對葛森夫婦許下誓言，那筆她間接給他們的錢是永遠不需要歸還的。

這種解脫來自於他們對夏綠蒂的義務將可以解除了。來自生意上許多各式各樣問題所帶給他們的壓力，沉重地壓在他們的肩膀上，幾乎要摧毀他們。他們捲進了比他們所能夠處理來得大的多的局面裡。

對夏綠蒂來說，想像當上校對葛森夫婦（私底下）揭露是他們做出來的點心讓大家生病時的反應一點也不難。

麵包店立刻就關門了。烤爐被封起來。大門也上了鎖。夏綠蒂從家人的談話中得知，上校相信是穀類或蛋或奶油腐敗了，或是在各種材料的混合物中，某些失誤造成嚴重的差池。同時，銀行方面開始緊張起來，他們考慮要收回貸款，取得麵包店的產權，改用自己的人手去經營。

沒有人知道其實是那些鍋惹的禍，除了艾佛瑞特和瑪寶，現在夏綠蒂也知道了。

事情是這樣的，希斯家來自大池谷地區的洗衣工也受感染了。她大部分的洗濯工作都是在自己住處做的，所以一大落的床單、毛巾還等著被送回來；夏綠蒂的公公還特別請教過醫生，後者保證病菌不會藉著衣物傳染給他們。於是那位駕著一輛由栗子色老馬拉著的拖車，運送這些床單、毛巾到家裡來的，就是瑪寶．葛森。

夏綠蒂覺得瑪寶一定是個天主教徒。她送這些東西前來時，讓夏綠蒂不由自主地想到一位悔罪者的身影。

她從後門進了屋，很少見的在樓下沒有發現任何人影，於是瑪寶糊里糊塗走進了夏綠蒂的房間。而且她一定是把這個臥病在床的女人，當作和其他人一樣是中毒的受害者。

夏綠蒂很快地坐直起來。這是一次她能夠很輕快愉悅地說出這句話：「我被告知得的是小兒麻痺。」

誰知道這女人是在何種驅動下走進屋並坐了下來？當出事的眞正原因吐露出來時——並沒有啜泣或誇張式的表現方式，只是不帶感情平鋪直敘的敘說——夏綠蒂覺得自己沒有多少其他的選擇。

瑪寶．葛森告訴她：「艾佛瑞特從一個主動造訪我們的推銷員那邊，用很便宜的價錢買下了那些鍋，如果他們再繼續調查下去，就會知道那推銷員對平鍋的品質扯了謊。如果我們重新開始營業，不能再使用那些鍋了。艾佛瑞特不是故意存心害人。我們沒錢，而我們現在也完了。」

她的聲音平板、呆滯，來自一個已經不抱任何希望的人。夏綠蒂瞭解這種語音中的涵義。就像自己的記憶般，她可以辨識得出它。

「我不知道妳生病的原因，也不知道爲什麼妳沒有變得更壞或變得更好。妳似乎已經放棄希望。在這種情形下，我無法承諾妳可以痊癒。我開始同意其他顧問們的意見：在妳的餘生裡，妳會一直是一名病人。我不知道我還能夠告訴妳些什麼。」

這些話來自她的主治醫生。她的醫生跟一名希斯家的人結了婚，所以可能基於個人利害或甚至基於感情而說出這些話。希望。很容易就可以看出來，希望是一種僞造出來的東西，一種幻覺與欺瞞。

「我相信艾佛瑞特買的鍋是從某家不誠實的工廠來的，而且含有某種廉價物質，」瑪寶說，「某種化學性毒質。當我們在紐約時，聽說過很類似的事，當時還有人因此死亡。我不記得那些不同類型的物質，不過他們談論到一種叫做銻，我相信如果這種東西錯用了是足以致命的。我發誓，那個推銷員告訴我丈夫，這些鍋沒有任何危險性。但是沒有人需要知道這些。現在我把這些告訴了妳，妳一定要保守祕密。」

銻，夏綠蒂想著。生病以來第一次她覺得內心被攪動了起來，有些類似火花的東西開始在她心中閃動。

「銻！」她說。她不懂得什麼化學。一家沒名氣的工廠中，實際混合的那些不適宜的元素，是她完全不需要花任何時間去思索的事。

銻。一個有魔力的字，即使它是毒藥。

「有些製造高品質廚具的商人等著要揭穿出來，妳知道，」瑪寶說，「那些從不道德的推銷員那裡購買東西的烘焙師。現在只是遲早的問題了，如果在他們派自己的代表前來之前，這次的中毒事件就傳了出去的話，他們會試著把我丈夫關進監牢裡去的。」

「不會發生這種事，」夏綠蒂說。「回家去，告訴妳丈夫把那些鍋藏起來。然後去最好的製造商那裡購買新鍋，再把它們弄成好像一直以來都在使用的那些鍋一樣，他還應該付些額外的錢給商家，讓他們在帳單的日期上動些手腳。」

說到上校時，夏綠蒂也毫不猶豫。「上校必須是持續做這件事的調查人員。他將會滿意惹禍的是——嗯，麵粉的這種說法。」

「麵粉？」瑪寶・葛森看起來驚愕又茫然。她還不瞭解，當她從夏綠蒂的房間走出去以後，

「妳應該讓他相信麵粉裡有些不好的東西，而妳丈夫應該把它們全部丟棄，重新開始製作。

會像個完全不同的一個人。

我現在想到了，他還應該開除你們的師傅，重新僱用新人。」

「新師傅？但是這件事情不是他們的錯。」

「你們可以之後再把他們請回來。」

她一定把在這間房裡平躺著不能動的夏綠蒂當成一個精神失常的人了，因爲她是希斯家的人，所以不用待在療養院裡。瑪寶疲倦地嘆息著。如果不是自己的情況這麼悽涼，她的表情會

讓夏綠蒂知道，她爲她感到難過。

夏綠蒂並沒有意思要插手到金錢的事務中，這並不只是因爲她是個病人。

海斯自認是一名自由主義者、前進份子。的確，他是一名老派總統的熱心支持者，但是其他的希斯家成員和生意人如同教條般地相信，所謂「民主政治」指的是擁有某種程度正確性野心的任何人，必須是白種人，他有民主的權力去聚積財富，並且藉此擁有權力去告訴其他人，他們能擁有或不能擁有的權力，而這對夏綠蒂來說，其實更像是一個有著國王、王子、公爵、伯爵的王國。

她認爲這就是希斯家族那麼熱情地獻身於歷史劇的原因。

她的丈夫不像他父親那樣，當討論到爭取投票權的婦女便爆發出怒氣，倒不是因爲在他們的鎮上有任何這種女人；這是一個時而浮現的話題，當日子十分平靜，老頭子覺得有需要提高談話氣氛的時候。

「女人投票？你乾脆去叫馬兒們自己上鞍，再把自己繫在馬車上吧。你也可以請一隻小鳥讀聖經給你聽。」

海斯會簡單地說：「女人不是馬兒或小鳥，不過她們的腦子畢竟和男人的不一樣。」

他會很嚴肅地談起美國的基礎，就好像在形容一個建工良好的地窖或一道結實的牆——就像他的房子一樣——但是夏綠蒂有這種感覺，在他的說詞背後總有一種極度擔憂，和她的公公極爲不同。似乎海斯在憂心如果女人眞的投票的話，只會導致一種結果：災禍，似乎女人會把票投給地震，而地震就會發生，這些堅實的基礎會垮下並粉碎；可憐的美國遂化爲碎片。

「但是我是個有進步思想的人，」他會說。「實際，但是前進。」他讓夏綠蒂用自己的名字在銀行開了個人帳戶（連同她的馬兒們），這招惹他父親非常不開心。

夏綠蒂認識一些女人會和丈夫談判，堅持保有自己從娘家帶來的財產或儲金的自由控管權，不過她除了自己外，並沒有從娘家帶來任何財物。海斯固定會把錢匯進她的戶頭，因此她可以很正當的出於自己的決定，隨時提領出她要的金額，而不需要附帶任何解釋。

然而，每一次她開出一張支票，或是出現在銀行提款，海斯都知道。要阻止經理轉遞每筆的支出報告給海斯過目，是一件不可能的事，這種方式就像學校老師把孩子們課堂上的表現報告給孩子父親一般。海斯告訴她，他從不看那些報告。她相信他，費力的程度就像要去想像他會忽視任何有關於金錢的消息一樣。

她有一對銀手鐲，是五六年前公公送給她作爲生日禮物的。一只上面鑲有玉米仁大小般的鑽石，另一只上面有四顆小一點的，像閃亮的橘子籽。她公公告訴她，他在珠寶店裡無法決定到底比較喜歡哪一只，因此經過了近一小時在展示室之後，他把兩只都買下了。那是他一次去芝加哥旅行時的事。

關於這兩只手鐲，她注意到她個人的喜好似乎不是考量中的一部分，甚至是根本不重要的，不過她並不會拿此與他唱反調。

她知道關於展示室的說法並不眞實。他那一次旅行帶著一個當律師的希斯家族成員們僱用的年輕人，他平日擔任助理及辦雜事；那次被借去做海斯父親的侍從。

這年輕人私底下和樓上海斯姊姊的一位女僕正談著戀愛。派蒂太太對一切瞭若指掌，所以夏綠蒂也知悉一切。是這個侍從去店裡買下這對手鐲的，當時老希斯留在停靠在外面的馬車裡打盹。它們是依價格被選中。兩只加起來的錢差不多正好是這個年輕侍從被允許所能花費的金額。

夏綠蒂從來沒有戴過它們。她的珠寶放在養病的房間裡，書桌上一隻桃花心木製盒子裡，海斯把這個盒子和她的一些其他的東西，從原來的房間移到這間房裡來，爲了是要讓她覺得舒適。它們並沒有讓她覺得舒適。

她思考著可能有必要的說詞——因爲她從來不知道，她公公何時會問及有關那些他買給她的東西——她可以說自從生病之前的那個夏天，就沒有看過那對手鐲了。有一次她心血來潮戴上了它們，到雛鴿灣的懸崖邊上散步，它們卻突然間滑脫，順著石頭掉下洶湧翻攪、浪花泡沫的海裡。她決定想要去拾回它們絕對不是什麼明智的舉動。即使在生病以前，她的手腕已經是很細瘦的。

艾佛瑞特・葛森並沒有辭去他的麵包師傅，但是他買了些新的廚具。「是糖的問題，我們得找一個新的商家來。」上校神祕地做了決定，他判艾佛瑞特‧葛森繳一筆罰款，但是可以延緩繳納。

新的供糖商由夏綠蒂的公公介紹來了，以致葛森家和希斯家建立起一種不錯的關聯，這是不在計畫中的額外好處。就像海斯一向說的，在生意上，當你扭下一根樹枝，你永遠不知道會有多少其他的枝子也跟著搖晃，因而掉落下它們的果子。

結案了，所有的功勞都歸於上校，在下一回的市政大會中，他加了薪。每個人都感激他排除掉把外人牽扯進鎮上事務的可能性。如果一個城鎮無法處理自身的問題，那麼存在的目的又在哪？但是假設中毒的不是大池谷地區的那些人的話，鎮公所也許又是另外一種想法了。

當麵包店再度開張時，夏綠蒂認爲那些排起購買隊伍的居民們，實在夠忠心且勇敢。她清楚知道如果有人潛水到大池塘底，他們會看見那些製造出大麻煩的鍋子，裝著石塊沉在水底深處，滿布著泥鏽與水藻。

「希斯太太！希斯太太！妳站起身來了！妳康復了！我們每天念著妳！我們爲妳的康復禱告！」

瑪寶‧葛森挽起她的裙子爬上雪車，彷佛擔心夏綠蒂會搖晃出車子外面似的。「現在妳出現在這裡！」

她捉起夏綠蒂的手，凝視著她的臉龐。也許人們就是以這樣的方式看著拉撒路的。

「我的丈夫和另一個女人在一起。我剛剛才發現的。我的婚姻結束了。我要去波士頓的朋友那兒，你們一定要幫我的忙。」

「當然。先進屋子裡來吧。」

這就是夏綠蒂如何坐上屬於葛森氏精製點心餅乾店的送貨馬車，皮包中放了五十元現金（她決定稱它爲一筆借款），馬兒安全地留在大池谷地區的馬廄裡，由葛森首席助手的弟弟照顧著——一個她知道值得信託的馬夫，因爲在患病以前她時常到大池谷地區去找他結伴到林中騎馬；他喜歡賽馬，並且不介意被一名女子擊敗——並抵達畢肯丘的璧翠蒙旅館的經過。她還帶上了一大盒的各式蛋糕、酥塔、甜捲，一雙艾佛瑞特・葛森的露指羊毛手套，以及瑪寶・葛森借給她的一小提箱的衣服與梳妝用具。

她再一次記起了，當把那對手鐲交到瑪寶手裡時，她的感受有多棒。

3

柯普利廣場。波伊士頓街。教堂、尖塔、店面櫥窗。垂蒙特街。沿著公園公共地一邊的公園街，有著像板著臉孔、黑黝黝的巨人般的大樹。畢肯街。州議會議院，寬大、儀式性、又盛氣淩人的，它的大圓頂隱藏在雪、黑暗與霧氣中。

夏綠蒂覺得自己身在夢境裡觀察這一切，雖然她從未感覺如此清醒。她感覺自己像是第一次看見波士頓。兩輛雪車從旁邊駛過，鈴聲一路狂亂地響著，上面坐滿了穿著輕便夾克、沒戴帽子、喧鬧著、抗拒著冬天嚴寒空氣的年輕人；他們滿帶醉意，以節日般的情緒大叫大喊著，「來和我們比賽！」他們的歡笑聲聽來像音樂一般；他們簡直就像是一隊歡迎隊伍。

派蒂太太說過，那間旅館是棟四層樓高的寬大磚建物，在畢許街和幽底斯街的交會轉彎處，後面有一片小廐和窄路交織成的迷徑。它沒有面河的景觀。它並不特別高貴，但是它經過仔細的裝潢與布置，它是漂亮、可依靠的。

這裡的主人是一對姓艾爾肯的夫婦：哈瑞與露西．艾爾肯，五十歲左右，兩人都是土生土長的波士頓人。有的服務人員是成年男人或年輕男孩，不過客人清一色是女士。

高大的鐵門上有個木牌謹慎地標示著，璧翠蒙：優雅仕女的私密旅館。

艾爾肯先生在旅館後面有一間辦公室，而且總是現身參與每一件大小雜事，不過他的妻子卻十分低調。他們在旁邊一幢建築裡擁有一整戶公寓，而艾爾肯太太從來也不曾踏進旅館一步。

旅館原本是屬於一戶在南方經營棉田、內戰前搬來到此的家庭，但是他們沒有在波士頓待太久。他們覺得這裡太潮濕也太令人意志消沉。他們曾經嘗試過改換立場嗎？他們曾經預見戰爭的唯一可能嗎？對莊園人來說，置身一堆波士頓人之間，不會是太叫人高興的事，尤其是在畢肯丘這一區。

有人議論說，艾爾肯夫婦幾乎是不費分文地買下這幢建築。旅館的前半段有一間明亮生動的飲茶間，每周一與周四下午開放給外面客人，而深受當地生意人、律師、進城上課的人，或是一些厭煩了私人俱樂部的人所喜愛。不過當夏綠蒂某一天下午在她的病房裡，詢問丈夫有關這個地方的種種時，他回答：「一間私人旅館？璧翠蒙？我從來沒有聽說過。我相信並沒有這樣的地方。」

「派蒂太太在那裡做廚娘。」

「妳一定是指貝爾蒙。有一家貝爾蒙旅店，在貝爾蒙小丘那兒。」

「不是的，在波士頓。她去的是波士頓。畢許街，在畢肯丘。」

「那一帶有太多偏僻的街道了。妳記得曾經和我去畢肯街參加一個晚餐會，那一次每個人都好擔心威廉會輸掉他的連任？」威廉指的是總統麥金利。怎麼會有人擔心他輸呢？一個中西部人，有全國所有的生意人在支持他？海斯和他父親以及兩個哥哥參加過他的第一任就職典禮，沒有帶上女眷。省略第二任的，因爲海斯覺得不會有什麼新樣事兒發生。但是仍然有著各式各樣的募款活動。那個女人有和他一起出席嗎？

「我從來沒有和你一起出席過那些政治晚餐會。」

「但是我確定妳說的那個旅館的名字是錯誤的。我從來沒有在哪裡看到過它。」

他沒有再多說任何關於那家旅館的話。但是在他的否定中有些什麼聽來不眞確，在他的表達裡有些什麼沙啞作響的雜音，似乎他神遊他方，並不在思索問題一樣。但是，爲什麼呢？他並非勢利眼，她沒有理由懷疑他對事物的估計能力。

她並沒有堅持。他們也並不認爲她應該和派蒂太太保持聯絡。

哈瑞・艾爾肯先生永遠保持高標準。他永遠無法適應不是城市的地方，波士頓對他來說也勉強只能算是個家。在波士頓最好不要做個離心份子，除非你有一堆錢來支持你，而顯然地，他有。他在穿著與飲食的偏好上，顯示出他離心份子的特徵，不管是什麼季節，他只穿白色和茶色的衣服。因爲讓他吃了不少苦的牙齒毛病，他不吃肉，而且只吃白色或黃色的食物，或是在石頭圍起的後台上，由他的廚房人手所種植出來的蔬菜。別人說他貫注所有熱情在他那總是隱身幕後的妻子身上。有一張他們的結婚照掛在牆上某處：兩人都身著白色，年輕蒼白且優雅，特別是艾爾肯太太，如煙霧般的穿著新娘禮服，看起來十分脆弱，像個很容易破碎的人。

這就是夏綠蒂對璧翠蒙所有的認識。派蒂太太的信是由某個廚房女僕偷偷拿來給夏綠蒂的，信上的文字在細節與形容上非常慷慨。她文字上的描述非常生動。夏綠蒂相信她信上的每一個字。像所有的好廚子一樣，派蒂太太有著對事實堅定、不輕易溶解的基本訓練。

不過這些信件的數量還不到夏綠蒂所期待收到的半數那麼多。最後一封是在一周前收到的，派蒂太太講到了她的孩子們。小嬰孩已經差不多要開始學走路了，但是她對此有點偷懶。蘇菲進了一家在公園街教堂設立的初級課堂，摩摩跟著去，上學對他來說還太早了，但是他不願意和姊姊分開；他們准許他坐在女孩子中間，像個女生們的一個玩具似的。而最近，派蒂太太接下了第二份工作，每周二及周三在波士頓烹飪學校試作新食譜，指揮者是芬妮・法門小姐。

親愛的上帝，天氣可眞冷。煤氣燈在山丘上一路照耀著，它們放射出朦朧的暈黃光線，穿過輕柔飄下的雪花。艾佛瑞特・葛森很有耐心，沒有任何抱怨，但畢肯丘實在酷似一座迷宮。和這些左支右岔的小巷弄打交道，眞是陷阱重重，不過，終於找到了幽底斯街，之後是畢許街，再來就是磚造的旅館，璧翠蒙，轉個彎後就座落於一道美麗的鐵欄杆後面。

優雅仕女的私密旅館。正如派蒂太太所形容的一樣，不過招牌上的字體異常雅致，鑲進漂亮金屬嵌工的圍欄上，雪花片片附著在字體上，就像圖畫書上的裝飾物。

艾佛瑞特·葛森還得駕很長一段路回家，但是他想要把馬兒繫起來，跟著她一起到裡面去。把她單獨留在那裡，好像不太合適。

不用了，她很好，這是有她朋友在的地方，說實在的，他已經做得太多了。她該走哪邊進去呢？馬兒們根據以往的經驗，要往後門的方向走去，就如同其他每一趟送貨般，也許廚房裡的女僕會走出門來，給牠們一些方糖，或者一個蘋果。

前門。她是一位客人。她是一名優雅的仕女。「晚安，葛森先生。請轉告你太太，我感覺再好也不過了。」

她的靈魂在身體裡唱歌。所有一切都會變得不同了。她發現，連記得自己曾經生過病這回事，都是十分令人驚訝的。

門徑很乾淨，直通到仔細用平滑花崗岩鋪設成小行圖案的方形小廣場那兒；一定有人在不久以前才剛清掃過。一個做成橡實形狀的巨大鐵質門環裝在大門的正中央，當她去扣擊它時，門立刻應聲而開，使她差不多是摔進了門裡面去。

她幾乎沒有時間去注意到底是誰在前廊上，站在她面前。她感覺到黝黑的木頭，聞到潤澤油的氣味，還有燭火的閃爍與陰影，和溫暖豐富的內牆色彩，以及鮮花的香味。有一瓶溫室種出的玫瑰就擺放在一張木檯子上。

一個刺耳的男人聲音說道：「妳來錯地方了。」

「不，我想我沒有。」

「妳貴姓大名。」

這聲音聽起來很不友善，不過她仍不覺得有任何不祥的預兆。

她察覺到她無法分辨出這身影是男是女。那是一個潛身暗處的人影，手中握著把掃帚，身著一件深色的連帽斗篷，上面還滴掛著半融的雪花。然後，她瞧見一張紅通通的臉龐，有著粗糙的斑斑灰色鬍髭滿布在下巴與兩頰上，還有一個非常大、球莖狀的紅鼻子，由它的外形看來，好像不只斷過一次。

裡面某處有人正在彈奏鋼琴，參差不齊地忽然停下又再度開始，玩弄著音階，輕輕地彈著各種怪異的音符組合，音符從指下滑掠過而不成調。她說出自己的名字。也說她是此處的廚娘派蒂太太的朋友，是從派蒂太太以往工作的人家來的；可以去通知派蒂太太嗎？

那男人發出一聲低沉的咕嚕聲，把掃帚拖在身後，從走廊上消失了。

她再跨步向裡面走近一些。右邊有一扇門，她直覺地知道它通往樓下廚房，像家裡的那一扇，在她病房的那一扇。她喜歡如此的對稱：在她的餘生裡，處的地方皆有一扇門，直通到樓下的廚房，她覺得如此可以提醒她，她是自由的。

Do-re-mi，do-re-mi，do-re-mi，鋼琴繼續彈奏著；低沉的笑聲，風吹擊窗玻璃的聲音，樓上家具的轆軋聲，小客廳壁爐中木塊的破裂聲。Do-re-mi-fa-so。

她想像十年前的一幅畫面，她身在一間長如畫廊般的房間中的鋼琴旁邊——希斯家的人稱它爲：我們的音樂房。「我們很希望妳能夠學習一點音樂。」

她的小姑們會彈奏憂鬱的德國樂曲、讚美詩、喋喋不休地唱著河流和花朵的歌曲，以及關於情人在月光下死在彼此懷裡的曲子，全都很無聊。課堂上，她的婆婆會在站在她身後。「夏綠蒂，妳讓鋼琴變得像是一種施行酷刑的工具；妳表現得好像所有的手指都是姆指似的。」——她不知道她形容地多精確——直到那個操著英國口音的佛蒙特人，留著像海象長牙般的可笑鬍子、卻受全家人愛戴的肥鼓鼓的老師，對著她眉頭越蹙越緊，還不時用手拍打著鋼琴，像個可怕的節拍器，而她則全身充滿著想跑出去到小棚子裡，找出一把斧頭，砍碎這所有一切的渴望，包括所有的家具，那些法國來的粉紅色與白色的椅子，那些紡錘型的桌子，那些死掉的希斯家人框在厚重的木框中的肖像，那畫像如果掉下來砸到你頭上的話，你就死定了。她爲什麼會嫁給海斯．希斯的呢？

因爲對他說不，就像是對著妳自己的心說不，像是妳對著自己的心問著，妳還要不要它在妳的胸腔裡跳動。

Do-re-mi，do-re-mi-fa-so-la，然後是一聲顫抖的長音，接著一切沉寂下來。她覺得如果她夠仔細地傾聽，可能會聽得見蘇菲與摩摩叫喚著彼此的聲音，或者小嬰兒的哭聲，雖然此刻早已經過了他們上床睡覺的時間。一陣高興的戰慄通過全身：她想像著當他們看到她時，小臉上會是怎麼樣的表情。他們一定長大了些，孩子們長得很快，從他們離開以後，已經過了六個月了。

沒有任何滿溢著感情的道別儀式。事實上，從沒有離別的場景發生。去年接近秋天尾聲的一個早晨，夏綠蒂從一個混亂的夢境中醒來，感覺到似乎有張毛毯往她臉上丟擲過來：一張死寂般的毛毯。

樓下的廚房像顆大石頭一樣的靜默無聲。就好像她突然聾了似的，就好像耳聾是另一項患病的宣示。「我得自己送早餐來給妳，因爲廚娘被解僱了，」她婆婆站在門廊上說。一碗薑汁布丁送了上來，是前天晚餐剩下再重新熱過的，加上了鮮奶油。她嚥下它，只因爲那是派蒂太太做的。她考慮過絕食；考慮過完全停止進食。她想像自己在床單下面縮小，像喝下藥水的愛麗絲，一直變小、變小、再變小，只除了她並沒有美妙的冒險。

後來一張紙條悄悄地傳到她手中，一張留在一名女僕那的紙條，上面是蘇菲細瘦的字跡。「妳不可以傷心妳要好好的妳會收到信件她這麼說的還有再會我不喜歡妳的家人除了妳和海茲先生我們去城裡。」最下面派蒂太太寫著：「我很快會寫信來。」

這就是她下定決心要康復起來的時候。她一定不自覺地一直在爲這回的重聚做準備。丈夫在廣場旁邊的畫面已經燒毀在她眼後了，所以在她到波士頓來的一路上，其他什麼的都看不見——他詫異的表情、他的帽子掉落地上、那個在他身旁穿著繫腰帶外套的女人、她的手臂挽著他——這一切都不見了，就好似它們是好久以前發生的事，就像這些本來就是如此設定好了的。

門被甩開。她跳起來。她的手臂已經張開，準備要去迎接那個她很肯定將會到來的擁抱。她覺得自己的喉嚨緊了起來，她控制住自己不要像抵達葛森家時那樣、爆發出強烈的感情。

然後突然間：「妳不可以留在這裡。」

是派蒂太太，就是她：高大壯實、大胸脯的女人，突然出現在夏綠蒂的面前，微微喘息著，一面在自己胸口的位置上拍打著。看起來她是在震驚中一路從廚房爬上陡斜的樓梯，像一個人驚慌地從火災現場中跑開。她穿著那件結子綁在背後的沉重舊圍裙。結子鬆開了，圍裙的兩邊無力地垂掛在兩側。

「希斯太太，妳必須馬上離開這個地方。」

在家中，靠近溫室外面有一條石板路，在她生病以前的一個寒冷的早晨，夏綠蒂走到外面去，看見她的一匹馬兒鬆了韁繩，在那一帶留下許多糞便。不好。她把馬牽回馬廄中，轉回來正預備打掃石板路時，在房子轉彎的角落處，遇上比她先到那兒的一名女僕。這名女僕提著一整桶冷水，舉起它用一個大動作，把水潑向石板，這時夏綠蒂恰恰站在路上。水的沖力像是不知從哪裡來的一拳，重重地擊在她的臉上。

搖搖晃晃、渾身滴著水，她捉住驚惶失措的女僕伸過來的手臂，穩住了自己，她怕到了骨子裡，因爲她發現被擊昏是件多麼容易的事——打倒妳的平衡感——即使是被像冷水這般平凡之物。她覺得自己的身體眞的就如同一片葉子一樣如此薄弱。

這就是此刻她從派蒂太太那兒感受到的。小手提箱和一盒點心從夏綠蒂的手中滑落到地板上，她伸出手扶住牆壁。覺得身體中間有什麼凍結住了，像她永遠不能再移動一般——又回來了嗎？麻痺？她的意念轉進去的那個空虛的洞穴。

派蒂太太的影像擴大，再擴大，她面現憂色，但也同時顯現著堅定與決斷。有人從廳上走過來，站在她身後。一個男人。整個人是米色與白色系，穿著件淡褐色的喀什米爾毛料的長衣，前襟敞開，露出裡面亮白色的正式襯衫，他的頭髮則是紅黃色的。長褲是白色的法蘭絨料子。他具備某種堅定的男性體質，像拿破崙，但是又帶著點溫柔的味道，甚至有些精緻。他的五官十分好看，細細的眼睛，窄直的鼻梁，高顴骨。他的臉龐看起來剛剛刮過，平滑蒼白。他比派蒂太太矮，所以得抬著頭看她，但是你可以看得出來，這裡誰才是老板。

「我在想，」他對派蒂太太說，就好像夏綠蒂根本不在那裡一樣，「八號房間和十一號房間的晚餐進度如何？」

派蒂太太盯著他：「進度是零。廚房已經關了。」

「我明白了。那麼我想知道，那個大的錫製洗衣鍋在哪裡？那個非常巨大，我們有的最大的那一個？」

「在洗衣房裡。」

「我認爲我們得鎖住那間房，還要把鑰匙藏起來。如果我們不這樣做的話，八號房的拉蒂馬太太與十一號房的艾普頓太太計畫搶走它，把它搬到外面，接滿融雪，在下面支起一堆營火，再找來一些香料，然後把我放在裡面，煮熟我，吃下我。她們就是這麼地飢不擇食。我猜警察會出現，但是我想他們不會介意瞧著我被煮熟。也許這會使妳想起那些女人的丈夫，跑去赤道下方某一個神祕部族居住的島嶼，在那邊有興旺的食人族，而她們等不及要照本宣科試試看。」

「告訴她們，我可以借給她們一隻長把叉子，好用來把你插在上面。」

「我還是要先去把洗衣房的門給鎖上。」爽快、有尊嚴的轉過頭，他把視線停留在夏綠蒂身上。「我是哈瑞·艾爾肯，」他說，「這裡是我的旅館。」她知道他正在打量她——全身上下，裡面和外面，她感覺得到——而且她可以辨識出他表情中的聰敏，就像她自己饒有興趣地打量馬匹的方式。她不介意。她讓自己回視著他，派蒂太太則在一旁越來越激動。

「夏綠蒂，妳的先生在哪裡？」

「沒有和我在一起。」

「妳是希望有一間房間嗎？」

「是的，派蒂太太，雖然我從不曾見過妳這樣。」

「房間客滿了，」她平板地回答。「就是這樣，哈瑞，和她說再見，她要離開了。」

「我要看看妳的孩子們。」

「恐怕不可能，」哈瑞·艾爾肯說。他溫暖地微笑著。「我不介意他們在周圍，但是有一位我們的客人非常喜歡他們，而且非常地富有，她提出了收養孩子的建議，所以我們的派蒂太太就賣掉他們了。我勸過她不要這樣做，因爲我懷疑這樣並不會帶來任何好處，但她是個有自己主意的女人。」

「夠了！」派蒂太太憤怒的說。「我沒有做那種事。如果需要一間房的話，希斯太太可以上查爾士街去，有非常好的房間，莫克西里可以帶她去，或者我自己也可以帶她去。」

「妳已經見過莫克西里了，」哈瑞・艾爾肯說。「我們漂亮又和氣的看門人，無疑地，他穿著那件吸引人的斗篷、十分甜蜜的迎接過妳。希斯太太，是妳的手大，還是妳戴著一雙男人的手套？」

「我的手還滿大的。」

「一種很好的品質。」

「謝謝你。」

「我聽說妳臥病在床。現在看起來，妳已經康復了。」

「她沒有！」派蒂太太叫起來。「她一定是瘋了才跑出來！在這樣冷死人的夜晚！獨自一個人！我無法想像她預備做什麼！」

「妳的旅程一定是挺嚇人的。」

「我很享受它。」

「我聽說是一輛麵包店的送貨馬車載妳過來的。」

「那位麵包師傅，」夏綠蒂說，「是我的朋友。」

「她不能留下來！」

「那麼，我也是妳的朋友。」哈瑞・艾爾肯對夏綠蒂伸出雙手。她想到她應該脫下手套，不過突然間，就在她開始爲自己覺得驕傲時——她的自我控制能力，堅持自己立場的方式——這動作似乎變成連試都不能試的一件複雜事。到底，一個人該如何準確地脫下手套呢？

她頭暈。她在發抖嗎？她看起來失去控制了嗎？這是否像是她曾經大口吞下艾佛瑞特・葛森所提議來驅除嚴寒的白蘭地，雖然事實上她並沒有喝它。這個人，這位哈瑞・艾爾肯是否把她看成一個醉女人，這對她來說是很重要的事。當他看著她時，他想著的那些事也非常重要。

她依靠的牆面怎麼可以這麼不堅固？她感覺到木頭在溶解，她本來以爲它們是固體的，其實是被耍了。她想要向前，伸出手給這個向她走過來的男人，但她不知道該如何做。他好像移動得特別慢，鬆散散的，看起來像在水底下走路似的。

「我不明白你的牆是怎麼了？」她說，十分訝異這些字句聽來很粗重，異常地含糊，好像她用手捂住了自己的嘴。

這個地方的木工絕對弄錯了什麼，還不止是牆面而已，地板也是一樣。沒有發出一點聲音，但卻在她腳下裂開，像是池塘上結冰的發亮表面，看起來厚實，直到妳踩了上去。

4

雖然她早就已經發展出把大部分想法保留在自己心中的技巧，一生當中，人們仍總是說她有太多想像，好像這是一件可怕的事，那本是應當隱藏起來，連想都不要去想，卻像是某種不正常的、長厚了的、令人尷尬的肌肉，在皮層下不合宜地鼓脹出來。

很久以前在她的另一段人生片斷、還是一個女學生時，在喬治生小姐的基督教女子學院裡，由於她過人的靈慧，以及在體能上快速又大膽的作風，在同年級的同學之中顯得特別突出。她是那個在課餘小型賽跑上，跑得最快的學生，她是那個當其他人寧願在平地上玩、卻喜歡在有坡度的地面上滾輪圈的女孩，她也是那個帶著無懼且驚人的歡快騎著馬的女學生，雖然她頭髮和皮膚的顏色不符，老師還認爲她一定擁有印地安的血統；但不論總總如何，她是拿慈善教育經費進來的學生。

他們只需要說：「夏綠蒂，如果妳不能把字拼成上帝希望的那樣，那妳一整個月都不能上馬廄那去。」她就會熱心地拿起初階課本。她一次又一次陷入麻煩，因爲不能正確地摹寫句型（反而加上了她自創的片語），因爲不會用設計好的花樣嫻熟刺繡（反而做出她自創的圖形，用最鮮豔明亮的線，繡出的成品也充滿了線結和糾纏的線頭），她也無法記住演說課上要學生背誦的章節，那些來自聖經或導師喬治生小姐筆下，喬治生小姐的詩複雜且熾熱，所有的作品都在歌頌凡人靈魂生命的旅程所面對的恐怖與危險，這些都是從她最心愛的英文書《從今世至來生之天路歷程》獲得啓發來的。

「千萬不可以讓想像力影響到妳。妳必須學會去馴服慾望，妳必須學會去忽視它的需求，」喬治生小姐會這樣說。夏綠蒂不知爲什麼的會看著她，心中幻想著，在她所有的這般演說中，「慾望」及「需求」兩個詞會如此強調般顯眼地站立出來，像是原本你在聆聽小短笛單一、嗡嗡作響的優美背景音樂，喇叭突然的一聲巨響。

最好還是把一個人的想像力想成是那人自己的私密之事吧。

所有生病躺在床上的日子中，她依賴著它，躺在那裡想像著環繞身旁的家中事務，或者是馬兒們在馬廄中做什麼，或者她的丈夫在俄亥俄州、賓夕凡尼亞州，還是不論其他何處在做些什麼，或者是她房間外的世界會是如何，多彩且戲劇化，少了她卻繼續繞著軸心旋轉著，充滿了女王、老駁船、暴力、背叛、心痛、愛情、激情、決心的世界。「至少我還擁有一份想像力，」她會對自己說。爲此她覺得驕傲。

但是也許在她生病的時候，自己的想像力出了什麼事。

她並沒有疑惑她置身何處，至少還沒有開始。她覺得和她眼前所見比起來，自身的情況如何並不是那麼重要。她知道自己正躺在一個溫暖的地方，靜靜地躺著，一條毛毯覆蓋在她身上。她所能夠理解的是，她正在經歷一個幻象。也許是發燒引起的，她想，雖然並沒有眞正感覺到熱度。

她的想像力一定哪裡出問題了，看看它現在帶給她的是些什麼。

這不公平，不公平，有那麼多她可以擁有的、無止盡的幻覺的可能，這個幻象偏偏有著她主治醫生莉莉・希斯嬸嬸的模樣，穿著件睡袍，像個鬼魅般的幽靈站在那兒，俯身看著她。

夏綠蒂並不相信從另一個領域前來，四處潛行、非人類的鬼魂或幽靈這些東西，雖然有一次在家裡，她和三名愛爾蘭女僕——她們有很富韻律的名字，凱蒂、白瑞蒂和莎蒂——一起舉行過一次降靈會，在地窖裡召喚她公公長久以來的一位侍從，因爲肺炎過世名叫威里斯的老人。她們想和他談話，因爲白瑞蒂在他床底下發現的盒子裡，在小裝飾品和銅板中間有一張紙片，上面有他親筆寫著：「我是這個地方的僕人中，那個最漂亮的核桃髮色女孩兒的父親，受孕及誕生於蓋爾維，上帝是我的見證人，在此之前，我從未說出過這件事，因爲她的母親是另外一個人的妻子。」

這三位女僕都有著深淺不同的核桃色秀髮，也都是從愛爾蘭那個地區來的。看樣子她們也不能寫信回家問自己的母親關於婚外戀情這回事。至於「最漂亮的」這個說法，在夏綠蒂的命令下，她們先把它放一邊。作爲她們的女主人，她有權力去要求她的權威性：她們總共是三個人，每個人都有她自己的相貌，也都具有同等程度的吸引力。如果她們要在這種小事上爭論不休，就什麼都休想繼續了。

所以到底是哪一個女孩兒呢？她們做了一切所能想像到的方式去召喚死者。她們帶來老威里斯的衣服、煙斗、靴子等所屬物。她們點燃蠟燭，女僕們還說了些蓋爾維那裡的方言，她們努力集中精神，夏綠蒂覺得她的後頸濕冷又黏，汗毛直立，如同有冰冷的手指頭在碰觸她，而其中一個女孩在恐懼中想到了一種可能性，如果這個她們招來的鬼魂不是威里斯，而是別的什麼，比如說是有邪惡天性的那一種？雖然一個正在地獄之火中接受懲罰的惡靈，不太可能脫逃並跑到這個地窖子裡來，但是你永遠無法確定，所以她們最後放棄了。女僕把威里斯的自白書放進廚房的火爐中燒掉了，結果她們把彼此視若姊妹，好似他是她們共同的父親。她們本就一直深深喜愛著他的。

也許，夏綠蒂想著，幻覺就像是對死者的潛在懷想。你就是無法控制住他們。而他們還會開口說話。

「哈囉，夏綠蒂，」莉莉嬸嬸的幽靈說。「看到妳眞是嚇了我一跳。」

「別想騙我。妳是我想像出來的幻影。」

「別擔心了。」

「我沒有。」她一點也不覺得擔心。她只是感到好奇。「我在哪裡？」

「不是在家裡，這一點可以確定。我以爲妳永遠也不想離開妳那張床。我以爲，妳知道的，妳選擇躺在那兒過完餘生。」

如果這個幽靈不是這副穿著，夏綠蒂眞的會以爲她回到了自己的病房裡，而醫生像往常一般在她身旁。她的睡袍非常可愛：長長的、白色的，細薄的棉布料，有一條緞帶在領子上，領口和袖口上帶有些可愛、精細的蕾絲，而且似乎有紫丁香的氣味從衣料上散發出來，但也許是香水的味道。

這是她所能得到的最佳幻覺嗎？一個會說話的莉莉嬸嬸的妄想，用一樣的老成持重的醫師口吻，那種命令式的、「我比妳懂得的多」的聲調，帶著穩固的權威性、自我的堅持、「妳實在應該要聽從我說的話」的服從性？

笨腦袋瓜子！

即使是她以前校長的幽靈都會來的好些，梳著老式髮型，穿著深色系、沉重、有著裙撐的安息日服裝。喬治生小姐對穿戴裙撐懷著信念，即使在所有人都已經不穿了以後。

它從她的尾椎骨那裡向外突出，像是一個被放錯位置的椅墊一樣。夏綠蒂知道在衣裳的寬大褶疊之下的那一部分有多麼柔軟，因爲在她九歲時，曾經有一次當喬治生小姐忙著把書放到書架上時，她大膽地偷偷跑到她身後，捏了捏那個東西再偷跑回去，並沒有被逮個正著。年紀大一點的女孩說，裙撐是眞正成年女性的骨骼，就好像妳從穿著長到脛骨的女孩子衣裳，進階到穿著長到腳踝的女人服裝。她們還說，妳必須坐在隨著妳成長步調而調整的、切割過的椅子上。但是，那其實只是一塊長方形的小枕頭，繫在椅子上，並不具有任何目的。夏綠蒂從來不懼怕喬治生小姐。莉莉．希斯嬸嬸，不管是不是幽靈，則又是另外一回事了。

一個聲音悄悄地開口，一個男人的聲音：「她病得很嚴重嗎？」

「她沒事。虛弱，但沒事。她，就像我之前開始要告訴你的，從沒有被家人好好理解過。」

「我可以明白是什麼原因。」

「我想我們不應該把她丈夫找來。」

「我想，希斯醫生，不把別人的丈夫找來，正是這兒的規定。」

「我應該要你離開的。我以爲她要到早晨才會醒來。但是如果你以爲我會讓你單獨留下來和她在一起，那你就錯了。」

夏綠蒂現在看見了，在瓦斯燈幽暗的光線下——一盞燈具慢慢成形了——一名蒼白、年輕、也許十九或二十歲的男子，他的臉龐如此無瑕，如此完美平滑，而且光彩四射，凝視著他幾乎使她停止呼吸。他簡直是她一生中見過最美麗的人，甚至圖片上的也沒有這麼美。他奶黃色的頭髮服貼地梳到後面，而他全身似乎散發著無比奇妙的、彷彿另一世界的光芒，她不得已承認她的腦子畢竟沒有拋棄她。她無法計算在病中有多少次，曾經希望眼前能出現這般美景。

他看起來就像一位天使，不過是位穿著灰色睡衣的天使，有一排男人用的珠扣從頸部排列到腰際。

多精美絕倫的質料！他有著高眉骨、高顴骨、高大的身材。他的眼睫毛像女孩子的一樣濃密。他的手保養的細長且優美。他手肘以下的手臂露在外面，幾乎是無毛髮的，不過在他身上可沒有絲毫軟弱的痕跡：那裡有著隱藏得很好的內在力量，她猜想他可能只需用最輕微的努力就可以將她抱起，甚至連這張她躺臥在上面的床一起。

他的睡衣長至膝蓋；露出來的腿部有一點點向外彎曲，像一雙騎士的腿。她喜歡這一點。他似乎並不介意她這樣盯著他看。他的笑容就像是不期然地從一片猙獰的烏雲中看到太陽一般。

他說：「我突然覺得有點冷了。我想是爐火快熄了。」

在房間的另一邊，好像是因爲被提及才突然出現一樣，有一堆火軟弱地在壁爐裡燃燒著。一段木頭嘶嘶地帶著火星劈啪作響。

這裡沒有虛假的東西，掛在牆上的畫也不是，全是水彩畫，裱在好看的木框中；有些畫是一艘紅色的航船停在港口旁；有的是麥田邊上的一部老馬車；還有擺在桌上旁邊有一盤綠葡萄的一只銀製水瓶。影子左右晃動著，映在糊貼著非常平整的淺綠和黃色條紋相間的壁紙的牆面上。地板上有一塊紅色與褐色花紋的地毯。

角落裡有把椅子。上面有一落衣物，並沒有像洗燙好的那般摺疊整齊，而是丟在那裡垂掛著。還有一個高大的五斗櫃，橡木質料。在另一個角落有一個梳洗架。全部都很眞實。這是一間小而狹窄的客房。

年輕人拿起一隻火夾，把它插入火中。「我以爲你是一名天使，」夏綠蒂說。他轉過頭從肩膀上看過來，露齒而笑。

「不到一小時前，有人在聽過我的琴聲後，對我說過差不多完全一樣的話。有嘲諷性質在其中。我相信我是被侮辱了。」

「我聽到你彈鋼琴！我認爲你彈得好極了！」

一件大衣掛在門邊的鉤子上。一件深色風衣式樣的羊毛大衣。一條絲巾從一個口袋中垂曳下來。夏綠蒂認得這件大衣。她也認得這條絲巾，上面有著名字縮寫的刺繡：ＬＩＨ。

莉莉蓮．艾佛遜．希斯。

夏綠蒂挪動著身軀，用肘部支撐著坐了起來。她抬頭往上看著醫生，一路往上，因爲她那引人側目的高大：五呎十吋，她對此泰然自若，還經常以此開玩笑，說她和那些男人一起進醫學院的唯一方法，是有一位富同情心的骨科醫生，分開她的腿骨（在麻醉狀況下）再接上了額外的六吋，像是某一種實驗性的移植手術，如此一來，就沒有多少同儕或教授能夠看低她，至少在身材上不能。因爲長度的關係，她偏好男性大衣，還有男性鞋子，因爲她的腳也很大。不過她並非男性化的女人。

夏綠蒂嘆著氣說：「哈囉，莉莉嬸嬸。妳是眞實的。」

「我不想開始形容我有多麼希望『妳』不是。」

「我猜，是他們找妳來的。一定是因爲我看起來很不舒服的樣子，但是我很好。我眞的很好。看。還在動。」

夏綠蒂在毛毯下盡量有力地擺動著雙腿；它們正常地移動著，她沒事，而且她沒感覺到任何以前經歷過的那種頭疼，只有感到些沉重。她倒回枕頭上。她想要輕快的坐起來，大聲鼓吹自己的辯白詞語，特別是現在可以很清楚地看得出來夏綠蒂並非處在致命的危險當中，而莉莉嬸嬸看起來並不是很開心，一點也不。

但是夏綠蒂疲倦極了。「我覺得我一定是吃了妳以前給過我的那些安眠藥，」她勉強的說出這句話：「這不是很奇怪嗎？」

安靜地，在醫生給的某種信號下，那個年輕人拿起椅子上的一件外衣，把它搭在肩膀上，沒有說一句話就從房間溜出去了。走廊外響起一片模糊不清的低語聲。一定是有一小群人聚集在那兒，像是聚集在火災或車禍現場的人群。派蒂太太是否在其中呢？

她永遠也不要和派蒂太太開口說一句話了。她又一次替自己覺得傷心難過。她沒有朋友。

即使在她生病前，所有的其他女人都有孩子；她們鎖在一個孩子的世界裡，只跟彼此說著話，當她駕馬車經過時，她們會對她揮手打招呼，而且一點也不試著去隱藏同情她的意味。

還有誰可以算是她的朋友？女僕、僕人、馬夫、管馬廄的小男生。都是些領錢的人。恐怖的寂寞感抓緊了她的胸臆及喉頭。現在派蒂太太也遺棄她了，她只剩下那個沒有別的選擇只好照顧著她的醫生。

「爲什麼妳穿著睡衣，莉莉嬸嬸？爲什麼妳的衣服堆在椅子上？」

「因爲這裡是我的房間。」

夏綠蒂嘗試著去瞭解這是否有道理，莉莉嬸嬸在後灣區有一幢宅邸，那兒還有她的私人診療室，在布魯克萊，她還有一幢和契斯特伯父——他是一位當律師的希斯家人——共住的大房子。

契斯特伯父的外表跟他兄弟歐文十分相似，但是個性不一樣。不像歐文伯父和其他的希斯家人，他研習刑法，而且是一位民主黨員，外傳他頗有名，寫了一本關於非出生於美國、但在美國定居、與當地警察扯上了麻煩的人的法定權利的書。書的名稱是《外來者的不容異化之權益》，或者其他什麼類似的。海斯在家中書房的書架上放置了這本書。它厚達六百多頁。他是全家唯一讀了這本書的人。

莉莉嬸嬸專精於頭部、腦部和脊椎的創傷及疾病，那些看起來不論有沒有她在旁邊，無論如何還是會死的疑難雜症。一直到現在，夏綠蒂從來都沒有想過，她會在把職業上的病態壓力與私人生活區分開來這方面，遭遇到任何問題。但是莉莉嬸嬸看來進退維谷，就好像她被某位病人傳染上了某種神經方面的疾病。

「這是妳的房間？」夏綠蒂說。

「它本來是的，現在變成妳的了。只有今天晚上。我得去找另一處地方安頓我自己。不要再多說話了。妳現在應該睡覺。」

有些什麼事得回想起來——她絞盡腦汁想著——一些家裡的事，契斯特伯父，歐文伯父。試著回想事情眞是困難。歐文伯父過世了。她沒有參加在屋子裡的守靈儀式，之後將會舉行一場葬禮：莉莉嬸嬸有去守靈嗎？喔！那個女人！

「莉莉嬸嬸，歐文伯父過世了。」

「我知道。」

「有一個守靈儀式。」

「我有病人要照看。」

「葬禮就要舉行了。」

「我也知道這件事。」

彷彿就像嘗試著與陌生人交談。莉莉嬸嬸的丈夫怎樣了呢？她記得，契斯特伯父原本應該被任命為法官了。她的公公說那是絕對不可能發生的，因為契斯特伯父是一位智識不足、缺乏毅力、感情用事、過於激進的怪傢伙。

「契斯特伯父當上法官了嗎？」

「是的，這足夠提供家族間閒聊的題材了。」

「他是希斯家族裡我最喜愛的人了，」夏綠蒂說。

一切都開始變得模糊起來，對她來說很幸運，因為她覺得自己無法再擔負更多莉莉嬸嬸的不滿情緒了——不，比不滿更糟，那是被控制住的、保留的、無聲的憤怒，如同法官一樣，彷彿夏綠蒂犯了什麼罪行。她到底做了什麼？

她只是到城裡來投靠派蒂太太。是她要求到這間房裡來的嗎？是她要求請她的醫生來的嗎？她是無辜的！而且不管怎樣，醫生不是應該要親切和藹，更何況她面對的這名姪女兒，同時還是她的友人，她想在那些個月，莉莉嬸嬸每個星期都要來看她三四次，坐在她身邊，帶來許多東西——書籍、雜誌、護膚油、橘子、溫暖、手指在夏綠蒂手指上的重量、越過夏綠蒂前額的冰涼的手——還和她談天說地，不像現在這般嚴肅、冷峻，用著不認同的匕首，似乎直直的指向夏綠蒂的心。

這不公平，她的丈夫不再愛她，而她坐在一輛麵包師傅的馬車上，在幾乎凍結起來的冷空氣裡，奔馳了好幾個小時，她嚇壞了，卻還得隱藏它，使得驚嚇的感覺更為強烈，還加上派蒂太太！

派蒂太太表現得很可怕，現在莉莉嬸嬸又一丁點不關心夏綠蒂。匕首一般刺心的冷淡，從她身上洶湧而出。糟透了的醫生！他們應該沒收她的執照，他們應該禁止她診療病人，他們應該取銷她在醫院的特權。假如她主持一個部門，情況會是如何？假如病人以爲她技術高超，又會如何？她不行的，雖然她現在看起來很不錯，秀髮披散下來，深色的鬈髮又豐又厚，絲絲灰髮夾雜其中，不太多，像發亮的裝飾線。夏綠蒂發覺到，她之前從未見過莉莉嬸嬸放下她的秀髮。

「我想妳會好起來的，」醫生柔和地說。

也許她並不是那樣的一個怪物。

「睡覺吧，夏綠蒂，我會想辦法送一封信回家，告訴他們妳和我在一起，不過我不會說在哪裡。他們會認爲我把妳帶到公寓那邊去了。」

她在說些什麼呢？

「妳頭髮放下來很好看，」夏綠蒂說。「但是我不懂妳爲什麼對我這麼生氣，我也不懂妳在說什麼，還有我不明白妳爲什麼告訴我這是妳的房間。」

「不要擔心。」

「妳已經對我說過這個了。」

「但那是妳以爲我不是個眞實的人的時候的事。」

不再有那刺人的匕首了。夏綠蒂漸漸昏了過去，她無能爲力。所有一切都緩緩地消退下去。燈看起來好像被熄掉了，雖然並沒有人去碰它。爐火也要滅了，但是她固執地堅持要多撐一刻，因爲她記起必須要和莉莉嬸嬸說的一些事。

「我痊癒了，妳說過我永遠不會好起來。妳說我得要鞠躬下台，接受事實，以及和疾病共存亡。」

「曾經說過這些話的是妳自己，夏綠蒂。」這是她的答覆，從高高的地方傳來，幾乎要靠近天花板那麼高了，好像莉莉嬸嬸又長得更高了——或許她眞是長高了，夏綠蒂想——似乎現在這狀況中的所有迷惑全混淆重疊到一起，拉扯著她。現在她必須終其一生四處用頭撞著門框，而客觀的來說，這實在是很悲哀。

可憐的莉莉嬸嬸。感覺上要一路彎下身靠近夏綠蒂，足足花了她半小時似的，她輕柔地撫觸著夏綠蒂的前額，如同以往的方式，彷彿她的手指本身傳遞出睡眠的訊息。

5

新的爐火在燃燒著；爐架裡的木頭堆得高高的。一名女僕走了進來，一個嬌小、害羞的女孩，剛滿十五歲左右的模樣。她直接走到窗邊，把沉重的暗色窗簾拉開。一片白色。幾乎沒有任何陽光穿透進來。

這時是早晨。應該有陽光才對。她的生命不應該變成這麼怪異，在一個沒有陽光的早晨、在一張陌生的床上醒過來。夏綠蒂身上穿的是昨天的那一套衣服，黑色與棕色夾雜的羊毛襯衫型洋裝，配上同套的背心和短夾克。幸好她所有的衣服穿在身上都頗寬鬆。她從未穿戴如此整齊地睡覺。

「打攪了，太太，」女僕緊張、警覺地說。

從頂端直到最底下，每一扇窗玻璃上面都完完全全結了霜。「霜，」夏綠蒂自言自語，「是自然的東西。」而當她從爐火那兒掉轉頭看向窗子的一瞬間，以爲自己的眼睛出了什麼問題，一種全白的失明，像發生在被閃電擊中的人身上那樣。你一輩子什麼別的都看不見了，除了當初那擊中你的白色閃光，永遠存在眼前。

這就是她婆婆的貼身女僕、老的像一顆梅乾似的絲坦菲爾德小姐的遭遇，每個人都目睹了經過。那時是夏季，在避暑的房子那兒，她在雨中出門去，以八十歲的人來說，這眞是瘋狂，不過她像皮革般堅韌，又令人無法置信地健康；除了萵苣葉和豆子外，她從來不吃別的東西。她遺失了裝她所有物的小盒的小鑰匙，那是金屬製的，她總是帶著它，塞在一邊手臂底下。她認爲她是把這把鑰匙掉在院子一棵榆樹邊的草叢裡了，這棵樹多年前被閃電擊中，已經不再有葉子、樹枝，而只是一棵從中段被撕裂的報廢了的樹幹。絲坦菲爾德小姐喜歡在那兒吃午餐，就像野餐似的，單獨一人在一張她專用的長椅子上。

放在盒子裡的，是她的私人日記。當她拿著它時，並不知道裡面是空的。三個愛爾蘭女僕拿了那本日記，加上夏綠蒂；她們在廚房裡閱讀它。很多篇是寫給耶穌基督的，像是「耶穌，我對那些我犯下的罪耿耿於懷，」還有很多是她該做的零散工作的備忘。「太太說要把綠色衣服掛出來透透氣，是綠色配上藍色的那件，不是配上金色的那件，她還說星期四要擦拭髮刷和髮梳。」

那眞是一個莫大的失望。當她們正讀到，「希斯先生，是太太的丈夫，有五天腸子沒有任何的活動，我們討論到這回得請醫生來，要把它導引出來，但他發誓他絕不屈從，還說他寧願從懸崖上跳下去，」一名做院中雜工的男孩子，也是愛爾蘭人，很淸楚她們幾人正在做什麼，匆忙地跑進來說，絲坦菲爾德小姐正跪在院子裡那棵樹下的草叢中，而此刻氣候已經轉變成暴風雨，她們全部都驚跳起來，跑向她那兒；她們並不是虐待狂。

一聲警報在主房區和周圍的小屋之間響起來；每個人都跑到窗邊、門廊邊、或是寬大的側廊上，叫喚著她。當閃電來襲時，夏綠蒂剛剛跑出廚房門口，三個女僕跟在她後面。絲坦菲爾德小姐一定是被前幾個明亮刺目、令人悚然的閃光嚇著了：她將盒子高舉在面前，像是一面盾牌。

第三個還是第四個閃電擊中了她，之後那整個秋天和冬天，她在眼睛上繫上一塊黑色的緞子布，就像一個眼罩那樣，以爲可以幫助她恢復視力，但是卻沒有效果。她只能看見一大片的白色，於是她去遠處一位表親同住。

日記本放回去了，鑰匙也放回去了，絲坦菲爾德小姐從來沒發現眞相。三個愛爾蘭女僕可以去告解，她們有自懲與贖罪的方法，她們是天主教徒。但是夏綠蒂想著，她該怎麼辦？

以前在學校的時候有人告訴她，如果呑下一顆橡實——她總是在戶外逛來逛去尋找可以吃的東西，從來也沒有滿足於那份量單薄的餐點——一棵橡樹就會紮根在腸子裡，它會從你的肺、喉嚨長出來，樹枝則從耳朵裡伸出來，完全消滅掉你，像是古老的希臘神話中，不服從神意而被施以魔法的女孩。

罪就是像那樣。罪就像是那一顆橡實。

自從絲坦菲爾德小姐把她的東西全裝進一個大箱子裡，並離開他們的房子後，夏綠蒂就未曾想起過她，但此刻她卻無法想及除她以外的任何事，突然湧上心頭的一絲悔恨。她發現自己嘗試要禱告，自從離開學校以後她就沒有如此做過了；她已經完全喪失了這項能力。她不記得任何祈禱詞裡的字眼。旅館的年輕女僕正走向她，靠近了她的床邊上。

我希望自己不具有良心，夏綠蒂想，她記得那一塊黑色的眼罩，還有絲坦菲爾德小姐如何僵硬的坐在客廳中爐火旁邊的一把椅子上，解除了所有工作勞役，說著：「請你們哪一位告訴我，爲什麼我只能得一塊白色的裏布覆蓋眼睛，我更希望用一塊黑色的紗布。」

「不好意思，太太，打攪了。」

「我眞是，非常的遺憾，」夏綠蒂說。她低下頭，不具意義的。她抬起頭看著小女僕。「妳叫什麼名字？」

「幽妮絲，太太。」

「妳很年輕。」

「上個夏天滿十六歲。」

「妳生了一爐好的不得了的火。」

「謝謝妳，但拜託，他們要知道。」

夏綠蒂舉起一隻手打斷她的話。昨晚上堆滿了衣服的椅子現在空著。

「我要找我的嬸嬸。」

「是指醫生嗎？」

「是的。」

「她離開了。一大早醫院有人駕著一輛寬大的雪橇車過來，像他們用來載重病患者的那種，情況好像真的很緊急。」

「妳知不知道她是否離開去參加一個葬禮？」

「我相信她本來是的，因爲我看見她們在燙衣間裡，正用鐵燙斗幫她壓熨著一件弔喪穿的黑色衣服。但是很可能今天一整天她都得待在醫院裡，不能到別的地方去了。」

「我嬸嬸常到這裡來嗎？」

「拜託，我們不答覆客人這類的詢問。」

「昨晚有一位年輕男人在這間房裡，我想知道，他可能是誰？」

女僕沒有顯露出任何情緒或遲疑的跡象，以她這樣的年紀，可見是經過仔細訓練過的。「我們不答覆問題。」

「但是他不可能會是一位客人，據我所知，客人都是女士，而他是個男人。」

「我們不答覆關於訪客的問題。」

「可以確定他不是過來拜訪人的。他身上穿的是睡衣。」

「我們不答覆關於在這兒工作的人的問題。」

「他在這裡工作？」

「我沒有這麼說，太太。我只是說這兒都有些什麼規定。」

「他在這裡做些什麼樣的工作？」不可能是鋼琴演奏，一位提供賓客娛興節目的音樂家。雖然她曾經恭維過他，但顯然他對最基本的眞正音樂都是一無所知的。

「拜託，」女僕說，「我是否可以說我來這裡要說的，他們在早餐間裡等著要知道呢。夜裡下了場大雪，艾爾肯先生說，他們不打算讓馬廄那邊的馬匹出門，所以問妳介不介意搭莫博利家的馬車回家，莫博利太太喜歡這樣的天氣，而且她掛心家裡的狗，她說，她有一隻西班牙長耳犬，很値錢的，牠馬上就要生小狗了，是牠的第一胎，莫博利太太說，如果她錯過這個，她就不想活了。雖然妳們對彼此來說，算是陌生人，但她不介意帶上妳一起，因爲妳們住的城鎭是緊鄰著的，所以請快一點，因爲她急著要出發。」

小女僕停了下來，方才的努力說明，使得她的臉龐紅了起來。夏綠蒂說：「這房間靠近房子的頂層嗎？」

她感覺置身高處。風吹得很猛烈，帶著呼哨聲，窗玻璃似乎發出嘆息，變得更加白慘慘的。她習慣於睡在離地面近的多的地方。

「這裡是三樓，」女僕回答，就好像旅館的客人不知道自己在哪裡，也不是件很怪異的事。

「樓下有吃的東西嗎？」

「早餐，在早餐間裡，」女僕說。「麵包和果醬、煮蛋、鹹肉與馬鈴薯，是廚房本來就有的東西，因爲這一場雪，今天沒有人送雜貨來。」

「派蒂太太在廚房裡嗎？」

「今天早上我沒有看到她。」

「那麼請妳去端一盤早餐回來給我，」夏綠蒂說。

「但是沒有時間了，麻煩妳。」

「對一個渴望在房間裡單獨用餐的人來說永遠都有時間的。有水嗎？」

「有我們儲存的那些，水管裡沒有水，因爲都結凍了起來。我該怎麼答覆莫博利太太？」

「告訴她不管怎樣，我十分感謝她，但是我從來不和陌生人共乘，」夏綠蒂說。

「他們不會喜歡這樣的。他們公認她的地位很高。」

這樣嗎，我也是的，夏綠蒂想，變得全身都是刺，帶著不馴又危險的任性怪癖，她喜歡把這些想作都是從希斯家學來的，但並不是；這些其實全是她自己的個性特質。她扯開毛毯，十分小心翼翼且警覺地，因爲仍然不能確定她的腿是否能支撐她，她搖晃著離開床，站直起來，有一點發抖，但是並沒有倒下去。小女僕把任務拋諸腦後，露出鼓勵的笑容，好似在恭喜她；

一定有人告訴過她，關於她的病況了。

「我有一個表親在十四歲時身體癱瘓，」女僕說。「他先因爲發燒而病倒，然後他的腿在一夜間變得僵直，就像是兩塊木板，第二天是他的兩隻手臂。」

「他到底是怎麼了？」

「小兒麻痺症。他後來死了。」

敲門聲十分溫和——像是某人用手指尖的一聲輕彈——夏綠蒂本來可能會忽略掉它，但是小女僕跳起身來，驚惶地開了門，往外窺探。

「她穿好衣裳了嗎？」夏綠蒂可以辨識得出這個聲音，雖然只聽過一次。

「是的，艾爾肯先生。」

「請妳去問她，我是否可以到房間裡和她談一下。」

夏綠蒂挺直了背，讓自己仔細思索一下，不管這早餐間是個什麼地方，不管人們在那邊做什麼，不管莫博利太太是誰，他們試著要擺脫她。她要先解決一個問題——膀胱已經快脹裂了——她瞥見床底下有一只壺。這一定不是第一次水管被凍住。

「請告訴艾爾肯先生給我一點時間，」夏綠蒂說，然後歪著頭指點正確的方向，加上一句：「妳也一樣。」她可不會在一名陌生的女僕面前脫下自己的內褲。

「是，」小女僕說著。她走出房間到外面走廊上去，不過轉頭從肩膀面帶焦慮地看了一眼，好似夏綠蒂被留下獨自一人，也許會試著從冰凍的白色窗子逃逸出去。而當艾爾肯先生走進房間時，他也用差不多相同的眼光看著夏綠蒂。她還沒有梳整好頭髮；她從未經歷還沒有梳洗過，早上起來的第一件事，就在除了丈夫與僕人之外的其他人面前曝光，不過對於這點，她此刻也是無能爲力的。

以他的穿著來做判斷的話，你永遠不會知道外面正有一場暴風雪，或甚至現在是冬季。他的麻料西裝是鮮奶油的色澤，剪裁完美合度，他的白色襯衫像紙一般直挺。他的領結是絲質的，柔和的淺茶色如同奶茶一般，也如此那般地光澤流動。外衣下面的背心是他唯一對天氣所做的讓步；那是上好的白色毛料，優雅合身——夏綠蒂注意到，即便他腹部有一點點凸起——看起來就像是另一層皮膚，然後彷彿這也是另一個她離家出走的原因，她想著爲什麼海斯就不能把一點的興趣放在穿著上面，而非要這樣日日夜夜把自己罩在深色乏味的衣物中，全都是非灰即黑，要不然就是褐色，難看又沉悶，只能如同爛泥巴一樣的無趣？

哈瑞・艾爾肯並沒有說像一般旅館老板會說的那些早安，或你睡得好嗎的一些客套話。他甚至沒有像一名紳士那樣請她坐下。她覺得她知道他將要開口說什麼。他要驅逐她，像趕走一個窮鬼。

「我可以負擔這房間的房錢，」夏綠蒂說。

「拜託，希斯太太，不要誤會我的意思。」

她的防禦總是立即反應的。除了一次她婆婆要她離開避暑屋子那裡的廚房，以及三四次她在喬治生小姐的命令下，被禁止去馬廄，以作爲小小的攻擊行爲的懲罰——對一個在十三年間能隨時上那兒去的人來說，並不算太壞了——以外，在她的人生裡，從未被迫接受命令，離開她並不想離開的地方。

並不是她有多喜歡這間房間或是這家旅館。她是想不到還有其他地方可去。而且她想洗一個澡。還有她覺得很餓。還有她也想換衣裳，雖然要換上的衣裳原是屬於別人，會比自己的衣服更寬鬆些。

那一次在避暑房子的廚房裡，她到底做了什麼？喔，那時那三個愛爾蘭女僕的父親還活著。他把一些浸泡了雪利酒的蛋糕存起來，爲了要留給一些要到家中來喝茶的政界人物還是銀行家；蛋糕鎖在一個食品室裡。

大家總是來找夏綠蒂要鑰匙取東拿西的。一件事引到另一件事，老人說了一個故事還是別的什麼，他總是在說故事，然後整批的蛋糕被吃光了，夏綠蒂狼吞虎嚥掉最大的一份，由於它們都飽含雪利酒，到最後他嘗試教她唱一首愛爾蘭歌謠，關於在霧中倚在門邊，等待著一位永不再來的愛人。她不記得歌詞。她低嚎的歌聲（她欠缺一副富音律的歌喉）把婆婆引來了廚房。「出去。」她耳邊仍然可以聽見這幾個字。她大可相信婆婆的意思不只是指廚房。

「我沒有興趣與家裡有臨盆母狗的女士會面，」夏綠蒂說。

哈瑞・艾爾肯說：「我對此不會覺得驚訝。我是想請妳幫一個大忙。」

「我沒有興趣被人送回家去。」

「這並不是我所說的那個忙。」

小女僕並沒有回來。單獨和一個她其實並不認識的男人在一扇關起來的門後，夏綠蒂應該察覺到一種警訊嗎？她並不覺得有什麼好緊張的。

她說：「他們告訴我外面正下著暴風雪，而且降雪量很大，如果你是要我插手改變天候狀況的話，我得先警告你，我可以試試看，不過很可能失敗。」

他很陰鬱、嚴肅。「我所要請求妳的那件事，妳可以做成功的，希斯太太。樓下有一位男士想要與一位我的客人做訪談。我首先想到的是妳。妳只需要誠實地回答他的問題，除非——我先爲我或許會冒犯到妳而道歉——妳察覺問題的演進需要妳，容許我幫我自己這樣說，十分愼重。」

「愼重，」夏綠蒂說。她覺得幾乎年輕了二十歲，好似這才像是她內在的自我，好似她被阻礙了發育，好似她又被喬治生小姐要求去拼一個她一定會弄錯的生字。在驚恐中——對於她不久前才甦醒過來，以及這一切才在昨天發生的事實，她並不讓自己有藉口——她無法思索所謂愼重可能意味著什麼。我是一個過了三十歲的女人！她很快地想到。過了三十歲！這是她一輩子一直在做的一件事，是喬治生小姐教導她的：不管何時，當對自己有懷疑時，說出妳的年紀，提醒自己妳的年紀，然後去做符合妳年紀的事。

可笑的是她記得這個，卻不記得任何禱告詞。

「你是要求我去和某一個人談話，而談話中可能包括說謊？」夏綠蒂說。

「並不是謊言，確切地來說。」

「爲什麼，如果你可以告訴我？」

「是幫一個忙。」

「我並沒有被冒犯。那麼這個人是誰呢？」

「那是，」哈瑞慢條斯理的說：「從波士頓警察局派來的一個人。」

有一瞬間她屏住了呼吸，好確定他是否在開玩笑。他不是。

「但是女僕告訴我，艾爾肯先生，今天沒有人出外辦事，絕對沒有人，幾乎沒有。」

「他是走路來的。」

啊，不！她的心臟在胸膛裡砰砰亂跳。他是被哪一個姓希斯的人派來的嗎？看來非常荒謬，但會不會是莉莉嬸嬸請他過來的呢？嗯，那時她心情並不佳。

還有派蒂太太呢？是不是她一大早匆忙起身，走到雪地裡，一個像她那麼痛恨雪的人，走去警察局大聲地說：「來把希斯太太帶走，拘留監看她？」

還是她被當成罪犯跟蹤了呢？她會被逮捕嗎？一個丈夫可以讓他妻子被逮捕嗎？他的母親

可以嗎?他的父親?逃走，他們這樣稱呼。

這是所謂的幫一個忙?安靜地被捉去監禁?甚至要很有禮貌的?

「這和妳的私人情況並無關聯，」哈瑞說。他似乎讀到了她腦海中的想法，也或者他預估到她會操心她的個人問題，根據他所目睹到她抵達這裡當時的狀況。「妳爲何選擇離家出走，並不關我的事。」

「一個會要求別人愼重地答話的人，」她說，「自身可能無法被別人當成是一個完全值得信賴的人。我這樣說是就事論事。」

「我希望自己能得到妳的信賴，希斯太太。」

「我並不輕易把這個信賴付託出去。」

「妳也不應該。它絕對只是單純的旅館事務。」

夏綠蒂直盯著他的眼眸。他昨晚上說過他是她的朋友。她也並沒有輕易看待那一點。她現在能夠有什麼選擇呢?不論這會是什麼狀況，可能仍然是較好的一種，相對於在大雪中坐著雪橇車回家，和一名也許是她婆婆一直想要合辦慈善活動的高貴夫人群中的某一位坐在一起，那種戴著插著鮮花和羽毛的巨大帽子、穿著鯨魚骨的緊身馬甲以及裙撐、胸前配著溫室採來的花、屬於像反對女性擁有投票權的這類組織的女人。因爲她們相信讀了大學又富有的女人，不應該浪費時間在投票這回事上，比較好的作法是直接了當告訴妳丈夫，票要投給誰，然後把注意力投注於貧困問題、禁酒運動，以及社會普遍病態研究上。她們總是用強調的誇張語調討論著這些事情。把那個隱身幕後、未曾露面的莫博利太太，如此慷慨提供夏綠蒂搭趟便車——不是提供，是命令——判斷爲如此的一個女人，如此推想是完全合理的。她很可能也正好就是夏綠蒂那認識所有人物的婆婆的一名友人。

所以夏綠蒂做好了她的決定。「我可以先吃一點東西嗎？還要一些茶。」

「喔，當然啊。調查員在前面的待客間裡，我會把一只托盤送到那兒給妳，馬上就去辦。」

「那我失陪一下，好梳整頭髮，艾爾肯先生。」

他走去開了門，一面搖頭。「沒有時間了。我已經讓他等得夠久了，還有莫克西里在那邊徘徊，離他很近，我可以向妳保證，就長時間來說，這並不是一個好主意。莫克西里這個人本身就非常能引人懷疑，不特別指他曾經招惹過法律上的麻煩，不嚴重的。」

「這會是哪一種的問話呢？」

「喔，一般的。我估計他會問妳一些一般性問題。」

「因爲有一些事引起懷疑？」她試著思索那會是什麼。她公公有一個在鎮外開旅店的朋友，由於某種財務上的作假，曾經被特定的調查員懷疑。是像這類的事情嗎？她的公公還曾經以擔保人的身分在法庭上作證。或許是這類的事，也或許跟建築物有關。海斯曾經告訴過她，有一家餐廳因爲沒有付錢給替它接電的電工而惹上麻煩。璧翠蒙並沒有接電，不過也有可能是類似的狀況。

另一個想法襲上她的心頭。啊，不要！銻！葛森家！他們被抓了嗎？她是共犯之一！他們也看到她坐在麵包店的雪車上！犯罪物證的那些鍋子是不是從池底浮上水面了？有人發現它們了？

不，等會兒，池塘現在是凍起來的。案子也已經結了。無論如何，那是上校的案子，不是波士頓的。這裡是波士頓。

「我只在這裡一個晚上，」她說，「而且很晚到的，還有我們不能忘記，我是被以一種到現在我甚至還不知道的方式——我並不會不好意思去提醒你——帶上樓去的。」

「莫克西里把妳抱上來的。」

「我會記得謝謝他。但是我希望你能承諾沒有任何其他的人會知道這件事。」

「我們已經忘記這件事了。妳會被認爲是以正常的方式走上樓梯的，我向妳保證。」

「那麼，我準備好了。」

「我欠妳一份情，希斯太太。」

夏綠蒂覺得振奮，一種美好的緊張感，很棒的抓緊的感覺。很久以來她的身體沒有感受到如此的緊繃，緊繃且興奮，通過她整個身體，就像是在野外騎馬時，在那些必須突然越過的一棵倒下來的樹，或跳過一條小河的偉大光耀的時刻，她的兩匹馬憎恨把腿邁入水中，特別是在冬天，而寧願就像她一樣躍在高高的天空中。當她挽著他手臂時，她讓哈瑞看到她臉上滿溢的表情。一位調查探員！

他們走到走廊上，進入一片如果不是她已經歷過超過三十個冬天的話，可能會覺得怪誕的深沉且持續發展的寂靜中。她可以辨識出屋子裡那種遇上一場暴風雪，被一大堆積雪重重壓著的感覺。瓦斯燈是亮著的，帶著比平常昏黃的多的光暈。

沒有人在走廊上。所有的門都是關起來的，一層樓共有八間房。她婆婆曾經告訴過她，如何區別那些眞正高貴和那些只是假裝成高貴樣子的房子的方法，只需要去看看通常客人不會冒險亂闖的樓上的樓梯間，這作法只限於用在私人住宅。如果這房子只是爲了要展示一下而已，上面的樓梯會窄的多，也不會舖設地毯，用的也是品質較差的木頭。這裡曾經是一幢私人住宅。

所有的樓梯都像一進門時所看見的那般寬敞大方，而淺綠色的地毯看來幾乎未曾使用過一樣，就像人們都是脫了鞋踩在上面的。海斯告訴過她，當他去義大利旅行時——在他娶她以前——看到有三百年歷史的宮殿裡的階梯全都用大理石做成，而且寬度令人驚訝的寬闊，建造成體貼的、小步履的坡度，直到十或十一層樓高，就算是侏儒或是小孩子們，也可以不費力地爬上去，而這其實是給馬兒走的。當一位公爵或是王子可以騎著馬上去時，他爲何要用走的？僕人們則跟隨在後面，一路清潔著馬糞。「那眞是浮華與懶惰與腐敗的精髓本質，」他說。

他的同情心放在那些僕人身上，好像在美國就沒有人終其一生，從別人的動物那兒撿拾留下來的糞便爲生。「在屋子裡騎馬！」他是被嚇到了。她沒有告訴他她多想去嘗試看看，即使那對馬兒來說是很不好的。牠們擁有特別的鞋子嗎？讓牠們可以應付那些大理石？當她問海斯這個問題時，他哈哈大笑。

「早安，女士。」莫克西里站在靠近樓梯底端的轉角，帶著膝蓋直不起來的人的那種表情。他似乎總像是剛剛才從椅子上起身，可能是因爲關節腫脹損壞的關係（像是家裡的僕役長，那三位愛爾蘭女僕的父親一樣）。這點立刻爲他贏得了夏綠蒂豐沛的同情。

「謝謝你昨天晚上照顧我進房間，莫克西里先生。」

「我的榮幸，太太。」也許，如果他的鼻子不是這樣笨拙的怪形怪狀，他的臉孔不總是皺得像在生氣一般，還有他的眼睛不是這樣紅絲滿布——不是因爲一晚的宿醉，而是一直都是如此——他不會看起來這麼有恐嚇性，像是天主教堂壁上的那些面貌猙獰的承霤口小像一般。他沒有穿著那件暗色斗篷，只是一套簡單的家居西服。他的上半身像桶子一樣圓粗，非常有力的樣子，像一個拳擊手。

「一個小小的不幸的壞天氣，我會這樣說。」他轉向哈瑞，報告那些顯然他一星期甚至一天中，要說明幾百次的事項，自動又自然。「家裡有小狗要出生的太太已經離開了，不顧大家的反對警告。所以我派那個上個月爲了洗衣房的工作而僱用的女孩陪她一起走，還告訴她留在那邊過夜，或至少待到大雪停了之後，我們再過去接她，她一點也不介意這差使，把它當成了放假。後門口的路被雪堆擋起來了，但是我收集了可以用好幾天的煤。房間裡都添了水，她們都拿到了我們有的水罐和盥洗盆。還有那位來問話的紳士——」

莫克西里用一隻大姆指小心地指向前廳。他的眼睛瞇了起來。「看來愈來愈坐立不安了。」

「他有想要四處走動看看嗎？」哈瑞說。

「沒有機會。看來他是照著書本辦事的，一本正經的樣子。」

「那我們也照著這樣做。」

在牆上——夏綠蒂經過時看見的——是那個以前是她朋友的派蒂太太，在一封信中提到過的那張裱在相框裡的照片。它就像派蒂太太所形容的一張結婚照片，年輕蒼白的哈瑞·艾爾肯穿著白色麻質衣服，襯著朦朧像是湖面上的霧或水氣的灰白色背景，他旁邊的新娘穿著一件薄紗包裹的長禮服，就像是除了純白色的煙與霧與雲的混合物之外，她什麼也沒穿。可以看得出來她沒有穿緊身馬甲。頭上帽沿寬大的白色絲質帽子，讓她的臉孔變得不清楚，像是產生了陰影使得照相機無法完整捕捉影像。

「露西，」哈瑞·艾爾肯說，「我太太。」

「我希望有機會能見到她。」

「她不見客。」

夏綠蒂瞧著他，「但是我仍然這樣希望。」

他只是微笑著，嚴密的、職業化的。「我會留在這外廳上，」莫克西里很快地說，「如果妳有任何需要我幫忙的地方。」

夏綠蒂停了一下，好像恰好有足夠的時間向她的招待人提出要求。「我也想看看派蒂太太的孩子們。」

「他們不在這裡。不過我相信我們可以做些安排。」

在她前面走向前一步，哈瑞．艾爾肯打開了起居間的門，在她手臂上輕輕拍了一下，看著她走進一間四面白牆上掛滿了畫的小房間裡——像她樓上房間裡所掛的同類水彩畫——船，馬車，一部電車，一台羊拉的拖車，一輛雪橇靠在四周長滿雜草的穀倉邊，一輛高輪腳踏車，側躺在布滿塵土的路上，一部嬰兒搖籃車，放在高高的枯草堆中。每一幅都擁有一種驚人的靜止性，毫無生意；你會以爲這些是永遠不會再移動的物件。這裡的窗子不像樓上覆蓋了那麼多的霜，但是有半融化的冰從上面滴落，成堆的雪靠抵著窗子，使它們看起來也如同圖畫一般。夏綠蒂想知道，爲什麼在畫廊和在波士頓博物館裡，她從不麻煩自己像現在正看著這些畫的方式一樣去觀賞那些畫作。這是第一次她眞正專心注意。

所以在好一會兒後，她才把眼光轉到那個和她年紀相仿、背對著爐火站立的高瘦男子，他的雙腿大大分開地站立著，似乎他衣服的每一條纖維與他的身體都被寒冷浸透，而部分凍結起來。他剛剛正忙著溫暖他的雙手。

他們視線相遇，夏綠蒂大叫起來：「狄奇！喔，天啊！狄奇！」

「夏綠蒂·坎普！咦，哈囉，夏綠蒂，眞的是妳嗎？」

「現在是希斯了。」

「噢，那麼妳是嫁給他了。」

「是的，狄奇·蘭！他們告訴我有一位調查員在這裡！我想我是被開了一個玩笑，不過看見你眞是一件美好的事。」

他走向她，她牽起他的雙手緊握著，當她正準備要去親吻他的臉頰時，突然想到這可能不太適宜。

她上一次看到狄奇·蘭是他十五歲的時候，那時他被放上一部馬車的後座，準備送往一所醫院。「妳記得的那個我已經有些改變了，但沒有那麼多，」他說。他沒有穿著制服，也沒有攜帶武器（她可以看出這一點），但她瞭解到他確實是一名警官。

他以前是一名在工廠的小男生，在一個可怕、充滿氣味的製革廠裡，在離喬治生小姐學校同條路的不遠處，黑石谷的中心地帶，那裡山陵美好，田野廣闊，小溪湍急生動，河川壯觀美麗，瀑布強有力使人振奮，伸展出來的樹林青蔥茂盛，幾乎具魅惑人的魔力，而所有這些並不能增加片刻的歡娛，如果你在八歲就被送進一家這種工廠，並且預知將留在那裡，直到你把臉孔轉向一面牆壁並停止進食，在六七十歲的時候，還發現死亡之到來是一種恩典——這正是他曾經對她形容過的。

他在製革廠的頂樓工作，整整六層向上的醜陋樓層，處理著成堆的獸皮。她忘記他發生意外事故的細節：某種鐵製設備，鞣製皮革的機器倒了下來，把他壓在下面。他本來不被寄望能存活下來。

在他發生意外之前的許多個星期天，喬治生小姐准許他來拜訪馬廐，免費使用馬匹，只要他先上了教堂做禮拜，而這會占去整個早上。在教堂裡，坐得離他最靠近的唯一女孩就是夏綠蒂，因爲她是唯一會與他說話的女孩；他聞起來有牛和可怕的化學品的味道，就算他洗過澡。

「妳仍然騎馬嗎，夏綠蒂？像我們以前那樣？」

她笑了。「是的，不過最近沒有。我常想知道你發生了什麼事。當他們帶走你時，我看到了。我正在找你。那時我得到允許，到店裡去買新的馬具給貝琪。」

「那匹有斑點的母馬。」

「是的。」

「我復原了。」

「看得出來，狄奇。你看起來很好。」當他沒有用相同的話來回答她時，她自己提供了一個答案。「我生了一場病。」

門打開了，那個小女僕幽妮絲端著一個大托盤進來。上面有看來足夠給四個大人吃的早餐，還有一把茶壺和兩只茶杯。她把盤子放在窗邊的一張桌子上。「他們要我先告訴你，警察先生，你要回去時會遇上很糟糕的風雪，所以你可以把這裡當作是庇護所，請隨意。」

「謝謝妳。」

她不必要地整弄著火爐，明顯地不想離開，而當她終於走出去了以後，夏綠蒂直接伸向裝著吐司的盤子，吐司上已經抹好了奶油和果醬；她不在意是否看起來不夠優雅，把幾片吐司疊起來成了三明治，再把它們津津有味地吃下去。她爲他們兩人倒了茶。他什麼都不要，而是坐到她的對面，直接了當說出了重點。「夏綠蒂，妳是這兒的常客嗎？」

她發現自己點頭說是。有一碟檸檬塔她可以認出是派蒂太太做的，所以決定連一丁點都不要去碰，但是下一秒鐘又改變了主意。狄克．蘭！學校裡的每一個人都認爲他是她的甜心。也許他也眞的會成爲這樣的人兒，如果他留在山谷區的話。如果她也留在那裡。

他們星期日的騎馬活動，沒有人在一旁監督教導。一幅他騎著那一匹有斑點的小母馬的畫面，浮現在她心裡，但是畫面中的他是他現在的樣子，而非十五歲時的模樣——一個惱怒、鬱鬱不樂的男孩，先來上一段忍不住迸發的談話，集中了像小爆炸一般的字眼與句子，緊接著是長段時間的深思緘默，她曾經覺得，那搭配了在她自己心中某些相似的東西。

那些檸檬塔的甜度與酸度配合得剛剛好。外皮與底層富有奶油香，清淡可口。也許並不是派蒂太太做的。在家裡，它們似乎從來沒有這樣好吃過。

「夏綠蒂，我必須要正式的詢問妳，」狄奇說，她答覆得如此迅速，以至於一些酥皮從嘴裡噴了出來；雖然上好質料的麻質餐巾就放置在托盤上，夏綠蒂沒有伸出手去拿，反而用手指頭把它們從下巴上拂拭掉。

「正式的！假裝你從來沒有看過我。那麼我是其他不相干的人了，不管如何。」

「夏綠蒂，妳快樂嗎？」

「非常！」

「妳健康嗎？」

「完全！」

「妳丈夫和妳一起在這裡嗎？」

她吃完了一個檸檬塔，正要伸手去拿另外一個；她停下來。「這是一間只讓女士住宿的旅館。」

「妳可以對此發誓嗎，如果妳必須的話？」

「是有艾爾肯先生和他那位男僕莫克西里。」

「其他人。在房間裡的。」

「這是一個問題嗎？」

他把手伸進他的西裝上衣口袋，拿出一張小小的白色名片放在桌上，面朝下。「有各種謠言，所以我被派來這裡查訪客人。但是看起來唯一出現的客人是妳，在一場大風雪中，這眞是怪異，不過它不會顯得怪異，如果妳說這就是如此。」

「有兩個女人早些離開了。你可以到馬廄那兒去查，她們中間一位一定曾經把馬兒寄在那裡。」

「只有兩位？印象中這裡的房間經常是客滿的。」

「這個嘛，現在是冬季。而且，是的，只有兩位。」

「現在只剩下妳了？」

她點頭。這不是謊話；在樓上，她經過的每一扇門都是緊閉著的；每一間房間聽起來也都悄然無聲。他把名片翻轉過來。那是一張生意來往上使用的名片，不是一張私人名片。上面以一種華麗、有渦卷花紋的字體寫著：波士頓鎭壓與防堵罪行協會。

「狄奇，你可以提示一下，爲什麼我現在要看著這張名片嗎？」

「因爲我現在把它展示在妳面前給妳看。」

「罪行，」夏綠蒂說。她先想到的是，自從成年後，她還未有機會大聲說出這個字眼。它附著一個叮叮作響的鈴鐺。「這樣說好了，」她說，「我可以告訴你，你很可能在一間教堂裡發現比這裡更多的罪行。你也可能在墓園裡發現更多。」

「但是他們並沒有派我去那些地方。」

「到底是指哪一種罪行，明確地說？」

賭博，她想，某種祕密的賭坊？鴉片？哈瑞・艾爾肯經營著那樣一種吸鴉片的非法場所，在某一個隱密的旅館房間裡？

還有什麼其他的罪行？她試著在腦海中快速想一遍喬治生小姐教導過可列示出來的人類罪愆，不是應該有七種嗎？她連一種都想不起來。

酒精飲料？有沒有一間祕密房間是用來酗酒狂歡的？防堵罪行協會和禁酒運動的人員，很可能是同樣一批人。還有那些所謂不莊重的瀆神的文字呢？像那些華特・惠特曼寫的詩。

她知道這些，因爲海斯擁有一本在法國買的這個詩集的版本；他要她讀讀它，而她讀了，不過詩全是用法文寫的，但她上的課不足以讓她對這類內容做充足準備，不過她也未曾努力嘗試過要去精通它們。不，不是華特，她記得；他的名字是沃爾特。他是罪行協會在最迅捷的情況下組織起來的原始原因：對他發出禁令。五十年以前，或前後一點的年代。

她記得海斯告訴她這些。他總是試著告訴她一些在她出生以前發生的事。他比夏綠蒂大上八歲，但是有時似乎感覺有二十歲。這些詩作全是關於詩人本人，海斯告訴過她：一些像是裸體躺在戶外的陽光下，像亞當一樣光著軀體，還有對印地安人的禮讚，及保持元氣旺盛、生機盎然、與快樂強壯，還有完全不顧別人對他是如何的想法等等。而這些，除了主張裸體的那部分外，似乎並不値得被認爲是邪惡有罪的；但是罪行協會占了優勢，一群低能者，海斯曾經說過。他相信美國憲法給了你表達自己的權利，這是原因之一，另外一個原因則是這些詩作都很美。「但是別告訴母親或父親我這樣說，」他曾經這樣對她說，而為什麼她會說出去呢？她知道要如何保守秘密。

哈瑞·艾爾肯會是像沃爾特·惠特曼一樣是個詩人嗎？人們可以如此假設，雖然很難想像一位像他那樣的人，會在戶外讓人瞧見他裸體，他似乎對好衣裳有很深的喜愛。也許只在詩裡，他的另一個自我才會釋放出來。或者也可能是他的妻子！「她不見客。」在照片中的那個女人當然可以是一位詩人。她擁有一種作夢的、默想的氣質。不過可能是那件衣服的緣故。會不會在旅館的地下室裡，有一部祕密的印刷機器呢？他們印出一頁又一頁滿載惡行的印刷品？哪一種呢？圖片？攝影集？故事？

不，不可能是這樣的。不然她早就會聞到油墨和分解液的氣味，即使是隔著一層厚厚的門。

「夏綠蒂，妳在聽我說嗎？」

她察覺到他一直在對她說話，而她充耳不聞。「也許，」他耐著性子說，「妳可以告訴我今天已經離開的那兩位女士的姓名。」

她已經預備要說出「一位是莫博利太太，還有我的嬸嬸」時，一些什麼阻止了她：她並沒有清楚地回憶起，但模糊的想起莉莉嬸嬸說過的話，非常明白的有著祕密的暗示。有關她們的家庭。「我會讓他們知道妳是和我一起待在公寓裡面。」

還有其他一些什麼事也在惱亂著她，此刻她知道了。「狄奇，」她說，「當我告訴你我現在是希斯太太了，你為什麼說，噢，那麼妳是嫁給他了？」

「我們現在在談正經事。」

「這就是正經事。」

「因為，」他回答，小心地措詞，一面在椅子上變換著姿勢，眼睛看著窗外的雪，彷彿現在才察覺到有暴風雪似的，「有一天我看到妳和他在一起，就在這兒。」他含糊地指向窗外。「在公園的池塘旁邊散步。那是夏天，妳穿的衣裳是藍色的。妳在看那些天鵝。」

「你認得我丈夫？」

「私底下我並不認得，但是我知道他是誰，因為他的一位伯父在一家銀行樓上有一間辦公室。我那時擔任保全。我當時二十歲。」

「如果你看見我，為什麼不過來說話？」

「因為，」他說，「我想我會讓妳覺得困窘難堪。」

「狄奇！你不會的！」

「然後我在什麼地方看見你們的結婚宣告。」

「你結婚了嗎，狄奇？」

「結了。」

「有孩子嗎？」

「兩個。兩個兒子。還是嬰兒，雙生子。妳呢？」

她搖搖頭，放棄做任何解釋，然後他說：「奇怪的是有謠言指出，這裡有男客人進出，妳不這樣想嗎？」

「飲茶間是開放給大眾的，」夏綠蒂說。她突然記起這項事實，從派蒂太太的來信中。

「這裡是指在夜間的時段。」

「有僕人在這裡，」夏綠蒂說。她強迫自己連一秒鐘都不要去想到昨晚那個穿著睡衣、天使般的年輕男人。她控制自己的腦子去斷定，他一定是個夢，而此刻不是去回憶一場夢境的好時機，雖然她是如此渴望回想，單單只是去描摹他的臉龐、他的頭髮、他的皮膚。只要她不把他想成是一個眞實的血肉之軀，她所說的就不是謊話。

「這些男人不會讓任何人聯想到是僕人。妳曾經在樓上看過一兩個年輕男子嗎？夏綠蒂，這其實並不眞正是犯法的事。我愈快能擺脫這整件事，愈快能重新快樂起來。女人在旅館裡有充分的權利會見客人。現在不是中世紀。」

「但是，這裡還是波士頓，」夏綠蒂很快地說。

「妳對這城市熟嗎？」

「普通吧。」

「奇怪我以前沒有遇到過妳，妳說妳是這兒的常客，而我是住在……」他又一次往窗外比著手勢，也是含糊的。「附近，在丁香街，往州議會的方向上。當然作爲一位常客，妳時常經過那兒。」

「丁香街，」她說。「我不知道那裡。我通常不知道街道的名稱。」

他急切地往前坐，對著她微笑。「但是我確定妳一定曾經經過我的房子，在我沒有注意到的時候。無所覺地經過彼此身邊，似乎是我們的共同點。」

使他失望讓她感覺很糟。他似乎那麼渴望和她建立起另一種連結方式——她想像到一個畫面，在畢肯丘一帶的戶外散步，往上瞥一眼他所住的地方的窗戶。單純的想像是一件頗爲美好的事，然而她知道規則，如果你要從一個謊言中脫身，就是不要去說你不見得一定得說的其他謊話，即使不這麼做會使你瀕於爆發邊緣。其實可以輕易地贊同他所說的那些話，是的，我知道那條街，我們的路線如此交叉，不是很美好嗎？

「當然在妳來訪時，妳會外出散步，特別在春天，一切都最美妙的時候。在丁香街的房子不像別的那樣緊靠著街道，所有的住家都擁有花園，以一種彼此競賽的方式照顧著。那些花可以說是某種奇觀，我確定妳一定有注意到它們。」

「如果我到波士頓是爲了欣賞花兒，我就不會來了。家裡面的那些也頗具奇觀。」

「我記得在銀行裡，他們有個笑話，關於你們的鎮名，他們叫它希斯鎮。」

「那並不全是一個笑話，」夏綠蒂說。

「很抱歉當我受傷時，我並不知道妳正在附近。」

「你當時失去知覺，而且那是很久以前的事了，所以我不能拿那件事來做文章。他們說你斷了很多骨頭。」

「妳那時擔心嗎？」

「我是的，狄奇。他們把你送回家了嗎？」她記得他的家是在西邊某處，接近柏克郡，在某一戶人家的農場裡工作，某一戶的果園；他們送他來黑石谷，爲的是他的工錢，支票是寄去給他們的，狄奇從來沒見到過。他得要等到十八歲，才可以保留所賺得的錢的一部分，現在她想起這些來了。

「我被送到這裡的一家醫院，之後又去了多契斯特高地的一間療養院。骨頭復原了，妳知道的，好不容易。對妳來說，提及今早離開的兩位女士的名字，是不是不可能的事？」

「是不可能，狄奇。」

「因爲妳覺得自己應該保持忠誠？」

「因爲我不知道這兒客人的姓名，至少不比我知道的路名多。」

「我不記得妳的記憶力是如此的差勁。」

「噢，我一直是這樣的。你向來只看到我在馬匹旁邊的時候。」

「還有在教堂裡。」

「我在教堂裡也是很差勁的。我不願意冒犯你，但我好像記得人們曾議論，你可能是有意讓那個皮革廠裡的大傢伙倒下來壓住你，你知道。我剛剛突然想起來。」

「那是把獸皮撐開的機器。鹿皮、牛皮，」他說。「在中世紀，那是一種用來對人施加酷刑的東西。它是用鐵做的大螺絲釘固定在牆上的。」

「喬治生小姐說你是一個端正高尚的男孩，人們那樣說關於你的悄悄話是很可怕的。」

「喬治生小姐只在教堂看見我。製革廠付給我父母一百大洋，算是彌補我的薪水損失，」他說。「而在我的行業裡，相信我，我確實知道人可以有多可怕。」

她喜歡他用「可以有」，而不用「是」的方式描述。好像意味著可怕當中，存在著例外。

「你是專門調查罪行的探員嗎？如果有這樣的東西的話。」

「並不確實如此。我平日的工作是一些不同於只來自謠言內容的東西。」

「謀殺案？狄奇，像那樣的事？」

「各式各樣的事。我還只是一名初級探員。」

「所以他們派你來這兒，因爲你住在這一帶，是這樣的嗎？」嗯，哈瑞說他是走到這裡來的。並不一定非要是從警察局過來的。在最初有機會時，他是否想到她會直赴議會那邊，找到他居住的那條街，而他會在那兒站在窗邊，向她揮手，手裡抱著他的孩子？

「那麼桃金孃街呢？」他說。

「它怎麼樣？」

「妳知道它嗎？」

「是那條盡頭有一扇綠門，門上有個獅頭形狀的扣環，上面有一盞燈照亮著它？」她昨天晚上曾經過它，艾佛瑞特・葛森還說，「這是我所見過的最大的扣環了。」

「那是在喜樂街上。」

「那桃金孃街是不是很長的那一條，有三四條街加在一起那麼長的？」他們曾經走在那條街上尋找著璧翠蒙，艾佛瑞特曾說，「瑪寶媽媽的名字叫做桃金孃，我要記得告訴她，這兒有一條與她同名的街。」

「是的。妳曾經進去過那家茶屋嗎？一間眞正英國式的、有全套進口茶具的茶屋，就正好位於這條街的中間？」

「我沒有注意到有一家茶屋。這裡的已經夠好了。」

「在這家旅館裡，妳曾經注意到有任何可以稱作不尋常的事件發生嗎？」

「像這樣坐在這裡和你談話，我就會把它稱作是不尋常的事件。」

「在妳所有的拜訪中，可曾注意到有任何事可能損及一個人對何謂高尚的認知嗎？」

「如果有，我會發誓永遠不再來這兒。」

「妳會再到這裡來嗎？」

「在所有可能的機會下，」夏綠蒂說。

他說，突如其來地：「妳想過是我讓那個東西從牆上掉下來壓在我自己身上的嗎？」

「我不會去回答這個。我不記得我是怎麼想的了。」

「我想妳記得的。」

「那麼我想，如果你強迫我說，我永遠也不曾因爲任何一種原因而這樣想過。我永遠不能忍受去想到，你會把自己看成某樣你選擇去摧毀的東西。我不認爲你會有意地弄斷你的骨頭，再存活下來。我不認爲我想要知道，你曾經必定感覺到有多麼地絕望。」

「我常對妳談到。」

「但是我們會出去騎馬，而那讓一切看來都很好。」

「謝謝妳，夏綠蒂。」

「不用客氣。」

談話結束了。他再次往窗外看了一眼，但這一次是要讓自己有些準備，走進外面的暴風雪裡去。「不會有任何清理好的路面，我猜我得在到膝蓋那麼深的雪中，用力往前走。」

「再見，狄奇。也許所有的罪犯今天都會留在屋子裡。」

「那可能會使事情更糟。當我進來這裡時，是穿著我的大衣還有靴子的，但是女僕把它們拿走了。我想去找衣帽間。那會在哪裡？」

夏綠蒂不知道。她怎麼會知道呢？「衣帽間？狄奇，這裡有僕人啊。當這兒有僕人時，我怎麼會知道呢？告訴在大廳裡的那個人你需要你的大衣，他會去拿來的。」

「我想妳說得對，」他說。然後他又說：「我相信妳不瞭解我有多麼信任妳的意見。」

「人們付你薪水要你去懷疑。」

「但我就是可以知道。」

「那你是怎麼會知道的呢？因爲我們是往日的好友嗎？」

「因爲，夏綠蒂，我住在多契斯特高地，靠近那間療養院。我娶了那裡看顧我的一名護士。我們永遠負擔不起這一帶的房子。有時，當情況不允許我回家時，我就在警察局裡過夜。這裡沒有像丁香街那樣的地方，」他簡單說著，然後站起身，把罪行協會的名片放進衣服口袋裡。

「狄奇！」她跳起身，幾乎撞倒了椅子。「你剛才在測驗我？」

「沒事的。妳通過了。」

6

夏綠蒂隱居在樓上的房間裡——莉莉嬸嬸的房間——有四天了。

哈瑞・艾爾肯每隔一段時間就會來敲敲她的房門。她想要人作伴嗎？她有看見窗外那窮凶惡極的雪嗎？她知道整座城市都像時鐘一樣停頓了嗎？她介意那些乏味餐點的一成不變嗎？儲藏間中所有的材料，只有南瓜、馬鈴薯、蕪菁、芹菜、蘋果泥、和沒有加蛋的糕點。她想不想下樓和其他的客人一起玩紙牌？她想不想聽聽留聲機？她想不想聽一點鋼琴演奏？他們正好有一位很好的鋼琴家在這裡，一位在華盛頓街的音樂會上演奏過三次的紐約女人，她嫁給波士頓管弦樂團的大提琴手，是那些傑出的德國奏鳴曲，以及一些摩登吵鬧的東西的專家。

對每件事她的回答都是：「艾爾肯先生，我不想和你，或和其他任何人說話。」

除了在外廳那頭的盥洗室裡洗過一次澡外，她沒有走出過她的房間。每一層樓都有盥洗室，裝有昂貴的新式陶瓷浴缸，並且接上了淋浴沖頭，噴灑出的水是從一個幾乎和浴缸一般大的桶裡來的。

這個星期淋浴設備不能夠使用。還是沒有自來水，但是有煤、瓦斯和木頭，年輕的女僕幽妮絲，受指示去提了小桶的雪上樓，融化了以後好讓希斯太太洗浴。

夏綠蒂驚訝地看到，爲了得到浴缸中兩吋深的水，得融化多麼大量的雪。而爐火上沸騰的雪水，必須先和另一桶新鮮的攪和起來，不然她的皮膚極可能會剝落下來。從離家開始算起，她已經有五六天沒有洗過她的頭髮了，它們開始變得黏黏重重的壓在她的頭上，不過她已經習慣了。家裡在她生病的時候，會把一個可以移動的浴缸搬到她的房間裡，用壺來裝水注滿它。就像現在一樣，時常因爲太過麻煩，而跳過洗頭的程序。

在夏季下雨時——七月甜美溫潤的雨，陽光同時間從它中間照落下來——她會把頭伸出窗外，讓雨浸濕頭髮，當然每次要先確定沒有旁人正在注意房子的這部分，他們通常也沒有，因爲她的馬兒總是流連在那扇窗口附近。

在她臥病初期，她的丈夫負責幫助她洗浴，他總是溫柔又充滿感情地做著這件事，即使那時並不確定，尚未確定，她得的這個不管是什麼的病，是非傳染性的。

他把替她洗浴的工作交給女僕們，是在莉莉嬸嬸下診斷爲腦部疾病的時候。「如果妳會讓其他任何人生病，我假定那應該是我，」這似乎是他的感覺。他從來沒有提及它。人們說你可以僅僅因爲站得太靠近某位病人而染上小兒麻痺，或是即使碰觸到他們的床單、衣服也會染上病，包括那些他們沒有躺過或穿過的，那些尚未用強鹼肥皂清洗過的。

這是爲什麼莉莉嬸嬸要說是腦部疾病的原因嗎？這樣就不會有人把她看作像是某種古老歷史上的瘟病帶菌者，比如水痘，還是歐洲經歷過、情況很糟糕的那一種，在中世紀像是酷刑的手段：黑死病？

即使是最高階的傳染病鬥士都不能說，在某人腦部的什麼東西會跑出來，感染其他人，因爲它如何能穿過頭顱骨呢？

用這種態度來談及它，似乎是再度被確認了，像是她小姑那樣，站在她病房門口，以一種總括、有禮的方式說：喔，讓我們別提小兒麻痺，讓我們說是腦部疾病，非傳染性的。當他們說著像是些「很有趣的是人類的頭骨就像是一座堡壘——上帝精彩無比地創造了這個」的話語時，他們是試著表示友善。夏綠蒂的顱骨是經常被討論的話題，但是提及這個字時，她只會想到哈姆雷特，憂鬱、英俊、以及悲劇性地被誤解。劇本裡的對白從她腦海中流過。

但是它們並沒有淹沒對於莉莉嬸嬸語聲的記憶。「那是在她的腦部，而非其他的地方，我向你們保證。」

夏綠蒂下結論，莉莉嬸嬸對待她就像對待一個孩子。而且她甚至沒有向她介紹那位穿著睡衣、看起來像天使的男子。夏綠蒂是不應該看見他的。也許這已經變成了某種模式，看見她不應該看見的事情。

時間流逝這回事並不是個負擔。假如有任何人經歷過保持靜止固定——並且不抱怨它，或是浪費精力在因著無聊而侷促不安，還念念不忘著那些錯過的事物上——那就是她了。她覺得如果不算上騎馬的話，獨自一人在房間裡無聲無息，是她眞正擁有的一項專長。

也許這就像年華老去時會有的感受，安靜地坐著，眼睛瞪視著爐火的表演，瞧見了腦海中出現的景象，有選擇性的，就好像活過一生是爲了把記憶收集起來。當你看著它們在腦中鋪展開的時候，妳可以自由地去改變任何妳想要改變的，然後說服自己這個新模樣才是眞正實際發生過的。

但是她第一眼看見丈夫在廣場邊上抱著那女人的景象，夏綠蒂並沒有在腦海中做任何改變。她一次又一次看見它。像是一幅畫。「被打擾的吻，」畫的標題可以是這樣。他的手在哪裡？在那女人的肩膀上。

她的手在哪裡？在他的腰上，一邊一隻。

她的臉孔是否在寒冷中仰著向他，等待著那個吻？是這樣的。它看起來像是第一次才發生的事嗎？它是不是某件無邪的偶發事件？就像他們在歐文伯父的靈堂上遇見，兩個久未謀面的親戚，哀傷悼念的心情讓他們湊到了一起？單純的悼念總是使人們做出奇怪的事。因此，他們必須被原諒？

哼，不是，不是，不是的，何況那女人身上的穿著，並不是親屬們在追悼儀式上應該穿的那種。那雙擁抱著他的腰的手，屬於那種看著他、嘴裡說道「我的」的女人嗎？它們的確是的。

在她把自己強迫監禁起來的第四天早上，夏綠蒂開始批判自己當初爲什麼愛上海斯，那時她還在喬治生小姐的學校，是最年長的女寄宿生。

她回想著學校的校園和最大一片樹群的位置，蔬菜園、教堂、喝茶的露天內院，那裡有一個供玫瑰花蔓生的格子棚架永遠無法撐持太久，因爲風總是會把它吹倒，還有每個人也總是在玫瑰花還是花苞時，就採摘它們：中年級時，她們相信把一朵新鮮的玫瑰花苞摘下放在枕頭下，如果第二天早上花苞綻放成一朵盛開的花的話，妳所擁有的最狂野奔放的願望就可以實現。她自己就做過幾十次。

她的願望總是相同：找到一個方式離開山谷區，然後生存下去——靠自己的力量，如果必須的話，她也能像貓頭鷹一樣孤獨——在城市中，任何城市，任何一處地方，只要在其中的人是講英文的。她從來沒有到過一個城市，但是她想像著高大的建築物、人群、商店、活動，到處充滿故事，扒手把他們的手伸進人們的外套口袋裡，劇院、音樂廳、畫廊、餐廳、旅館。

「妳想過怎樣的人生，夏綠蒂？」喬治生小姐會這樣問。

她很清楚自己不應該回答：「我想要在城市裡過日子。」喬治生小姐是從曼哈頓來的，她說城市裡存有各種形式的汚穢、墮落與不公正。富有是汚穢的富有，貧窮是汚穢的貧窮，而被夾在中間的任何有意識的人，都應該搬到別處去。

在靠近第五大道的地方有一個巨大的舞廳，她告訴夏綠蒂，每一年復活節時，住在城裡廉價公寓裡的那些窮人，會聚集起來在擺放了桌子的舞池裡吃一頓飯，小小的圓形茶桌，差不多有百來張，用白色的桌布鋪設起來，非常雅致。他們則是一群穿著破爛骯髒的貧民，可能有好幾個月不曾洗過澡；也許，他們從來也沒有洗過澡，他們怎麼做得到呢？在他們可怕的住宅裡是沒有水管的，擁擠地在一起，如果失火的話，將一發不可收拾，他們就會全都沒命了。

這些人坐下來吃著用叉子烤出來的羊肉、烤雞、煮水果、青菜和復活節蛋糕，使用著昂貴的銀製餐具，而警察就在旁邊看著，這樣就不會有東西失竊了。在上方，沿著一列加長出來的包廂裡的凹室中，以金色裝飾著邊緣，平日供人們坐在那兒觀賞舞池裡的活動——成雙成對無節制地跳著華爾滋，有人介紹出場，管弦樂隊演奏著，人們穿著他們最華美的衣裳穿梭其中——而現在，坐在那裡看著那些享用著他們所提供的餐點的窮人們的，是紐約最富裕的一百位人士，與他們的妻子。

他們高高坐在那裡像是古代的羅馬人，喬治生小姐說，看著這些基督徒是會被獅子吞噬，還是會像丹尼爾一樣，被他們的神拯救。而這一切每年都在耶穌復活的這一天舉行。如果基督在他們中間走過，祂會在哪一邊拉開一把椅子坐下呢？不會是羅馬人的那一邊。他們是處死祂的人。

她想過怎樣的人生？「我想要當一名好基督徒，喬治生小姐，」夏綠蒂會這麼說。不過她還是把紐約從列出有可能性的地名的名單上劃掉。

噢，回想起學校眞是一件再容易不過的事：空氣中有著從黑石區工廠來的灰色沙塵般的煙，學校，小小的寫字板，喬治生小姐裙撐上的裙子的寬大皺褶，總是在附近什麼地方的破舊的《天路歷程》，其他老師、其他女孩、僕人，以及馬兒的臉孔。

那是秋天。深秋的某一天，開始時就像任何其他的日子一樣。她記得那天早上她被指派的特殊工作。她本身已經通過了所有的課程，處在一個模糊、沒有清楚分界的狀況下，某些方面來說仍是學生，某些方面來說也算是教職員中的一份子。

她應該去指導有四個法國女孩班級的課程，她們的父親——她們是分屬兩家的兩對姊妹——在山谷區的某個地方設立了一家玻璃工廠。她被派去教她們發音。她有一張爲外國人學習英文而準備的片語和句子的長單子，可以用來練習朗誦。那種演說課程的形式，她仍然記得其中一些句子，「the, thee, the, thee, the, thee.」（的、得、的、得、的、得。）

「Did you read in the reeds what I had read in my bed?」（你在蘆葦中讀的是我在床上讀的的嗎？）

「Aitch, huh, ha, ho, hard, half, wholesome, who, handle, whistle, her, aitch.」（H、哼、哈、呵、硬、一半、健康、誰、拿、吹哨、她、H。）

「Don't you know that the bow of the boat lies low in the water, brought down by the laughter of daughters?」（你不知道船的前槳被女兒們的笑聲弄掉在水底下嗎？）

那整個是荒唐可笑的；夏綠蒂無法行使出一點點權威性。女孩們吱喳的聲音帶著音律般的調子滑滾而過，捲著舌頭發出所有r的顫音，把所有字連珠般地繞在一起，化爲咯咯的笑聲，成爲快速度的法語嘈談。當教室的門被打開，女孩子們的父親和喬治生小姐一起出現時，課堂上正是一片混亂。

而和他們在一起的是這個年輕的美國生意人——臉上浮現濃濃的顏色——幫他們處理財務相關的事項。

女孩們衝到她們的父親面前抱怨。這個生意人轉向夏綠蒂，用一種有優越感又故作屈就姿態的模樣說：「妳的學生被美國人字母的用法給嚇壞了。還有ow的發音讓她們覺得恐怖，她們也認爲我們的t和h放在一起很可怕，特別是再加上一個幾乎無聲的e在它們的後面，使得它聽起來使人沮喪外，還像極了一聲重擊聲。她們爲英文中有這麼多看起來相同但說起來那麼不一樣的字感到遺憾——附帶一提，她們覺得這顯示了一種智識能力上的不足。」

說到最後那幾個字時，他直直盯著夏綠蒂。只是爲了炫耀，他把所有的話又用法文說了一遍，而這花去了好長一段時間，她知道他是在取笑她。她馬上把這個美國人想像成那些高高坐在包廂凹室裡的人，把觀賞窮人吃大餐當作餘興節目。

這樣的一個羅馬人！這樣的異端！這樣的一個可惡、自滿的人！

女孩兒們和他很熟，你會誤以爲他是位王子，還是法國女孩子幻想中的神祇，她們用那樣的方式誇讚他。「哎先生！哎先生！您眞是太可愛了！」

夏綠蒂從課堂中逃開了。她以爲他的名字是「哎」，直到第二天他被以比較正式的方式介紹給她，那時她被傳喚到喬治生小姐的會客室裡，看到他穿著一套灰色的蘇格蘭呢料西裝站在那裡，帽子拿在手上。

「原諒我，坎普小姐，假如我昨天似乎看起來讓妳覺得討厭。」而她回答，「原諒是個太嚴重的用詞了，如果我相信你的使人討厭——借用你選擇的字眼——是來自你的魯莽而不是罪惡。」

他看來是被她無意視他爲一個惡意犯行之人的這件事所鼓勵了。「那麼請原諒我態度上的敗壞。」

「我沒有理由不這樣做。」

然後突然間十分鐘以後，當她走到外面時，他就在她旁邊。「我可以和妳一起走走嗎？」她正在往馬廄去的路上。她不想對他說「好」，因爲她想不出一個要他陪伴的理由。她不能對他說「不好」，因爲她不能想出一個要他離開的原因。那天他與她一起走著，沒有說話。他看著她騎上馬離開，但是當她回來時，他不在那裡了。

當她剛過了十八歲時，得到在另一所學校的一個職位，在南邊的新罕布夏。他來拜訪她。

她的工作是一名女子騎術老師，教小女孩子在橢圓型的、多塵的路上，駕馭拉著一輛小車的小馬，整天一遍又一遍來回重複著。

此刻，坐在火爐旁邊，她眞希望他沒有做過這一切。她希望她在喬治生小姐那兒是最後一次遇見他。她希望他未曾載著她在他的馬車裡一起奔馳。她希望他未曾用那種方式凝視她的眼睛，而且希望她自己未曾用同樣的方式回望他。

他第一次親吻她，是在一片馬鈴薯田的邊上。她希望她未曾喜愛那個吻。他每一次靠近她時，她希望她未曾體驗到那令人驚訝的渴望及慾望的力量。

「夏綠蒂！放我進來！立刻放我進來！」

莉莉嬸嬸。第四天的下午，她來了，好像夏綠蒂正等著她似的。

「夏綠蒂，讓我到房間裡來。我要進來。這是第一次我有機會回來這兒，而且這以前是我的房間，如果妳還在乎是誰在付錢的話，是我在付的。」

門從裡面上了鎖，但是對一位醫生來說，鎖上的門算什麼？

「如果妳不讓我進來，我會要莫克西里帶著一把斧頭上樓來。一扇新門的花費可以加到帳單裡，我負擔得起，我相信他也會很高興地來打破這扇門，特別是我會告訴他，妳正在很痛苦的發作中，夏綠蒂，癲癇症的發作。我會說那是妳得的病，縱使這是如此的一派胡言，卻沒有一個人會懷疑我。」

夏綠蒂把門打開。她的嬸嬸聞起來有雪、嚴寒、風與醫院的氣息。

「妳失掉更多體重了，夏綠蒂。他們說妳的進食情況良好，現在我很懷疑。」

「這些不是我自己的衣服。」

葛森太太素色的羊毛衣裳寬大的可以裝下兩個夏綠蒂。外面披著的是幽妮絲送上來的夾克，是某位客人遺留下來的，而且必定是體型肥碩的那一型。

「它們是誰的衣服呢？」

「我不打算告訴妳。」

莉莉嬸嬸匆忙走進房間，在一邊床沿上坐了下來。她拿著一封信。「我這兒有一封信，」她說。

「從反對罪行的那些人那裡來的？」

「我聽說了，妳那位調查員朋友的事。」

「他到這裡來，」夏綠蒂說，「並不是以我朋友的身分。」

信放進了夏綠蒂的手中。莉莉嬸嬸沒有拆開過它。收信人寫的是她，寄到莉莉嬸嬸的公寓裡去。是海斯寫給她的。

「我的達令，最親愛的夏綠蒂，

「郵件又擺上馬要送出去了，我匆忙地寫著，因爲他們在等著。莉莉嬸嬸稍來消息說，妳平安地和她一起在後灣的家裡，所以此刻我不用像之前那樣，因爲擔心而驚惶失措了。想到妳獨自一人到波士頓去，我心中充滿了無法置信與嚴重焦慮，而在我一生中，我從未像現在這樣焦急地期待著妳本人告訴我妳是否一切都好。妳心中在想什麼？我瞭解，我不是一個好丈夫，只有妳和我知道這一點。在家裡，他們都以爲妳是爲了歐文伯父的過世傷心。如果妳沒有去莉莉嬸嬸那兒，我會比現在更覺得痛苦受折磨。只要妳召喚我，我會立刻到波士頓來。我將不依照我希望地那樣強迫這件事的進行。打電話到上校的辦公室找我，他會告訴我的，或者打電話到銀行來也是一樣。找我，夏綠蒂，我請求妳，我不會介意天氣，我會來的。海斯。」

「妳的手在發抖，」莉莉嬸嬸指出來。

「它們沒有。」夏綠蒂走向爐火，把信丟進去，看著它在火中捲起燒成灰燼。

「昨晚一個屋頂垮下來，因爲承受不住積雪的重量，在靠近港口那裡，」她的嬸嬸說。「那是一個處理魚貨的工廠，三人喪生，幾十個人被困在壓垮的房屋裡。我們坐在這裡的時候，一隊救援隊正在那裡進行緊急救難行動。沒有在陷落中被毀的，毀在他們儲藏在那邊的瓦斯爆炸中。」

「我爲他們感到難過。」

「十六個人，四個是孩子，來自哈諾佛街的義大利貧民區，被送到醫院時，正瀕臨凍死的狀態。我不認爲我們能夠救活他們。我估計當我們坐在這兒時，有很多替暴露在嚴寒中以致凍傷的人，做移除手指或腳趾的工作正在進行著。我也不認爲妳曾經去過哈諾佛街。妳想知道我爲什麼要告訴妳這些嗎？」

「這問題的確在我心頭掠過。」

「因爲，夏綠蒂，世界在繼續運轉，而我不可能因爲妳而慌亂失措。如果妳不要回家，回到妳丈夫身邊去，那不是我所關心的，但是妳得要搬去我後灣的家。」

夏綠蒂看著她。「那天晚上當我抵達這裡時，那個和妳在一起的男人是誰？」

「一個朋友。」

「他在這裡工作。」

「那不是妳該關心的。」

「但是我可以把事情連結在一起。」

「有時，當一個人把事情連在一起時，那些片段可能不會像他所希望的那樣合適的拼貼在一起，或者它們會被以不正確的方式拼貼在一起。也許那些片段保持著不被連在一起的狀態會比較好。」

「我喜歡連結。契斯特伯父在哪裡？」

「在布魯克萊家中。」

「他知道妳上這裡來嗎？」

莉莉嬸嬸沒有回答。

夏綠蒂悄聲地說，「我好奇波士頓鎮壓與防堵罪行協會對我們的談話會做何感想。」

「不用去管他們。他們是一群無事生非的人。」

「像馬克白裡面的女巫，」夏綠蒂說。

「一點也不。眞實生活是不會像通俗劇那樣的。」

「妳聽起來就像是一名姓希斯的人，即使不算上契斯特伯父。」

「在莎士比亞的故事裡，沒有人是因爲沒有暖氣、沒有得到合適的衣服、他們的屋頂垮掉了，或是他們的架子上缺乏食物而受苦。」

「那麼，我想知道的是爲什麼派蒂太太用那麼可怕的態度對待我？」

「那妳得把這問題拿去與派蒂太太討論。」

「她的孩子們在哪裡？」

「關於這件事，我什麼都不知道。」

「妳常常在這間旅館裡嗎？」

「只要我有機會，我就會來。」

「妳爲了我說謊，這樣家裡的人就不知道我到底在哪裡。」

「我不想再一次這麼做。」

「那麼，好吧。我不願意讓妳覺得爲難，妳一向對我很好。」夏綠蒂在床沿上坐下。她點點頭，溫順謙和地，同時想到了一匹年輕、被馴服的小馬兒，牠瞭解周遭的怪異與陌生，於是彎下頭並鬆弛了牠的顎，在屈服中，用舌頭舐著空氣或自己的牙，像是才剛出生般。

她洞悉自己早在喬治生小姐那邊的日子中，經營到一些經驗：關於撤退抽身的實用經驗。這正是多多少少類似那種的情形，就像她說：「我想做一個好基督徒。」

「我應該告訴哈瑞，妳要搬出去到我的地方嗎，夏綠蒂？我知道他會幫妳準備好雪橇車。路程並不遠，而垂蒙特街和波伊士頓街都可以通行，天氣並不像從窗子看出去那般的不可信賴。」

「我自己會告訴他，謝謝妳，莉莉嬸嬸。」

「要記得妳的身體還很虛弱。」

「我會注意的。」

「妳會馬上動身嗎？」

「我想要先換回自己的衣服，給女僕一些賞錢，也許再先喝一點茶。」

「而且我們不會談及這回事，」莉莉嬸嬸說。

「我會說我一直都在妳那邊的房子裡。」

「我信任妳。照顧公寓的女人會在那邊。她會準備好那些妳需要的東西。」

「謝謝妳。」

「我會盡可能回去看妳。幾小時以後，我要去幫忙一項外科手術，一個人被一家店鋪老板給射傷了。街上發生了一些搶劫事件，很可怕。這個人的後脖子上有一顆子彈。」

「噢！他會是清醒的嗎？」

「我們有乙醚可用。」

「我會為他禱告。謝謝妳，莉莉嬸嬸。我為這些帶給妳的麻煩感到抱歉。」

「這不是麻煩。這是關於該如何預防它發生的問題。」

「我懂。妳是對的，我真感激有妳的幫助。」

「我無法想像如果那一天晚上我不在這裡的話，會發生什麼事。」

「我運氣好的讓人無法置信。」

「妳不願意告訴我妳和我姪兒之間到底是發生了什麼事？」

「我不想，就像妳似乎不想談論那個我最想瞭解的事情一樣。」

「夠公平的。妳好久沒有享受過一段輕鬆日子了。我知道生病對妳來說，是怎麼樣的一種感覺。」

「不，事實上，妳不知道。」

「我得離開了。」

「我希望我能夠為那些受苦的人提供一些幫助。」

「到我的房子去，好好地待在那裡。」

「我會的。」

只是爲附加上動作，夏綠蒂把最外層的衣服脫下來，站起身走到書桌邊，拿起一把借來的髮刷，好像她很服從地正準備動身搬去新的住處了。

莉莉嬸嬸撫慰地拍拍她，並親吻她的臉頰，而當她離開後，夏綠蒂等了幾分鐘後才去鎖上房門；她不要嬸嬸聽見鎖門的聲音。一切都是靜悄悄地。她從床上拿來一床毯子把自己裹起來，然後再一次在爐火邊坐下來，等待著。

她可以做這件事，等待。她十分專精於此，即使她並不知道眞正在等待什麼。這種不確定並不打擾她。這些沒有被回答的問題也沒有打擾她。

誰會懂得生病的感覺到底是如何的？至少不會是醫生，這點可以確定。由於她那麼粗野地對待嬸嬸，她感到來自懊悔的刺痛，微小的——不過不是因爲她不夠誠實，這並沒有算上，莉莉嬸嬸自己設立了一套選擇不去直率坦白的態度標準。

夏綠蒂痛恨，非常痛恨當沒有長時間在病床上躺過的人說，噢，我能夠體會，那對妳來說是怎樣的感覺。沒有人知道的。那就像是走過餐廳，眼睜睜看著桌邊那些正在吃晚餐的人，舉起叉著烤肉的叉子送到嘴邊，然後說：「前一刻我肚子很餓，但是現在看到有人正在用餐，我的肚子也就飽了。」或者像是在魚工廠挖掘著廢墟的人，大聲對裡面只剩下一口氣的倖存者喊著：「你正在感覺到的一切，我也感覺得到。」

在她的腦海中，總有一個小口袋一樣的東西，裝著那一刻的確切感受，那是發生在久久的去年，當她眞正地得知，她的身體有很嚴重的毛病：那是在莉莉嬸嬸的辦公室裡。她又怎麼能夠回去莉莉嬸嬸那兒？

那裡有一張大的橡木桌子、幾張皮椅子、牆上掛著用框子裱起來的證書、窗邊的桌上裝飾著一瓶鮮花、擺著瓶子和藥罐的架子，還有滿擺著書籍的書架。莉莉嬸嬸的大衣掛在一個衣勾上。她自己穿著一件白色棉質長衣和一件白色棉質夾克。「夏綠蒂，我以前注意到的甲狀腺腫塊變大了，妳呑嚥東西時會痛得很厲害嗎？」

不會，一點也不痛，沒有什麼在痛；只是有腫塊在她的脖子上，還有腫塊在她的手臂下，以及她雙腿偶爾感覺到的刺痛感，另外就是那小小的、擾人的熱度，時來時去，有時很溫和，像是貼在她額頭上的一條熱毛巾，有時卻燙的像是她的血都因此燒得沸騰起來。她認爲這一切都是因爲在壞天候裡出門騎馬所引起的。

她之所以到這個診療室來，只是因爲海斯要參加銀行裡一個商業會議。她和莉莉嬸嬸會面後，就要與海斯會合去看一場戲劇演出。

他們計畫要去觀賞華盛頓街的表演——不是莎士比亞的劇目，而是一齣關於一名惡毒的鋸木廠老板，要強娶一位和他工廠領班訂了婚的女孩子的驚悚劇。首先他要把女孩用繫馬的繩子綁起來，還把她藏到衣櫃子裡面去，然後他制伏了他的領班，並且把他像一截原木般的放在鋸木台上，上面則有一個巨大、高速、有金屬齒的鋸子，可以眞的開動起來。頭朝著前方，領班會向著鋸子滑動過去。衣櫃裡的女孩則應該及時解開綁住她的繩子。

夏綠蒂知道情節，因爲每一個人都知道；它登載在所有的報紙上。海斯祕密地買了票。他們告訴家裡的所有人，他們是去參加某場沉悶的女高音獨唱會。

有一部分的她總是處在一種被刺激下的懸浮狀態中——熱度可能由此產生，一種刺痛感。這一部分總是等待著被驚嚇。這一部分的她是全部緊縮著的，處在一個等待著什麼的長久預備動作之中。

那麼她覺得自己被一種屈服的動作所取代又是如何發生的？它的來勢迅捷無比。她的嬸嬸站在身後，把手放在夏綠蒂頸子的兩側，溫和地往下推到夏綠蒂穿著的高領衣裳的領口邊。然後她撫摸著夏綠蒂的肩膀，從一面鏡子中——牆上有一面橢圓型鏡子，框進一個光滑、淡色的木頭框裡——夏綠蒂看到那兩隻手原本應該是平放著，卻微微拱了起來，彷彿她在衣服的料子中墊了兩個軟襯墊，像墊肩似的。然後又好像這一個突起物在她的喉嚨裡。

「像是妳剛喝了一口水那樣地做一下吞嚥動作，」莉莉嬸嬸說，但她無法做到。夏綠蒂覺著自己乾嘔著，像是噎到了。莉莉嬸嬸做了些動作——某種拍撫的動作——使她輕鬆了一點，她好多了；她有點好笑地想她一定是不自覺地模擬起那齣戲的女主角來了：報紙上提到一場哽咽的戲，那是女主角初次被制伏的時候。

看完戲以後，他們會住進垂蒙特街的旅館，在城裡過一夜！晚餐的一張小桌子上，只有他們兩個人，她自己和她的丈夫，沒有其他希斯家的人，而或許她就可以告訴他她想說的，那個她一直推延著沒有說出來的話。

「我想要一幢屬於我們自己的房子。」

會有一瓶酒，一瓶他偏愛的醇美西班牙紅酒。會有看戲遺留下來的驚悚刺激感，昇高的張力，鋸子高速轉動的噪音，爆滿的觀眾一致地屏住了他們的呼吸——然後都鬆了口氣，放鬆般的潮水沖刷到各處。女主角會解開她的繩子，拯救她的愛人，生命不是既美妙又壯麗嗎？至於那個鋸木廠的老板，警察會湧進來抓走他。海斯將會爲能看見秩序重新恢復回來而打心底高興，他會啜一口亮晶晶的酒杯裡的酒，而自己也發光了起來，她這時會說，「或者不是一幢房子，而是一戶公寓，海斯，就在這兒，也許在畢肯街，或是波伊士頓。我希望很快就能去採買新家具。」然後他會說，「怎麼會不好呢，夏綠蒂，當然囉，當然，」一切就這樣決定了；第二天他們會去見一位房產經紀人，因爲反正他們已經在城裡了。

在鏡子裡，她嬸嬸的眼色陰霾起來。這很滑稽，夏綠蒂想著，當妳的心神被計畫、期待、戲劇中的場景、希望所翻攪時，妳的身體卻可以往一個非常不一樣的方向離開，就像妳自身變爲一個和自己唱反調的惡魔，擁有那種本質上不可抗的意志的可怕力量。

「妳病了，夏綠蒂。」

似乎她的病——那飽含敵意、強有力的東西——是蔓生盤旋在她體內，隱藏著的，只是一直在等待著被喚至表面，去占據她。她知道。她知道。她知道它不會走開。

她知道它隱藏得多深，因爲是她自己隱藏它，一直到裡面去，有關它未知的知識，那不可忍受的事實。她覺得她的臉頰發熱，肩上的突起物開始顫動，腿也開始刺痛。一陣又重又麻的痛楚爬上她的兩膝，然後是一陣痙攣通過她的脛骨，好像她剛剛跑完步。也許這就像是故事中所描述的施行妖法，當某個人對妳下了詛咒。「我覺得妳把我放在一個魔咒裡了，」夏綠蒂說。

「是的。」

「不要被嚇壞了。我比較像是那個要移除魔咒的人。」

「什麼東西不對勁了。」這就是了。她把眼光從鏡子中調開。「很糟糕的東西。」

「我要和我的丈夫一起上劇院去。」

「妳現在要去，」莉莉嬸嬸說，「床上休息。」

屈服是什麼感覺?像是嘗試不要從懸崖上摔下,即使妳正已經要往下摔的時候,說著:「也許它沒有那麼恐怖，」石塊在妳前面迎面昇起，嘴巴大口呑著空氣，整個人頭上腳下顚倒著。

莉莉嬸嬸差遣了人去找海斯。當他抵達的時候，夏綠蒂就坐在一把皮椅子上。他走向她，俯身向她，拿起握住她的雙手，用力擠壓著，就好像她得的只是需要被溫暖起來的風寒，好像他的撫慰可以把它完全趕跑。

在哪一個節骨眼上他放棄了她呢？去年春天在那次花了比一般時間長的多的俄亥俄州的旅行嗎？原本要去十天，他延長到兩個星期，三個星期。然後又再延一次，又一次。

那次他很晚才返家，輕手輕腳地走進她的房間，她分辨不清楚他是眞實的，或只是夢境的一部分。病房裡永遠有一盞低低燃著的燈，有時在夜裡半夢半醒時，不確定是她的丈夫或只是個陰影正低頭看著她。一個丈夫尺寸的陰影映在牆上。「我嫁給了一個影子，」她會這樣想著。

他的手放在那女人的肩膀上。女人的手放在他的腰上。

她想像著海斯凝視著女人的雙眸，而冬季暗沉、雪花鑲邊的樹枝在他們的頭頂上，此刻她想到有些在他們兩人頭頂上的樹枝，因爲積雪的關係其實是很重的。她把自己在雪橇車上的部分從畫面中移開。她把自己完全從這場景中移除，好像她是個幽靈般的看著這一切，無能於肉體有形的涉入。她想像出一大段沉重的樹枝從廣場邊上的樹上折斷落了下來，如此安靜地，讓他們沒有發現它朝著他們直墜下來。海斯的帽子被擊落掉在路邊，那個女人的帽子也是。

運氣眞差！他們被打昏過去。他們像在魚工廠那裡的人一樣，被雪掩埋起來。

這眞的就像是一幅繪畫作品。接吻時被樹枝所打擾。但是，他們不至於死；她並不是個心眼惡毒的婦人。

那天下午稍晚的時候，突然間有一張短箋從她房門下塞了進來。她等了很長一陣子才把它拾起來，因爲她不想讓別人看出來——如果有人在外面走廊上的話——她好像無事可做的樣子，或者就坐在那裡等著哈瑞・艾爾肯來嘗試邀請她加入另外一個活動。

她不認得上面的筆跡，但是看得出來是出自女人之手，她起初想到是派蒂太太寫來的，準備要來求好。

它不是派蒂太太寫來的。

「有人告訴我曾經看到妳在欣賞著我的畫作。請不要太害羞，因爲害羞不是我信賴的特質。今晚請務必到樓上來，比妳高一層的樓層，傍晚時來找我，房號是21、22、23、24。妳選擇哪一個號碼都無所謂，希斯太太，因爲這些都是我的房間。如果妳手邊正好有那些妳抵達這幢房子時，拿在手中的糕點的話，請當一名體貼的女孩兒把它們一起帶過來，因爲我已經有許久都沒有吃到甜點了。我會準備好茶的。到時見，最任性的人。」

有一個筆勢華麗複雜的簽名附在下面，花費她一點時間才看明白。貝妮絲——不對，還有一個e在字的中間——貝瑞妮絲。貝瑞妮絲・愛洛絲・辛格頓（安德魯・安瑞特太太）。

一封邀約喝茶的請帖！

她已經把葛森夫婦讓她帶來的點心完全拋諸腦後了，當小女僕端來她的晚餐托盤時——今天晚上有些不一樣的內容，上有罐頭鮭魚的蘇打餅乾，和一碟子不錯的奶油芹菜湯——夏綠蒂問到它們。

幽妮絲露出一種犯了錯的憂心表情，她結結巴巴起來，還幾乎掉下手中的托盤。蛋糕？這個嘛，派蒂太太交代要把它們丟到垃圾箱裡去，因爲它們是由一個糟糕的點心師傅做出來的，他是眾所周知但是未定罪的、會毒害人的食品供應者。

不過，女僕們並沒有丟掉它們。她們想如果一次只吃一點點，就不會產生危險了；她們極少能享受到這種款待，何況現在這樣的風雪，全部都處於停頓的狀態，這樣做也不算太過分了。還剩下一小條果醬捲、半個檸檬蛋糕，和一點巧克力碎片蛋塔，全部都用油紙包裹著，吊在房子最高一層的窗外，凍得好好的，正是保存這類食品最妥當的方式。

夏綠蒂要她把它們取來，小女僕幾分鐘後只拿著包裹在紙中的巧克力塔回來。其他的那些，時間有些不湊巧，就在剛剛樓上的兩位女僕把它拿到火上化霜，蛋糕的邊沿已經被她們咬掉了一些了，因爲今天是她們兩人其中一位的生日，所以能不能夠請希斯太太不要強迫拿走它？

她對幽妮絲溫暖地微笑著，心裡感覺到一股膨脹發熱的感情。

女僕把夏綠蒂的衣裳弄乾淨了。她很高興能換回自己的衣服，梳整好自己的頭髮。她在小女僕面前一點也沒有提到自己的神祕邀約，只說她需要幫忙把頭髮梳高束好；女僕嫻熟於整理頭髮，沒有把它拉扯得太高，也沒有把結打得太緊。

很明顯地，對幽妮絲來說，一位旅館中的女士單獨待在房間中的夜晚，要把自己梳妝打扮好，並不是一件多奇怪的事。一過八點，帶著她的甜點心，夏綠蒂緊張地躡足走到外面廳廊上。

一陣模糊的笑聲從最盡頭的房間裡傳出來。而從遠遠的下面，彷彿從地窖傳上來，她聽到鋼琴的聲音，不過這一回一定是那位哈瑞·艾爾肯提到過的眞正的鋼琴演奏家：那是一支慢板、憂傷的調子——不是像一般葬禮音樂，不過同樣心碎——帶著一種音符間的暫停，讓你以爲接下來的節奏會是輕快生動的，但是並沒有。

是哪四扇門呢？當她走完樓梯後，號碼21、22、23、24四間房間的房門，一列排在她的左手邊；21是第一扇，但是因爲某種遊戲，她很不喜歡這個數字——紙牌遊戲，她的手氣從來沒有好過——她的丈夫會在他的房間裡，與他的姊妹和連襟們一直玩到深夜時分。總是有其他的希斯家人出現在他的房間裡。她感覺到在她的餘生中，她都會回想起每一次當某人大聲喊出「21」時的那股強烈撞擊著她的孤寂感。

21是你在贏上一把時，必須得到的點數。他們從未邀請她加入他們；她是病人。所以她很禮貌地敲了22號的房門。門立刻就被打開了，她走進一間有著耀眼燈光的巨大房間：這兒一定有二十盞一齊燃著的瓦斯燈，許多的蠟燭擺放在三個壁爐間上，而三個壁爐裡的爐火都在熊熊燒著；窗子是光裸著的，沒有窗簾或窗板，除了最遠端的那兩扇之外。窗玻璃上流淌著融化的雪，那兒像是有反襯在另一邊外面黑暗中的某種極亮之物，讓這個夜晚似乎如節慶般的閃耀。

站在她正前方映入眼簾的是一位年輕的男子，赤著腳，只穿著一件白色的緊身內衣，一條寬大的白色法蘭絨棉長褲，褲腳捲了起來，彷彿他在沙灘上散步似的。

他不是那天晚上和莉莉嬸嬸在一起的那個人，而且也全然不似那人那般可愛，但仍然相貌不錯，差不多二十歲，擁有除了在博物館裡的雕像外，她所看過的最美、線條最好的男性胸膛，他是爲了一幅畫擺姿勢當模特兒？在夏綠蒂的左邊是畫家本人，在一個大型的帆布畫架邊，一枝畫筆在她手中。畫筆上的油彩是白色的。

「呼啦！」男人叫出聲來。他的雙手擺放在臀部，他的頭微微歪向一邊。「我是泰倫斯。」

也許她已經習慣於小而窄的、四圍牆面把她緊緊圈住的房間。男人的聲音似乎在迴盪著，就像是在一個開敞寬闊的空間。而這裡的確是頗開敞寬闊的。

另一邊則擺設了一座屛風：供女士更衣用的屛風，用深色的絲料圍以細窄的木質邊框製成。那邊的窗子就是有掛著帷簾的地方。那兒一定是畫家歇息的區域，大小看起來是一個房間的一半。而其餘地方，另外的三個半房間的空間，則沒有任何隔間。

畫版到處靠牆倚立著，背面朝外。有一張長桌子上面堆滿了罐子、畫筆、顏料管、破布塊，還有一張圓型的晚餐桌和四把椅子，也有幾張靠背椅散放在四處，以及一個閃亮的楓木衣櫃，和一個相配的、高大、有著很多抽屜的櫥子，但是牆上空白一片。硬木地板上也是什麼也沒有鋪。

冷不防地，有人快步走向夏綠蒂——她察覺到是那個應門的人。她意識到一個近乎侏儒身形的小個頭，穿著一件亮綠色的外套，肩膀一處似乎有點畸形的。

這是另一位年輕男子，而這一位似乎以一種傾斜的姿態笨拙地拖動自己。夏綠蒂一看見他，立刻在心中浮起了憐憫。他並不真正算是駝背，變形只集中在一側肩部，但那確實是一個大瘤。他看起來沒有被它所影響。也許他生下來時它就跟著他，而不是隨著時間逐漸如腺囊腫的狀態長大。可能他甚至以它為傲；他沒有那種有時會在殘廢的人身上看到的畏縮、可憐我的神色。

他的眼睛大又美。深褐色的眼瞳，像是她住的鎮那邊，某一種在田野間遍地綻放的野生雛菊的中心部分，那般幽深的色調，這是她最心愛的花，雖然沒有人會相信，因為希斯家的人都覺得雛菊太過普通且孩子氣。

沒有講一句話，那個駝子把那一小包甜點從她手中抓走，拿著它匆忙走向最近的壁爐，把小包丟了進去。紙包上著了火，但是甜點丟在圓木頭上，聽起來就像石頭一樣又硬又脆——他知道它們是冰凍著的？這是他對解凍的想法？他是一頭讓人很難對付的小野獸嗎？

那個名叫泰倫斯的人——看起來，他還在繼續擺姿勢——沒有牽動他的表情，似乎也沒有移動嘴唇地說。「不要理會亞瑟。她不能吃甜點。糖分對她神經的影響，就如同古柯鹼對一些敗德的人的影響一樣，並不是指我自己也嘗過那些誘人的毒品。」

亞瑟：他的名字是亞瑟，像那位國王。唯一一齣不是莎士比亞的劇作，而曾由希斯家在市政廳裡搬演過的，那是「圓桌武士的故事」。

夏綠蒂的公公扮演亞瑟王，但是他完全搞錯了：他演得像是一位生意人在主持一項會議，很嚴肅又過度掌控，就像那些著名的武士只是在討論要支持哪一家製造商的廠家，以及下一步要收購哪一家房地產公司。她婆婆扮演瑰妮薇皇后，也是全部都搞錯了。飾演藍斯洛的是海斯的大姊夫，她婆婆無法成功演出歷史上這位皇后就是無法把她的眼光從愛人身上移開，即使丈夫就在身邊的味道，何況不管怎麼說，她演這個角色是太老了些。這裡甚至沒有一個羅曼蒂克的吻，連一個關於吻的戲劇上的提示也沒有。海斯的大姊一直嘟囔著，「這一切都很變態。」

這個亞瑟有著感覺很對的某種——這麼說好了，尊嚴，夏綠蒂想著。自在、泰然自若。深沉、睿智的眼眸。深度。長而強壯的雙手。暗示了複雜的人格構成。

「品，」他對著夏綠蒂很大聲地說。他微微頷首。「亞瑟．品。」

然後他解開了綠外套的扣子，探手到裡面，拿出一個看起來很小的墊子，一個適合放在兒童用椅上的椅墊。他把它丟到一張有扶手的靠背椅上；他的背部挺直了。

在小亞瑟的故事裡，喬治生小姐的課堂上教過這個——焦點貫注於神聖的、朝聖般的聖杯追尋上——他總是準備好一些戲謔的小把戲。他總是運用他的機智，從麻煩中脫身。

不過，裝成一個駝子並不能算是什麼高明的把戲。「我不認爲這很有趣，」夏綠蒂說。

「我覺得太沉悶了，」他說。「我以爲她也許會喜歡有一個討喜的侏儒在她的花園裡。我以爲我可以因此有資格當她的模特兒。但是妳是對的。我是個蠢蛋。這並非我的一般狀態。」

畫家開口了，以一種強烈、清晰的聲音，「詛咒你，亞瑟，也詛咒你，泰倫斯。詛咒你們的一生，還有你們的健康。」

夏綠蒂看著畫架上的畫。它看來接近完成的階段。是用油彩畫的——她了解這就是那種使人暈眩的氣味的來源。到今天以前，她從未造訪過畫家的工作室，不過她不覺得這些令她不愉快。

雖然有一個青年男子在前面擺著姿勢，但是畫面上卻沒有任何年輕的男人。那是一個花園的景象，一張靜物畫——極度的靜止。有覆盆子和黑莓的小灌木叢，抽高的、多穗的劍蘭與鳶尾，圓胖豐滿的秋海棠，精巧的藍鈴花和優雅、尊貴的水仙。它們每一部分——每一朵花苞、每一枝莖幹、每一顆莓果、每一片葉子——都覆蓋著雪花和霜屑，像是冬天偷偷闖進了一個美麗的夏日，逮住了所有的活力與生動，然後拘禁起這一切。

沒有金黃色的陽光，畫面上反而籠罩了一層月光般的白色幽光。有些花朵因爲雪的覆蓋，幾乎彎垂到了地面；有些則較傲慢，頑強地抵抗著，但是妳知道，雖然此刻沒有任何徵兆透露這個可能，但只要開始雪融，它們都將崩潰、破滅。

這張畫顯示了同一隻創作的手、同一份寂靜、同一類悲劇、沒有一件事物將再度行動的僵硬，就和夏綠蒂所住的房間和她與狄奇談話的房間中的那些畫作完全一樣。一艘船、一輛貨車、一部載人馬車、一片麥田，不論它是什麼主題：所有的內容都被一種絕對沉寂的靜止給全然地滲透。

她從未見過這麼悲傷的東西。「它眞美，像我看過的那些，不過更勝一籌，」夏綠蒂說。

「啊，一位專家，」那個叫泰倫斯的男子說。

他在開她的玩笑嗎？他取笑她？因爲以一些下判斷的直覺能力，一些藝術人才有的靈巧的內在感應，他知道可以用此做武器，來打擊那些只進過喬治生小姐的學校的人，和那些在美術館中，總是感覺如此被脅迫的人？還有，被一幅畫以一種在他人眼中很不世故的方式所感動，就是不正確的？那些雪花的模樣，確實令她悲從中來。

「我是貝瑞妮絲．辛格頓，」女人說。她伸出左手，沒有拿畫筆的那一隻，夏綠蒂向她走去，緊握住那隻手。

貝瑞妮絲．愛洛絲．辛格頓大約是五十或六十上下；很不容易判斷。她的頭髮全灰了，高高地梳起來，在她頭上呈一個完美的橢圓型。她戴著一副金色細邊眼鏡。她的臉孔像小孩子一樣光滑，除了嘴邊與眼角有一些小細紋；她的眼瞳是一種非常淡層次的藍，看起來像是用粉彩筆畫出來的。她穿著一件灰色的法蘭絨棉畫家罩衫，邊緣已經磨損了，還滿布著油畫顏料的斑點。在罩衫下面，她穿了件淡色斜紋羊毛料的居家洋裝，袖子捲了起來。

她有一雙夏綠蒂在成年人身上看過的最細瘦的手臂。她的臉龐也很瘦，帶有一種不安的味道，像是你會以爲你是在看著她的側面。她在夏綠蒂手中的手乾而涼，但不是冰冷的，不是像那種血液無法合宜循環的手。手指沒有壓擠的回應。

因爲有罩衫與長洋裝，夏綠蒂花了一陣子時間才看出來，她坐的那張椅子是附有輪子的：那是和屋梁一樣的木質，椅子部分則做成像是那些擺在露台上花園裡的一樣，帶著些田園風味。兩個輪子就像是腳踏車上用的那種，只是再稍微寬大厚重一些，有橡膠質料的邊沿。椅子背後有著平滑、圓弧狀的把手向後突出來。

「謝謝妳邀請我來，辛格頓小姐，」夏綠蒂說。除了那隻握著畫筆的手外，這個女人的寂然不動，令人無法忽視。「我很高興能到這裡來。妳有小兒麻痺症。」

那不是一個問句，而它也沒有獲得答案。夏綠蒂被譴責的目光盯視，她感覺到自己的臉紅了起來——那是希斯家的人用來看一名做了蠢事的僕人的相同眼光，當他們砸掉了東西，或是把灰灑在地毯上的時候。上帝啊！她怎麼可以如此不加思索地脫口而出？他們可能會把她當成一個——她婆婆是怎麼稱呼那些來的？當她提及住在鎮的另一端的人時？一個鄉巴佬。一個小地方的鄉愚。他們的臉孔上已經寫明了他們是這樣衡量她了。

「我想我自己也患有小兒麻痺。這是爲什麼我提到它，」夏綠蒂說。女人把畫筆點在畫布上，皺著眉看它。「妳有畫作收藏在博物館或美術館裡嗎？」

這似乎是請教畫家的一個好問題，但是顯然並不是的。女人開口，以一種冰冷平板的調子：「哈瑞・艾爾肯拿走了大部分的，自己保留了起來。」夏綠蒂分辨不出來這算是一件好事，還是不好的事。

「不過至少妳保有一隻健康的手，」夏綠蒂說。

「如果接下來妳打算要說出口的是要恭喜我，臉上還保有我的雙眼的話，相信我最近我情願我沒有。」

「但是這樣一來，妳就不能再畫畫了。」

「正是如此，如果妳對我狀況的討論已經告一段落，我必須要告訴妳，我感到最失望的就是我的甜點，」辛格頓小姐說。「它們是些什麼東西？」

「甜蛋塔。但是已經放一陣子了。」看不出來她答允過的茶在哪裡。

「不新鮮，」亞瑟・品說。「像石頭一般硬梆梆。」

「我非常、非常疲倦。請原諒接下來看起來不是很有禮貌的言行。看來我不太有心情待客。」

辛格頓小姐對她面前平滑、透明寂靜的畫作，投去畏縮、不認同的一瞥。她把畫筆放在大腿上，頭往後一傾，閉上了眼，似乎馬上就睡著了。那個擺著姿勢的男子放鬆下來，伸展著四肢，他的動作看來是想要過來看一眼畫作，但是改變了主意，然後沒力地跌進一張扶手椅裡。

夏綠蒂不知道該怎麼做。「她真的睡著了？」她耳語般地問道。

「很快，妳不用壓低聲音說話，不會吵醒她的。當她像這個樣子的時候，即使是一個龍捲風也不會吵到她。在妳來之前，我們正在討論戰爭，」亞瑟・品說。「泰倫斯在哈佛念政治。妳坐下來呀。」

夏綠蒂走到桌邊去，坐了下來，好像茶終究會端上來。「你也是嗎？」

「他學醫，」泰倫斯加進來。「如果妳眞的想知道爲什麼要裝成駝背的樣子，他在研究畸形的人。」泰倫斯擁有一種自由自在的閒適特質：夏綠蒂覺得自己很好奇，假如他在希斯家裡的一張扶手椅上，採取這種坐姿的話，側著身，雙腿搭在一邊扶手上，全家會有怎麼樣的反應。

「亞瑟，未來的奇觀醫生。」

夏綠蒂害怕這個主題會立刻引到她嬸嬸那裡去，所以她想起鎭上的上校，還有戰爭。「我認識一位曾經指揮一整個團的人，」她說。

亞瑟‧品仍然站在壁爐旁邊。「她的丈夫是已經過世的安瑞特司令，就在港灣裡被炸毀的船上，就是原因可疑、還導致一切麻煩事兒的開端的那場大爆炸。他們說他是個英雄。那艘船的名字叫什麼？我一下子想不起來了。是個州名。」

「緬因號。」泰倫斯揮動著手臂，彷彿四周的空氣有著令人無法想像地厚重。「哎喲。但是別讓我們大家開始討論起西班牙礦產和海軍部隊。」

夏綠蒂從未聽說過任何被炸毀的船：哪個港？她帶著一些憐憫看著沉睡中的畫家。一位寡婦！這麼多年之前，先生在戰爭中喪命。當了三十或三十五年的未亡人。她可能和上校差不多年紀。

「這麼多年來，她一定很辛苦，」夏綠蒂說。

「嗯，事實上只有兩年而已，但她的確不好過，」泰倫斯說。

亞瑟顫抖著。「拜託大家不要開始討論莽騎兵攻入古巴的事。」

「那麼讓我們別開始討論西班牙，」泰倫斯說。「還有請不要開始討論羅斯福先生，否則我的血液會開始沸騰，那我就得要站起來，走到那邊去躺下。」

「我從來沒有說過這不是件醜惡的事，一翻臉變成帝國主義同時拿下夏威夷，接著又搞到可憐的老古巴去，現在又是馬尼拉。你知道有多少士兵染上黃熱病？」亞瑟說。

夏綠蒂覺得他們好似在用另一種外國語言在說話。西班牙、夏威夷、古巴、馬尼拉，這些地方有哪一個和南方或北方兩邊有任何關係呢？

「和西班牙的戰事總是我們結束談話的地方，」泰倫斯說，以一種厭倦的語調。看起來他的血完全不像是會沸騰起來；他似乎已經準備好要說一篇以前必定曾發表過的某種言論，然後夏綠蒂說：「我們和西班牙打過仗？」

泰倫斯盯著她。「親愛的女人，妳最近都待在哪裡？」

「我以爲你們說的是國內的那一場內戰。」

「兩年前，剛發生的。一八九八年和西班牙的戰爭。古巴？和馬尼拉？還有英雄一樣的泰迪，我們如今最榮耀的副總統，在當地人中間像軍閥一般地搞？在所有的報紙上，標題的每個字都大的像妳的手掌？」亞瑟想要幫忙似地提醒著，但是夏綠蒂只能搖搖頭。

「我從未養成閱讀報紙上新聞的習慣。」

一聲輕微的鼾聲從辛格頓小姐那兒傳過來。

「我要一點蘭姆酒，」泰倫斯說。「我感覺得出來我們要花一整個夜晚，解說一切給這位女士聽。蘭姆酒或者是什麼更有趣的東西。」

「一塊空白的石板，」亞瑟說。

「像雪一樣純淨。」

「我不要聽什麼解說！」夏綠蒂說。她的臉頰發燙。她覺得自己是對的；他們在戲弄她。爲什麼他們要戲弄她？到底爲什麼她要上這兒來？這裡瘋狂的就像是一間精神病院。

她覺得自己準備好要痛哭失聲了。而同時似乎那畫面上結冰的花園中的沉寂，正從帆布面上推了出來，以某種方式潛進了她的身體裡。她幾乎可以瞭解，爲什麼有個活生生、呼吸著的模特兒站在眼前，卻可以畫出如此這般以某個角度說，全然迥異的畫面。

就好像她可以凝視畫家自我的祕密心境一般。辛格頓小姐一定是希望模特兒能啓發她的靈感，像一根火柴能劃出火花。靈感的火燄接著被使用，而畫家得以自由地把她實在感覺到、看到的景物重現在畫布上：一場凍結物的戲劇。那一定是和一場暴風雪般有威力的某種內心感應。她是凌駕於其上的末亡人。難怪她會期望自己是瞎子。

嗯，夏綠蒂想著，那是小兒麻痺。一個想法接著出現在她心頭，如果她繼續留在這裡，就再也別想移動了。

她走到門口，先前走進來時所用的那一扇。但是她不能讓自己沉落到如他們不良行爲般的相同等級裡，所以她轉過身說，「晚安。我要回我的房間去了。這不是我所期待的。我也認爲把那些點心燒掉是糟糕的行爲，因爲還有別人可以享用它們。」

在她警覺到亞瑟・品跟隨著她到走廊上時，他已經在她身旁了。

「請妳，」他溫和地說。「讓我和妳一起走。」

7

你會以爲這一段走下去到夏綠蒂房間的樓梯布滿危險，像是一段深夜裡又黑又陌生的小路，有搶匪躲在樹叢後，還有各式各樣的野生動物：這正是亞瑟·品緊密護從地跟隨著她的模樣，雖然到底誰才是誰的保護者，很難分辨得出來。她不能與他保持距離，就像她不能擺脫自己亦步亦趨的影子一樣。

她不認爲這是惱人的。還發現這挺有趣。

或許他以爲她眞是莊重，因爲她試著把臉轉開不注視他。她是不願意讓他看見那些眼淚——無聲的；她曾有過無聲的哭泣——從她的臉上淌下來，像是窗子上融化的雪，不過她並不覺得在內心裡有任何正在融化之物。

她覺得到一種可怕、實在的冷肅。這使她回想起所有那些躺在病房裡的夜晚，當她感到她情願做任何事、情願放棄掉任何所有物，以減輕身體各處的熱度，換取五分鐘的清涼。她呼喚著上帝和所有她的醫生，用各種可以想得到的方式，讓她自己感到涼爽和堅強和壯實。

可能當你是一個有虔誠信仰的人時，就是會發生這樣的情況。夏綠蒂的婆婆和一位屬於美國新教教會的神父，有著互動良好、活躍、熱誠的私人關係，他很忙碌但是很可以仰賴，而且當然也指導俗世的事務，就像是一位生意人。她總是告訴夏綠蒂她多麼相信禱告的力量，但是她也指出凡在禱告中所祈求的，也許不會立刻實現，而是需要費一點時間，如同從工廠來的貨物，運送時也會曠日費時，因爲火車或是天氣引起的各種問題。

夏綠蒂忌妒她的聰敏。她婆婆是一位很瞭解如何克服失望的女人。也許那是很自然地發生在那些生來富有的人身上，非常富有，然後隨後嫁入一個更富有的家庭的人。如果妳禱告祈求事物卻沒有得到它們，妳可以說它是一個上帝尚未答覆的禱告，而非「我從未能得到我想要的，在我需要它的時候。」

然後妳永遠不會爲自己感到難過，像一個低階層、感情用事的女孩，毫無信仰也缺乏毅力，像小孩子般大哭大鬧，永遠學不到適當的控制技巧，夏綠蒂的婆婆並沒有如此這般精確地表示過；她永不會大聲說出「低階層」這個字眼的。

有次在家中的一間後面的起居間，一個黑暗、鮮少使用的房間中，夏綠蒂撞到海斯獨自一人在那裡，坐在窗子旁邊，什麼也沒有做，只是坐在那兒，有一種憂悶的樣子，是他從未有過的。她已經在婚姻關係中到達一個階段，接受了單單盯著丈夫，是永遠也不能知道他心中在想著什麼的事實。她曾一度以爲結了婚的伴侶自然地就能心靈相通，像是婚姻關係中某種抽象的紅利。她總是直覺地感受到，如果她問海斯在想些什麼，他會說出一個和他腦中眞正所想的全然不相干的答案。

那一天他爲了什麼會那麼憂鬱？她不知道。她走到椅子旁邊，拉起了她的裙子，坐到他大腿上，面朝著他。

她單純只是想這樣做。「夏綠蒂，現在是白天。這裡是家裡的起居間，這是不對的。」她把他的手放到她的胸脯上。他短促的愉悅表情在一秒鐘後就變成了純然的驚恐。他母親站在門邊。以她的反應，你會以爲他們兩人是赤身露體的。海斯把夏綠蒂從身上推開，好像他這一生中從未碰觸過她的胸部。而他母親說：「夏綠蒂，立刻從他的身上下來。」從他的身上下來。（編註：這裡使用 dismount 一字，有下馬的意味，代表夏綠蒂的行爲如同動物一般。）

他們從沒有再提到那件事，但是從此之後，幾乎每一次她丈夫「像個丈夫般地」——他是這樣形容的——靠近她時，她感覺到一種由內而起、擺脫不去的羞辱感：似乎她身體裡的慾望是應該感到羞愧的東西。她想知道其他身爲人妻的女人是否也會有這種感覺。但這是沒有辦法去得知的。

當她躺在養病的房間裡時，有時會希冀著她的丈夫來與她歡好，甚至在那惡夢般的七個星期裡，她的雙腿呈現著完全麻痺的症狀。莉莉嬸嬸不是告訴她要做一切能做的去刺激肌肉，好讓它們從僵麻的狀態中解除出來？

也許那就像是辛格頓小姐尋找著去完成一幅畫作的那種光耀的靈感火花。也許麻痺不會延續太長，如果她有勇氣或自信去說出她的心意。

「關起門，和我做一個孩子，」她可以這麼說。而不用女僕每天四次、五次、六次地在房間裡，用各種擦劑塗抹在她身上。然後她會躺在那兒，想像著自己在戶外、在小徑上、在樹林中、在田野裡，頭髮放下來披散在背後，騎馬奔馳到心快要從胸口裡跳出來。

「做孩子」是他稱呼它的方式。也許他放棄她，因爲孩子沒有做成功。他喜歡可以成功的事；他不由自主，因爲他是一名姓希斯的人。「我曾經失去過三個，」她會提醒自己，然後另一股慚愧與羞辱的感覺會在她心中浮起。她到底是有什麼問題？那是每一個人一直想知道的，即使在她生病以前。

對這個到她病床上與她歡好的想法，她想他會整個臉漲得通紅。和一個小兒麻痺的妻子做愛！

這聽來很邪惡。他會把它看成無法形容的罪行。他也許會把她比成某一個舊約時代的那類女人，在帳篷中和一整群不是她丈夫的人發生關係。關於這種女人，在教會中他們是怎麼說的？不潔淨的。「不潔淨的女人。」當她在每個月的那段期間裡，丈夫也是用上這個字眼。「妳這個星期是不潔淨的嗎？夏綠蒂？」她應該認爲她的身體是骯髒的，而他的卻不是？

此刻她感到的一切就只有冷。

有關那個冰封花園的神祕力量，她的看法是對的。它確實進入了她的體內，這麼深，以至於當她和一旁穿著綠色外衣的亞瑟．品站在她房間門口，他大大的棕色眼睛凝視著她的時候，她有一種想法，如果這一刻跑回辛格頓小姐的房間，她會發現那面畫布上空無一物。

她凝視著亞瑟．品。她畢竟並不在意他是否知曉那些淚水的存在。她幾乎要大聲說出，「我的肌膚就像是那些覆蓋霜雪的葉片。」如果她這麼說，或如果她僅僅說，「我覺得很冷，像是從裡到外都冰透了，」他會撫觸她？他會把手放在她的手臂上、她的肩膀上、她秀髮上？還是她的腰間？

這會是十分荒誕的。人不會胡思亂想地猜測著另一個才剛遇上的人，做出溫暖對方肌膚的動作。

她打開房門，沒有決定要不要邀請他進房間裡來。在她臉龐上的淚水是她曾經感受過最寒冷的。感覺起來就像是有人拿了兩條冰柱抵在她兩頰上，如同畫家一般畫出那些淚水，完全冰冷的：它們是那麼冷，以致竟然帶來火燙的燒灼感。

她覺得如果亞瑟．品碰觸她，她將無法忍受，她會嘶喊著推開他，而同時她又覺得如果他不碰觸她，完全不碰，永遠不碰，她將永不能再快樂起來。

「妳在哭，」他說。

「我知道。」

要不要邀請他進房間的決定已經替她做好了。像一陣騷動般，一群人湧向夏綠蒂——在這個狹小的房間裡，那還眞算是一群人——使她幾乎要往後退，退回到外面的走廊上，免得擔心自己會被撞倒。派蒂太太和她的孩子們撲到夏綠蒂的身旁，女孩、男孩，與在派蒂太太一側腰間擺動著、伸出圓胖粉嫩的小手撲捉著空氣的小嬰孩。

「亞瑟．品！」派蒂太太喊著，從夏綠蒂肩後望過去。「你回樓上去！她是怎麼回事？你做了什麼事？你告訴她什麼了？走開！你不可以進來這個房間！你不可以打擾這位女士！」

太遲了；他已經進到房間裡來。他時機恰好地溜進來了。

「很高興見到妳，就像每次一樣，」他說。「妳在廚房裡用罐頭食品做出來的餐點眞讓人驚喜。妳眞是有天賦，等我在附近一帶自己做實習時，我要僱妳來替我燒飯。」

「不要和我講話！」派蒂太太大叫著。

「我們來這裡拜訪！我們來這裡拜訪！妳也一樣！妳也一樣！」蘇菲高喊著，她的話被摩摩重複一次，用更大的音量。

「哈囉，你們這些天使般乖巧的孩子們，」亞瑟語調輕快地說；他們不理會他。他們緊緊圍繞著夏綠蒂，一人抱著她的一條腿，她俯下身，拍撫親吻著他們，也拍撫親吻著那個嬰孩，看看嬰兒新長出的牙，還有摩摩最近掉了一顆乳牙，以及蘇菲頭髮上的一條新緞帶；她告訴他們，她一直在想念著他們，她渴望見到他們。然後出乎他們意料之外的，她說：「我們明天再來做這個拜訪。」

他們全都安靜下來。孩子們從未見過這樣的她。他們從未見過走出病房的她。

「回去鎭上的路還沒有通，所以妳不能回家，他們也不能進來這兒，但是我準備好了一部雪橇車，可以載妳去畢肯街醫生辦公室那裡的房子，」派蒂太太說。

「我承諾你們，」夏綠蒂對著孩子們說。「明天再來。」

「他們不能，」派蒂太太說。

「我們可以！我們可以！」

「妳累了嗎？」摩摩說。他是一個溫柔、體貼的男孩，長高了至少兩吋。

「妳還在生病嗎？」他的姊姊說。

「我累了，但是沒生病。」

夏綠蒂對著美好的、令人愉悅的蘇菲微笑，蘇菲瞭解到她有機會先深呼吸一口氣，再一頭潛入儲存起來的許多話題裡。

「我不喜歡學校。那裡每個人都很恐怖，老師說我將來會下地獄，摩摩也是，還有他們說他不能叫做摩摩，因爲那不是一個合適的名字，所以我們告訴他們，他的正式名字是和他爸爸一樣的，但是他因爲搶劫和謀殺罪被吊死了，所以那是非常倒楣的。我們說摩摩是一個可以帶來好運的、像咒語般的魔術字，不應該換掉，如果它被拿走，他會死掉的，」蘇菲說著，而她的弟弟在一旁嚴肅地點著頭，加上一句，「雖然我們並沒有一個爸爸。」

「沒有人被吊死！」派蒂太太大叫著。

「明天再說這個給我聽，」夏綠蒂說。

「我們得上學校去。」

「在那之後。」

「妳會在這裡嗎？」

「是的。」

「她不會的！」

派蒂太太拿起夏綠蒂的外套並遞給她。夏綠蒂把它掛到門上的鉤子。亞瑟・品拾起火叉把一些木塊撥到火爐裡去，引起一些火星，這是不需要現在去做的事，因爲火其實燒得很旺。他好像是想要手中拿著些武器般的東西，夏綠蒂覺得這不是個好主意。

但是他沒有把它像一把劍一樣向派蒂太太舉起。「希斯太太和我，」他高高興興地說，「幾分鐘以前才熟稔起來，我護送她回到房間來。」

「而現在你得要離開，亞瑟。」

「不，我邀請他坐下和我聊一聊，」夏綠蒂說。

「樓上那個坐在輪椅上的可憐女人！她的護士無法走近她身邊！」派蒂太太全身顫抖著；也許她不能相信這些，如同夏綠蒂到這裡來的那天晚上，她的話並沒有被聽進去。

「泰倫斯和她在一起，女僕也會去，」亞瑟平靜地說。

「泰倫斯！」派蒂太太說。

「他與希斯太太對於政治進行了一場有趣的對話。」

「還有什麼別的？」

「請妳，」夏綠蒂說。她握住了門柄。門大開著，她站在門邊，像是一位女主人在派對尾聲時開始送客。

「爲什麼妳臉上全都濕了？」摩摩問。

「因爲我打開了一扇窗子，雪花都飄上來了。」

「妳會把麻痺症又引回來的！夏綠蒂！妳瘋了！」

「妳瘋了嗎？」蘇菲說。

「我向妳保證我腦子裡沒有出任何差錯，」她伸出手再摸一次小嬰孩。「明天見，愛笛絲。」

「她不瞭解明天是什麼，」她哥哥說。

「那就這麼說，那是我見你們的時候。你們不需要總是提前瞭解所有事情。」

不知道怎麼辦到的，夏綠蒂反正算是設法把他們一群人都送到了外面。在走廊盡頭靠近燈的地方，投射出一個巨大、超尺寸的黑影，那是莫克西里，裹在他的深色大斗篷裡。她朝他熟絡地揮揮手，就好像已經認識了他一輩子。

「一切都好嗎？」

「當然不好啊，」派蒂太太說著，走過他身邊。

「我是在問希斯太太。」

「沒事，一切都很好，」夏綠蒂說。蘇菲和摩摩猛衝著下樓，好似樓梯專門是用來在上面踏出噪音的。也許一些住在這兒的女客人，在這些關起來的門後的人——可能有許多位——都有著母親的身分，而不介意這樣的喧鬧聲。

她關上房門，鎖上門閂。女僕在盥洗盆邊的五斗櫃上留下一條毛巾，夏綠蒂拿起它擦著臉，像是她才剛洗過臉一樣。亞瑟．品坐在唯一的一把椅子上。

沒有一絲暖意從爐火那兒傳到她這邊來。孩子們也沒有帶給她溫暖——或者有一點點，而派蒂太太又破壞了它。夏綠蒂說：「我很，很……」亞瑟抬頭看著她。

「悲傷，」她說。她想說的是「冷。」怎麼回事？難道她現在甚至無法信任自己的聲音？

他說：「妳離開妳的丈夫了嗎？」

「是的，而且我希望每個人能夠停止問我這個問題。」

「永遠離開他了？」

「我沒辦法知道這一點。」

「他對妳很殘酷嗎？」

她停頓下來。什麼是「殘酷」？她丈夫二姊嫁的那個人有一次在晚餐桌上當著大家的面，就因爲她說的話惹他不高興，在突來的怒氣中捉住了她的手；他是坐在她旁邊的。那時她正伸手拿一只湯匙，這只湯匙永遠也沒拿得到。他把她的手捏得那樣緊，她的臉龐扭曲得強忍著眼淚；然後他冷淡地、殘酷地放開了手，好像在表示他很抱歉；接著他用手指在她戴著結婚戒指的那隻手指上上下摩擦著。就在她看起來才剛輕鬆下來，而且準備原諒他、再度信任他時，他冷靜地掐住手指上面的骨節，還把它扭得如此嚴重，使得在他放手時，她的手看來像是一只叉齒向後彎的叉子。她快速跑離晚餐桌，但他沒有，晚餐繼續進行著。夏綠蒂的公公說：「我不要你對我的女兒動粗。」而他說：「我道歉。」也許沒有人仔細看清楚剛才發生的事，除了夏綠蒂以外，或者他們都只是假裝沒有看見。第二天她被帶去波士頓，莉莉嬸嬸把她的手指放到一個夾板上固定。手指從關節脫出而且斷裂了。她告訴莉莉嬸嬸是一位女僕意外把門壓在手指上了。

這是殘酷。而夏綠蒂知道——他們全都知道——那不是第一次，也不會是最後一次。海斯對此不發一言。那也是殘酷。她是他的姊姊。假如蘇菲，長大了的蘇菲是某個會打她的男人的妻子，會發生什麼事？摩摩會找上那個人。如果哪個人弄斷了他姊姊的一根骨頭，他會弄斷這個人的十根骨頭，或是他全部的骨頭。

殘酷，夏綠蒂決定，當它在發生時，你把眼光往另一邊看，則是更殘酷的一件事。海斯就是往另一邊看。生病是一件殘酷的事。但是放棄她，就像是他姊夫坐在桌子前，把一個女人的手指扳到脫離指關節。

「我不想談我丈夫，」她對亞瑟・品說。

「那麼妳的沉默已經回答了我的問題。」

她在床緣坐下。眼淚停止了。她想不可能會比她曾經感受到的更糟了，把想法說給這個男人聽，又會有什麼損失呢？

「妳想要一杯白蘭地或雪利酒嗎？」他說。「我只要花一分鐘的時間，就可以到樓下去拿回一瓶。」

「我不要喝酒。我要保持頭腦清醒。」

「那麼我也一樣。」

這很怪異，她想，當妳準備好要大聲說出妳在心中已熟知的事，那些字眼卻自顧自地、含糊不清地冒出來。她傾身向前，而當她這麼做時，他把椅子拉近，所以他們的膝蓋幾乎碰觸到一起。

夏綠蒂開口，用一種幾乎是耳語的聲音，「告訴我，這個旅館裡到底是怎麼回事，拜託，品先生。」

「我可以想像到現在為止，妳自己已經有一個相當好的想法，」他回答。「不是每個人都能有機會與警察局的調查員談話的。」

「你是你在樓上所聲稱是個學生嗎？」

「我是的。」

「你在計畫著一份實習工作嗎？如同你對派蒂太太說的那樣？」

「如果不是因為這場雪，我會在西邊鎮上的一個地方，看著我一位指導教授解剖……」他的聲音低下來，聽不清楚了。

「品先生，請你不要顧忌地與我談話。我差不多有將近一年的時間躺在病床上。」她仔細打量著他臉上的表情，然後嘆息地說，「你認識我嬸嬸。」

「我認識。」

「我猜想她把我的情況告訴你了。」

「在妳到這裡的那個晚上。」

「那麼你應該知道醫學方面的內容不會讓我不安。」

他說，「好吧，那場解剖的對象是一個淹死在沼澤裡的男人，他的屍體因此被保存在極為完好的狀態。我應該在今天一早就離開。我希望他們會等我，而我會試著盡早趕到那邊。」

「哪個鎮？」

「在從這裡到波克夏山的半途上。那裡是一所爲對一般規則的醫生不再有信心，或是沒有能力負擔看病費用的病人而設立的醫院，我的指導教授是這所醫院的創辦人之一。」

「在這裡和山區之間有許多城鎮。昆菲爾德、摩頓瀑布、畢基婁磨坊村，」夏綠蒂說。「契特登、橡樹村、黑石、北黑石、黑石結、費菲爾德、德比河、東德比、狐橋、亞倫堡、華秋塞、鍛鐵碼頭。」

「橡樹村，」他說。「妳熟悉那個區域。」

「曾經。」

「告訴我，妳是哪裡人？」

「我從來不談這個題目，如果你不介意的話。我問的是你是否在計畫要進行實習工作。」

「不成功，便成仁。」

「你有計畫要尋死嗎？」

「還久得很。妳自己呢？」

「我以爲那是個一般人會迴避的問題。它太使人神經緊張了。」

「但妳不會。」

「是不會。」

「但是妳會談論對於死亡的想法，卻避開關於妳過往的主題。」

「只是因爲那是過去的事了，而另一個卻一直離我近得多。」

「我會說妳是極爲活生生的一個人，希斯太太。」

她感覺到自己臉紅起來。有很長、很長一段時間，沒有人對她這樣說了。過了一陣子，她說，「你經常在這家旅館裡嗎？」

「偶爾。」

「你是由艾爾肯先生僱用的？」

「我是的。」

「有一個男人曾經在房間裡，和我孀孀一起。你知道他嗎？」

他點點頭。「馬丁・華勒斯。他同一晚離開旅館了。」

「你這樣講好像我期望他在某個靠近些的地方，品先生。」

「不是的，我這樣講是因爲華勒斯碰巧是我的一位指導教授。」

「研究身體構造的那一位？」

「不是。華勒斯是教數學的。那是我最弱的地方。」

「他看起來不像是那一方面的人。」

「嗯，我想也不像。我看起來像嗎？」

「那得取決於你最後的決定。泰倫斯呢？」

「事實上我們在這裡有好幾個人。」

「我可以想像你們學校的帳單非常高，品先生。」

「它們確實是的，對我們這些不是出生在——容許我如此說——某一些家庭的人來說。但是妳一定會覺得驚訝一個人的債務可以這樣高築起來。」

「你說某一些家庭的意思是，比如希斯，」夏綠蒂說。「我並不是生來就是希斯家的人。」

「我也不是。」

「是艾爾肯先生付錢給你們，或是另有其人？」

「是哈瑞付的。」

「你的收入好嗎？我這樣問是否很不禮貌？」

「禮貌和勢利作風攸關。讓我們不要勢利眼，希斯太太。哈瑞對他所僱用的人十分慷慨。我不認爲妳已經熟悉了這樣一間房間的開銷。」

「那是否是我應該得到一份解說的事，像是西班牙戰爭？或者，也許像是防堵罪行協會？」

「沒有必要，」他說。「妳是看到我，然後就想著這個字眼？」

「戰爭？」

「罪行。」

「我看著你時想到的是，品先生，我不喜歡在樓上辛格頓小姐的房間中，成爲某種戲謔的對象。」

「完全沒有戲謔的意思。我發誓。」

「當你說你要和我一起下樓到我的房間來時，你是把我看成……看成……？」她不知道該如何稱呼它。這該被如何稱呼？一名顧客？像是進去了一家商店？是在一家非常私密的旅館、用非常私密的方式賺錢的男人們的顧客？一名顧客？

「我看妳就像我現在看著的妳。把妳看成我不願意錯過的一個女人，除非妳堅持，然後我只會在抗議之下不情願地離開。」

「哪一種抗議？」

「我不知道。我很確定我會想出來。今天晚上我想待在這裡和妳在一起，希斯太太。」

「那麼辛格頓太太是怎麼一回事？」

「她住在這裡。」

「我很想要得著那幅畫，」夏綠蒂說。「她出售它們嗎？」

「她會把它送給妳。她享受被別人求索作品。妳喜歡它？」

「它使我想哭。」

「所有那些冷冰冰的東西。」

「是的。」

「妳瞭解被冷凍冰存起來的涵義。我說對了嗎?」

「你是以一個學醫的人的身分問我，還是以個人的身分?」

「老實說，都是。」感覺起來是那麼長久的一個片刻，他凝視著她。她不介意她的眼睛和他的互相凝視的方式。今天晚上我想待在這裡和妳在一起。他確確實實地說了這句話。他確實說了嗎?他說了。他眞的說了。

還有，他說過這房間很昂貴。她考慮著，以一種實際的方式，因爲她無法全然地把自己實事求是的那一部分閒置一旁，我只有五十塊錢，而且不可能拿到更多的了。

她說：「我無法進入我銀行的帳戶，目前沒有辦法。」

「那也可以是祕而不宣的。」

「我並不認爲。」

「這間房間，」他說，「整個星期由妳嬸嬸訂下，現在還剩下兩天。而且我能夠想像，根據極佳的理由，哈瑞將不傾向要給妳帳單，不論妳想待在這裡多久。妳和他之間，我們可以這樣說，有一份很堅固的個人信用關係。」

「你的意思是他欠我人情。」

「是的。」

「我嬸嬸常常來這裡嗎?」

「偶爾。」

「如果她回來呢？」夏綠蒂抽了一口氣。

「門，」他說，「是上了門的。」

她努力試著要想出更多的問題。「所有這些在這裡工作的年輕人，都像你一樣是學生嗎？」

「我們中間的某一些。不到一半，我想。」

「我不認爲哈佛知道你們的……你們的工作會高興的。你的和其他人的。」

「噢，我們並非全來自哈佛。但是妳知道，出來賺一點錢是相當普遍的事——舉例來說，在一家餐廳或旅館當服務生。學校裡的人常做這些事。他們也在醫院病房裡當助手，還有在電車上，以及各式各樣的工作。」

「但是你並沒有選擇一份在醫院病房的工作。」

「我想像我的生活很快將會被那樣的日子塡滿。」

「名義上你是來當一名服務生的嗎？」

「第二助理廚師，實際上。」

「還有你可以告訴我——啊，這家旅館的內部作業極度私密，到一個所有人都守密的程度？」

「我們十分謹愼，希斯太太。在這兒的女士客人們願意不顧一切來使所有事情保持它們原來的樣子。」

「或許那時你應該這樣去告訴那個警察局來的調查員。」

「他的來訪是很不尋常的。」

「但是另一位可能會再度前來。」

「而他一樣會在毫無所悉的狀況下離開。」

「你會烹飪嗎？品先生？」

「完全不會。」

「你的，噢，工作會影響到你的學業嗎？」

「我曾在課堂上打瞌睡。」

「你整個學生時期到現在爲止，一直在爲艾爾肯先生工作嗎？」

「只有今年。」

「哈姆雷特曾經是一名學生。」

「是的。充滿精力、節奏良好的哈姆雷特，行動與歡娛的王子。」

「你在戲弄我。又來了。」

「我沒有。以男人來說，」他說，「我比較喜愛奧賽羅。」

夏綠蒂不知道那是誰。她還沒有進展到那齣戲。她不願意承認這一點。她說，「因爲你是男人，還是奧賽羅是？」

「兩者。而且因爲他運氣差到去相信一個錯誤的人。還有他不相信他的妻子能這般誠實地愛他。他就是無法讓這一點進入他的腦袋，有一個人愛著他，他自己的妻子，這個人是具有曾經在女主角身上存在過的最善良、最溫柔等種種天性者之一。而他聰明的敵人，妳知道，他像朋友一般愛他，慫恿他與她作對，最後他殺了她。這個，希斯太太，是我所稱的罪行。」

「噢！」夏綠蒂說。「我也會這樣稱呼它的！」

她無法想到其他可說的話。但就當她的雙眼完全乾了、就當她以爲她通過了淚水奪眶而出的關口，它們又開始了，而這一回，她無能使它們不被注意到。

她沒有嘗試隱藏它；妳沒有辦法隱藏哭泣，當它們全然不受控制地爆發時，如同水從破爛的壩中洶湧而出。這份感覺很好。有一個水壩在她身體裡，而現在它裂開了。至少這一次，這些淚水不那麼冰冷了。

涼的，但不冰冷。涼的淚水，幾乎就在將要溫暖起來的那一點上。她想，也許我終究還是在融化。

她坐在那裡，淚水不停地滑落她的臉。頸子和衣服上的高領子全都濕了。他似乎並不擔心的樣子。這是正常的嗎？這樣是沒問題的嗎？

他說，「我可以脫下我的外衣嗎？」

「我不介意。」

這完全沒有問題。一面啜泣，一面抽搐著，她請他把毛巾遞給她；她把它放回五斗櫃上去了。她意欲用可以抹去淚水的東西蓋住自己的臉，把哭泣包裹在裡面，然後試著把自己重新打理好。她閉上眼睛，把手伸出去拿他要遞給她的，但接著她瞭解到，他輕壓在她臉頰上的並不是那條毛巾。「這裡，」他說。那是他的雙手。很溫暖。

8

亞瑟・品的母親佛羅倫絲是一名學校老師，她是生來注定從事這份工作、而且從來沒有念頭要做其他任何事的那種老師。這發生在康乃狄克州的哈特佛。

根據亞瑟所說，佛羅倫絲是在十多歲時到美國來的，從一個位在北英格蘭一帶的小型工業城市來的。她從未丟棄自己濃厚的英國口音，也從未想要丟棄它。她從十八歲開始教第一班學生。二十歲時結婚，第二年生了亞瑟，當他結束小學課業時，她已經不只是一位女校長，而是另外十家學校有關課程表與課堂議定問題的諮詢顧問；她在師範學校教課、寫關於教育改革的文章報告，並且講演，她鮮少在家，除了星期天之外，那時整幢房子必須安靜，如此她才可以睡覺，而且一睡就差不多是一整天。

作爲母親，她很失敗，但是至少對這一點，她誠實以對。「作一位母親，我是無法達到及格標準的。我只能單純地去相信你肖似我，遲早會成爲一個完全、絕對、自我的——在你的例子上——成年亞瑟。」

亞瑟從來沒有懷疑她是否愛他，或甚至只是關心他。她愛他。她關心他。桌上總是有食物，他的衣服總是清洗過的，他的需要都被照顧得好好的。家裡有一名平日不住在屋子裡的管家——一位從馬路那一頭過來的布瑞格太太，也是英國人——和一名家庭女僕，以及一名洗衣女工和一名負責清潔打掃的女僕。他們的房子很舒適，兩層樓，質料很好的牆板，堅實，座落在一條安靜、寬敞、多林蔭的街道上。有幾隻貓、幾隻狗。不論何時，當他要求有書看時，他就能得到它們，這經常發生，雖然他的父母並不算是大量閱讀的人。街坊鄰居中有許多小孩子可以一同玩耍，當他除了僕人外，想要有其他人做伴的時候，這些鄰居的孩子也經常帶他和他們一起回家去。他是健康且發育良好的，像一株雜草：一株沒有興趣要試著長成，比如說，一朵怡人鮮花的雜草。

他的父親勞夫出生於哈特佛。他本來經營一家男子服飾店，卻一直不是很成功，他十分在意所有的壓力與責任。當那個大規模的中西部供應商西爾斯・洛巴克與同夥來接觸他，邀請他成爲他們在東部的經理人時，他很愉悅地放棄了原來的服飾店生意。他歡迎固定的薪水進帳。他不是一個高大或壯碩的男子，但卻總是有積聚過量體重的極端傾向，爲了試著抵補這一點，他始終步行到他要去的地方來；反正他從來不認爲騎馬或坐馬車是舒服的事。

勞夫・品在哈特佛市中心開設了一間西爾斯・洛巴克辦公室，而且比任何人所預期的來得成功的多。整個康乃狄克州、部分紐約和羅德島州，與麻薩諸塞州南部的人，把這兒當作一個與經紀人互相連絡的設施，中介於他們自己對從目錄上看來的便宜貨物的欲求，及他們對長距離協議的懷疑感之間；後者對新英格蘭地區的人來說，是如同要去信任某種外國勢力一般地困難。在鄉下小城小鎮和與世隔絕的農場上的人，把他們的購物單送給勞夫：他會把個別的訂單集中在一起，以減低寄送費用，而當你到哈特佛來取所訂的貨品時，氣氛相當友善且愉快。勞夫是一個善於社交的人。他僱用以佣金制計算薪資的代表來提高銷售；他擁有自己的電話和電報系統；他與掌管火車郵件與貨物輸送系統的人，建立長久、深厚的友誼。他參加城裡一個哈特佛的生意人組成的俱樂部，正座落在他辦公室的對街。他多數時間在那兒用餐——奢侈的有很多道菜式的大餐。在辦公室裡還有早茶，由隔壁一家店鋪提供餐點，下午另有雪利酒與蛋糕。他長得愈見寬胖。

他的生命全被時鐘引導決定。他崇拜例行事務。周一至周六他進行著每日行程，從家裡到辦公室，再到俱樂部，然後在星期天時，當他的妻子把自己關閉在一個隔離的、休息的繭裡的時候，他要不然整天逗留在俱樂部，要不然就在家中前廳，同樣關在他自己的繭裡，喝著雪利酒，找來城中想逃離他們自己家庭的友人們，就像那間前廳是俱樂部的延伸一般。

一個孩子並不適合在這種格式裡。勞夫很縱容他的兒子，從來不拒絕他任何事，但是他似乎總是有著一種令人吃驚的心不在焉、粗糙的距離感，亞瑟覺得他缺乏某些基本能力，去瞭解如何僅僅察覺到非他生意往來的人們的方式，而是以一種非常私人的型態，他的整個宇宙都以他自身作爲開始與終結，尤其是以他腰圍的需求量爲準。他會在這一頓飯還沒有結束之前，已經爲著下一餐飯要吃些什麼而焦慮。他的身體成爲一部持續索求的機器，需要不停止的照顧，而如果不是他在娶佛羅倫絲時已經是一個圓滾滾的人了的話，對他兒子來說，他的肥胖似乎可以很公平地說是佛羅倫絲造成的，因爲她忽略他，不論哪一方面來說。

不過由於某些原因，他們是適合於彼此的，特別是他們兩個都不是對任何形式的親密有興趣的人。他們達至的共通點是他們都被自己的工作耗盡精力，而渴望能夠獨處。那並非是一個不快樂的家庭。亞瑟從不麻煩去問自己，他父親喜歡還是不喜歡他。那會像是對著在前廳的老爺鐘問問題一樣。

看來生活會像這樣一直繼續下去。亞瑟在他非常年輕時就想著念大學的事情，在他還在念小學時，他母親就告訴他，她想在他的十歲生日前知道他會選擇何種職業，因爲她認爲這是一個人應該盡早弄清楚的事。在他還是九歲的最後一天早晨，他找到他母親，她正在把書和紙塞進一個袋子，準備要趕緊出門工作。他要求她幫助他做決定，而她說，「我怎麼會知道呢？」他強迫她，她最後建議他去想出一個他崇拜這人的工作超過其他人的人，然後把這個人設立成一個效法的對象。

她知道他不會選擇西爾斯・洛巴克，但是也許曾經希望他會選擇她，選擇「教育」。她看起來有一點點失望，當他第二天告訴她，他想要像上了年紀的顧強生先生，他在兩條街外自己房子樓下的一半面積中開了一家診所。亞瑟是醫生隔壁那家人孩子的玩伴，雖然他除了在醫生急急忙忙地出門去接生、出診或到哪個瀕死的人床前去時以外，很少見到醫生本人，但他確實觀察到每天去他診所的那些人大多在走出來時，看來比他們剛來到醫生診所的門階時，要好的多了。「我兒子，一位醫生，」佛羅倫絲打趣說，先試試看的樣子。她認爲這是相當不錯的第二選擇。她認爲這是很可以理解的。她覺得他擁有做醫生所需的獨立、自信、毅力及聰慧，全是由她那裡遺傳而來的，加上他父親的可信賴感、高度發展的社交技巧。

她買給他病理學和化學的書籍，還有一副木頭做的人類骷髏架，所有的骨頭都貼著名稱標識。他的父親對他的決定很高興地說，「我推斷我的生理時鐘大約在你開業的時候會給我製造一大堆麻煩，把我算做你的第一名病人，兒子。」

亞瑟覺得這沒問題。然後有一天晚上近半夜時，那時他十三歲，他的父親、母親走進他房間把他喚醒。他父親穿著睡衣，但是他母親全身穿戴整齊，而且還穿著大衣。他們兩人一起出現在他的房間裡，還是同一時間——或不論在哪間房間——是多麼特別的事，以至於當他知道原因時，幾乎有些像是一個反高潮。

他父親說，「亞瑟，你的母親將要離開，不是因爲她想這樣，而是因爲覺得自己別無選擇，而且看起來非常可能、極可能再也不會回來。」

「這是眞的，」他母親說。

「那我怎麼辦？」他問。

「你自己決定，兒子，」他父親說。

那是一個星期天，白天亞瑟才與一個同學出城去，這位同學的父親是研究地質學的學者；他們到一個採石場去，在那兒爬上爬下地花費了一整天的時間。他已經筋疲力竭了。而第二天一大早九點，他還要面對一場由他的拉丁文老師主持的關於凱撒的嚴格詢問，他還沒有把那些書應有的進度看完全；他並不是個在翻譯本領上有天賦的孩子，而且他認爲凱撒的《高盧戰記》是曾經寫在紙上面的最無趣、最沉悶的東西，不論用的是哪一種文字。他打算在吃早餐時再匆忙惡補一下。

所以在這個他活到當時爲止最重要的——或者是整個生命中最重要的事件發生的時候，他翻轉身，再度打起鼾，沉沉地睡著了。

「母親從那天晚上走出了我們的生活，然後每件事都變成了碎片，多多少少，」亞瑟說著，好像這就是故事的結尾。

「那不是你的錯，」夏綠蒂說。

亞瑟在床上坐在她的身邊。他們將唯一的一個枕頭放在中間，墊在後腰處。亞瑟的頭抵著床頭，下巴翹得高高的，夏綠蒂用一隻手指頭觸碰著那裡的一個小小的裂口，從那兒順著一條線般劃下來，到他的喉頭、到他的胸膛，停在差不多一半的地方，輕輕壓著。「這是什麼？」

「胸骨，」他說。

那時他已脫下了他的襯衫，還有外褲、襪子，但是沒有脫下貼身的長內褲，那是冬季的保暖內衣，羊毛質料，深藍色。他的胸膛上有一片毛茸茸淡褐色的胸毛，全是一小叢一小叢鬈曲的。那是一個比她丈夫要窄些的胸膛，而且更蒼白一些。她喜歡它。海斯的腰部開始顯露出一點小小環繞的多餘膨脹的先兆，雖然這一年多來，她沒看到過不曾除去衣物的他。她把長襪和背心脫掉了。她的頭髮披散了下來。所有的毛毯都蓋在他們身上，直到腰部。爐火熄滅了。沒有木頭了。

「妳覺得冷嗎？夏綠蒂？」

「不。」

「我在想我可以拆掉一把椅子，用它來生火。」

「我不認為哈瑞會喜歡這個主意。」

「那我就不弄了。」

「你現在累了嗎？」她說。

「不。」

「我也不。」這時正是夜晚最黑暗的時刻，冬日破曉時分的第一束灰色光澤露面的那一瞬間。

她把頭靠到他的肩上。那是瘦的、多骨的那一邊，但是她在肩下找到一處柔軟的地方。以前她從未和一個男人在床上過一整夜。海斯不認爲男人和女人應該並肩睡在同一張床上。做愛之後睡著是可以接受的，不過他總是醒過來，然後悄悄走開，回到自己的床上去。他們總是在夏綠蒂的床上做愛。他堅持這一點。他們並排的房間是以互通的門連接的，門上沒有裝鎖。隔在他們房間中間的是他的更衣室與盥洗間，每一間都有扇門，而他總是關著它們。從他的床要到他妻子的床，他得要打開三扇門。

她自用的更衣室與盥洗間是在房間的另一端，兩間房間只可以由她的房間進入。海斯的房間則都有可以由外面走廊進出的門，通往房子的其他部分。

「我必須通過三扇門才可以到妳身邊，」他會嚴肅地對她這樣說，好似他是在烈日下越過沙漠，沒有攜帶一滴水。

「老實說，我覺得我剛剛穿過一個沙漠來和妳在一起，夏綠蒂，」他說，這是他的方式來告訴她他想與她歡好，像是渴求喝水一般。有時在晚餐時，他會祕密地和她確定拜訪是否是個好主意。「假如我今天晚上覺得很渴，妳介意嗎?」

這是他詢問她的方式，首先問是否是她每個月的那段時間，其次是她的心情。如果她說：「我不會介意，」那是表示她是「乾淨」的，如果她加上「請不要花太多時間在來的路上，」

那是表示她確實傾向於在絕佳的心情中。

在她三次的懷孕期間，他從來沒有來過。他覺得她的身體神聖的如聖地一般。

有一次在義大利，海斯走進一個巨大天主教堂裡一間有著一座眞人大小聖像的祈禱室，聖人是位女子，而那裡有兩名工人正用泥土和小鏟子工作著，修理著什麼東西；他們汗流浹背，全身髒兮兮的，且已經脫得只剩下內衣。其中一人把他的髒夾克丟在聖女像的頭上。聖像的一隻手臂往外伸出，一名工人空著的午餐桶就吊在上面。乳酪圈灑落在地板上。一隻空酒瓶傾倒在雕像的腳邊，兩名工人哼著一首拿坡里的鄉下歌謠的調子，歌詞是描述——噢，海斯對方言的知識並不算很好，不過這首歌的歌詞是描述一位擁有一座橄欖園的人，想與他監工的妻子發生一段不好說出口的事。

換句話說，他走進一間祈禱室去親近神聖的事物，卻被報以令人噁心的景象，雖然對夏綠蒂來說這聽起來並不噁心；歸根結柢，海斯並不是天主教徒。

「他們只是在做他們的工作，」她指出，但是他強烈堅持不應該在教堂裡做不神聖的事。她懷孕的身體是一座教堂？當她懷孕時，她並不覺得神聖。整段時期她都像生病一樣，每天晨起持續地作嘔。

每一次在她無法保住孩子以後，他與她保持距離的時間就再長一點。第一次是一個月，然後是五個星期，再來是六或七個星期。對她來說，那開始成爲一種她計算時光流逝的方式，就像時間是一個巨大、黑暗、敞開的空間，遠超出事物的觸及之外，甚至沒有一顆星球或星星存在的蹤跡，只是空間而已，所有她孤獨度過的夜晚都像這樣。而這是在她生病、被安置到樓下以前。

也許他永遠不應該結婚——不只是他不應該娶她，而是他根本不該和任何人結婚。他喜歡和家人結伴，雖然當她這樣說時他否認了。也許是因爲作爲家裡手足中最年輕的一員，而且客觀來說成爲最優異的一位，如果以他賺了多少錢和他的職業生涯有多成功來衡量的話，對他來說重要的是最終能夠占到優勢：他的哥哥姊姊這麼久以來一直把他當成個小娃娃、當成個玩具、當成個居劣勢的小狗兒、當成個被耍來耍去的寵物、當成他們胡鬧打鬥的承受者。他有一百種方式來形容他們對他有多可怕。如果她永遠不能生養孩子，他的財產最後會到他長姪的名下去。

他不願意讓這種事發生。他最大的姪子並不特別聰明，但有足夠的天分，極可能會承續家族中的律師傳統，而不是生意人的那一邊，對此海斯認爲，將會是一個悲劇。「假如我死了而沒有留下一個兒子，夏綠蒂？」他說過，「我要如何去承受這種事？」

當他們剛結婚時，他並不會像這樣說話，但在他們婚後最初的前幾年，擁有粉紅色、微笑的嬰兒的想像畫面，以及派對和假日與感情的狂喜下，誰會想到他們會度過如此壞事接二連三的十年？

對海斯來說，無法擁有一個孩子就像是住在一個其他人爲他挖的深洞中。

而這個其他人，就是她。

她這樣和亞瑟・品坐在一起——他還脫掉了衣服！——滿腦子裡關於他父親和母親的故事，還替海斯感到有一點抱歉，這讓她覺得有點可笑。她忍不住。也許這是因爲如果不算上職業、身材、個性、資質、教育、收入和背景外，海斯有一點像亞瑟・品的父親。

有時當她躺上床安頓好了以後，她會聽見他更衣室的門把在轉動，喀噠響著打開，而就在她的身體剛剛緊繃起來，像是裸露的皮膚被輕輕搔著癢時，門又關了起來，非常迅速地。門把再度喀噠喀噠地關上，然後她透過牆壁可以聽見模糊的話語聲，那是不論某個希斯，或一群的他們，在晚間空閒的時候來找他。他擁有房子裡幾間最大的臥室的其中一間。他有一張牌桌、許多把椅子，和一個滿裝白蘭地與紅酒的櫥櫃，還有大量的劇本複本，設若這正是在市政廳搬演戲劇的時節，而某個人需要練習他的台詞。那裡就像一個交誼俱樂部。

夏綠蒂說，「如果你想親吻我，那是沒關係的，亞瑟，」他親了，輕掠過她的唇，像是一個搔癢。然後是一個長長的吻。他有一張很棒的嘴。

在這個吻結束時，她說，「我感覺像是茱麗葉・卡普雷。」

「什麼時候的茱麗葉・卡普雷？」

「你知道，當她在她的床上和她的新戀人在一起，而她不願意聽見晨鳥啼鳴。她希望那是夜鶯，她要那夜晚永遠延續下去。」

「但是茱麗葉在那一晚不只是談天和親吻而已。」

「我並不是要逐字忠於原作。我只是告訴你我的感受。」

「那這會使我變成羅密歐。」

「不完全是，你理性的多。羅密歐永遠也不會是一位醫生。他可能永遠也不會成就任何職業。或者他會成爲一位詩人。」

「和茱麗葉做愛就是一門職業，我這麼想。我不認爲他的詩作會有多好。」

「沒有人知道。所有發生在他身上的事就是他死了。她也是。」

「夏綠蒂，」亞瑟說，調整自己的姿勢，用一隻手臂環抱著她，「妳是否覺得我們在提及『死』這回事時，可以有一種延期償付的方式？」

「我想知道關於你母親接下來的事。告訴我在她說她要離開而你只擔心著自己的事且又立刻睡著了之後，發生了什麼。」

「我就再也沒看見過她。我父親如常地過了幾個月的日子，我也是一樣。聽起來很怪異，但我們繼續生活。我想我們每一天都在期待她會再度出現。我沒有問他任何問題，不是因爲我不要，而是因爲我瞭解我父親，況且他也不和我談話。僕人們照顧著我們。當然有許多閒言閒語。每個人都知道她離家了，而我想像得到一定有各式各樣的猜測。我自己也有，以我當時對

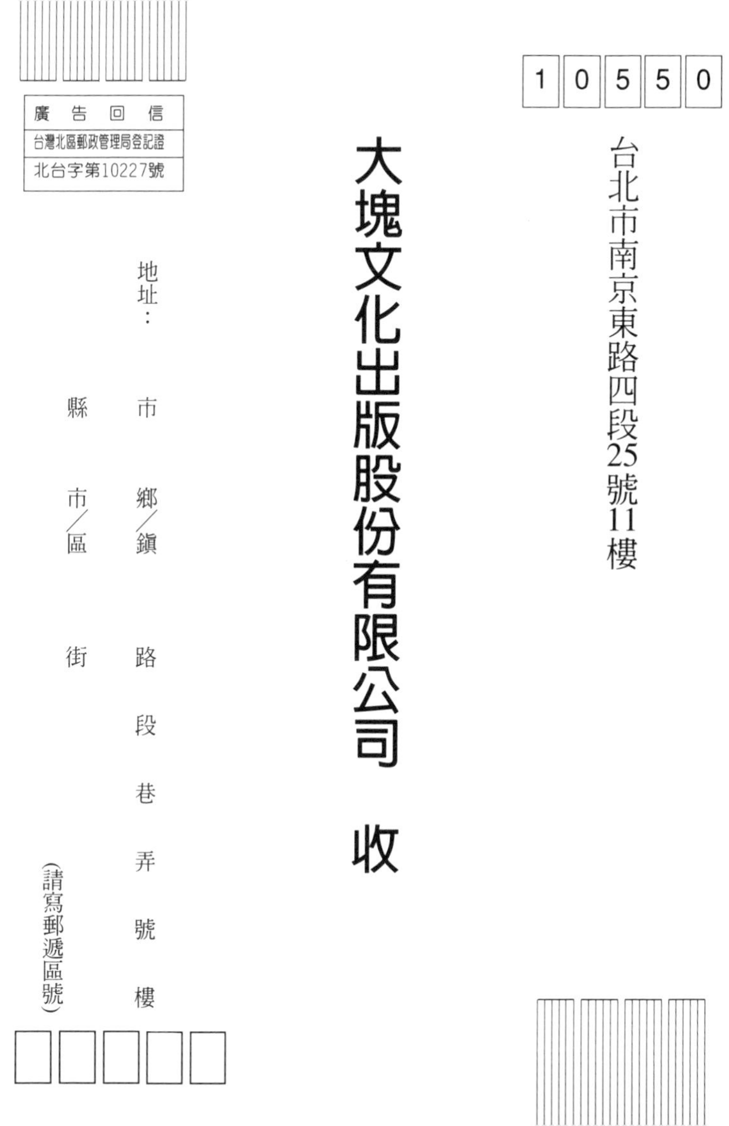
10550
台北市南京東路四段25號11樓
大塊文化出版股份有限公司　收
廣告回信
台灣北區郵政管理局登記證
北台字第10227號
地址：
市　縣
鄉/鎮　市/區
路　街
段
巷
弄
號
樓
(請寫郵遞區號)

大塊 LOCUS 文化　**讀者服務卡**

謝謝您購買本書！

如果您願意收到大塊最新書訊及特惠電子報：

- 請直接上大塊網站 **locus**publishing.com 加入會員，免去郵寄的麻煩！
- 如果您不方便上網，請填寫下表，亦可不定期收到大塊書訊及特價優惠！
  請郵寄或傳真 +886-2-2545-3927。
- 如果您已是大塊會員，除了變更會員資料外，即不需回函。
- 讀者服務專線：0800-322220；email: locus@locuspublishing.com

姓名：＿＿＿＿＿＿＿＿＿＿＿＿＿＿＿　性別：□男　□女

出生日期：＿＿＿年＿＿＿月＿＿＿日　聯絡電話：＿＿＿＿＿＿＿＿＿

E-mail：＿＿＿＿＿＿＿＿＿＿＿＿＿＿＿＿＿＿＿＿＿＿＿＿＿＿

您所購買的書名：＿＿＿＿＿＿＿＿＿＿＿＿＿＿＿＿＿＿＿＿＿＿

從何處得知本書：1.□書店 2.□網路 3.□大塊電子報 4.□報紙 5.□雜誌
6.□電視 7.□他人推薦 8.□廣播 9.□其他

您對本書的評價：

(請填代號 1.非常滿意 2.滿意 3.普通 4.不滿意 5.非常不滿意)

書名＿＿＿ 內容＿＿＿ 封面設計＿＿＿ 版面編排＿＿＿ 紙張質感＿＿＿

對我們的建議：＿＿＿＿＿＿＿＿＿＿＿＿＿＿＿＿＿＿＿＿＿＿＿＿

＿＿＿＿＿＿＿＿＿＿＿＿＿＿＿＿＿＿＿＿＿＿＿＿＿＿＿＿＿＿＿

＿＿＿＿＿＿＿＿＿＿＿＿＿＿＿＿＿＿＿＿＿＿＿＿＿＿＿＿＿＿＿

＿＿＿＿＿＿＿＿＿＿＿＿＿＿＿＿＿＿＿＿＿＿＿＿＿＿＿＿＿＿＿

世界十分有限的常識。她是另外有愛人嗎？她在別處另有一個私生子嗎？她犯了什麼罪嗎？她是在工作上惹出了大禍嗎？我像一個竊聽者，走來走去地尋找著蛛絲馬跡。但我從未發現任何訊息。如果有人知道她在哪裡和原因的話──一定有這樣的人，因爲她在學校和大學裡有很多好朋友──他們都對此保持緘默。我父親開始──噢，墮落。他在某個星期天開始比平日多喝一杯白蘭地，然後是每一個晚上多喝很多杯。他不能集中精神了。差不多在她離家一年以後，他放棄了西爾斯．洛巴克，而且再也沒有上他的俱樂部，或是城裡的任何地方。關於他的心臟會帶給他麻煩的話，他是對的。我十五歲時，他死在哈特佛的醫院裡。在他下葬以後，一個我以前從未見過的人有一天到家裡來，給了我一張上面寫了個地址的小紙片。他告訴我如果我需要我母親，我得要寫信去這個地址，但是不要在信封上露出任何會顯示我身分的標記，我得要讓信封空白。我應該要等待二至三個星期，然後會有個消息從她那裡送到我這兒來，告訴我可以到哪裡去見她，而我必須爲此做某些假扮與僞裝。並且我不應該與任何人提到這件事，絕對不能夠告訴任何人。」

「如果你要告訴我，你從來沒有去見她，我會把頭髮紮起來，把襪子穿回去，而且我會叫你離開這間房間，亞瑟。」

「我幾乎沒有想試著去見她。我對她非常生氣，妳要瞭解。我甚至不知道她在哪個國家，而我經常想得快發瘋，也許她是回英國家鄉去了，還是去了天知道的什麼地方。她與一些出國到非洲、南美、所有地方的教師有連絡，而在那些日子裡，我不忙著用可憎的事來判斷她，我是以一種聖人、英雄般的形象想著，她放棄了所有，到不知名的地方，教導當地人讀書。」

「這是事實嗎？」

「是的。經過安排我要搭一班火車上紐約去。從家裡去哈特佛火車站是一段很遠的路，我就請我的一位朋友用他的單座馬車載我去那裡，」他停了一下。「我朋友的名字叫保羅。他就像是我的兄弟，我們從小一起長大。我那時做了一件絕對不應該做的事，我告訴他所有的事情。我絲毫沒有想過我不該用我的生命去信任他。」

「他做了什麼！」

「他送我去火車站。我們在外面道別。火車在幾分鐘後就要開了。就在我正要踏上火車時，有兩個大塊頭的男人從身後抓住我，對我說他們身上有手槍，而他們要和我一起去見我母親，如果我不合作的話——嗯，就會被傷得很嚴重。我想我們一路上會像一個姪子和兩位伯父一起旅行一樣，看起來又溫暖又親密。」

「噢！」夏綠蒂說。

她的身體又繃緊起來。部分的她在想著——因爲她極度需要去築起某種新的防範悲傷、防範哀愁、防範不停發生的爛事，所有爛事情的所有故事的堤防與戰線——「但願我從未要求他告訴我他的過去。」她這樣做的最主要原因是她自己已經養成習慣，永遠不、絕對不說出任何自己過往的事。但她的確想要知道關於亞瑟．品的事。像是，唔，有關所有的事。

另一部分的她想著發生在他身上的事，比自己所經歷得還要糟糕。

「亞瑟！到底發生了什麼？」她說。

「我不肯定。妳信仰上帝嗎？」

從來沒有人問過她這個問題，即使在喬治生小姐的學校裡，在那兒論定一個嚴格而父權的上帝如空氣般自然的在生命中呈現的地方。「我曾試過，特別是當我可以用上一些幫助時，但如果你眞想知道，我從來沒有任何理由去認爲，聖經裡的所有故事在眞實世界中具有實在的基礎，」她說。

「我同意，」他說。「但是由於某種原因，我得以在上火車前擺脫那兩個人。一定有什麼困惑了他們，我不知道。以年紀來說，我個子很小卻很敏捷。我看到一個出口，沒有經過考慮或是覺得害怕，就閃過他們，跑離開月台，直直跑到火車站外面去。我的朋友當然已經走了。我在車站附近一個車庫裡，躲藏了好幾個小時。我不認爲回家是安全的，所以我去了醫生的房子，顧強生先生那兒。除了是一名鄰居家的孩子以外，他並不太知道我，但我估量一位醫生很習慣於接納他人，不論他們喜不喜歡這樣。只和他相處了幾分鐘以後，我瞭解到不論我母親發生了什麼事，還是不論她在哪裡，他都知道，但他並沒有告訴了我什麼。從一方面來說，他似乎是在等待我的出現，還有我相信我母親必定曾經告訴他，我對未來職業的選擇，和他在決定中扮演的角色。他對我十分和善。他並不是一名接受學術訓練的醫生，但他在戰爭中是名醫務兵，在——唔，內戰中。是他安排我去劍橋，進了哈佛。」

「但是那兩個人，」夏綠蒂說。「帶了手槍的。」

「我不知道。我又寫了一次信，寄去那個我得到的地址，這一次我寫了一張短箋放進去，『親愛的母親，我無法到妳那裡去，因爲我被人跟蹤了，而且我相信有人想要傷害妳。』」

「但是他們是誰？」

「我不知道。他們看來眞夠普通的。大個子，但是普通。」

「你對那個背叛你的朋友做了什麼嗎？」

有很長一段時間聽不見任何回答。然後他說，「我還沒有關照到這件事。」

「他在哪裡？」

「在軍隊中。他是個軍官。」

「你會對他怎麼樣，亞瑟？」

「我寧願，」他說，「不要討論這個。」

「奧賽羅，」夏綠蒂說。

「也許。」

「所以這整件事是一樁令人費解的神祕事件？」

「還有更多的細節。我去顧強生先生的一位律師朋友那邊，要出售父母的房子，而且掌理他們的財產。我期待至少在我陰沉鬱悶、一籌莫展的狀況中，能夠擁有一個光明的位置，那就是有些金錢可用。但是我雙親的財產被凍結了。我父親過世前沒有留下任何遺囑，而因爲無法斷定我母親到底是死是活，銀行表示沒有一件事可以處理。一切都令人非常懷疑，非常不吉利。然後律師向我解釋，事實上我父母已經把房子賣掉了，賣給誰我則無法得知。有大堆的文件、證明。所有都是僞造的，但我是一個未成年人，沒有辦法去求證任何事。我相信那幢房子依舊在那裡，空著的。我沒有回去過哈特佛。在劍橋的第一年，我遇見一個朋友，他是平克頓公司一名私家偵探的兒子。他告訴我如果有現金，我可能可以僱用某個人去幫助解決這個——依照妳的說法——神祕事件。」

「我認識一名偵探，」夏綠蒂說。

「啊，由防堵罪行協會那邊派來的那位。」

「我們是學生時代的朋友，從某方面來說。」

「在從此處到山區間的某個妳的神祕城鎮裡。」

「我可以請他幫你的忙。」

「我不需要，」亞瑟說，「一個波士頓人。平克頓是一家分布廣大的偵探社。」

「費用昂貴的可怕嗎？」

「不算可怕。」

「你說過人的債務很容易地累積起來時，這是否就是你所指的其中一項開支？」

「是的。」

「噢！」夏綠蒂說。

然後她說，「我能不能問你一個問題，和你剛才告訴我的那些無關的問題？一個得體的問題？」

「我們說過不必要注重禮貌的。」

「你曾經做過孩子的父親嗎？」

「沒有，」他說。「當妳和妳的丈夫在一起時，夏綠蒂，他曾經用過護套嗎？」

她甚至沒有假裝知道他在說什麼。「男人用的，」他說。「所以那些會使女人受孕的東西不會到它們想到的地方去。」

「它們到護套裡去？」

「是這樣的。」

這眞是讓人驚訝極了！然後她突然抬起頭，從他身邊移開，發怒了起來。一個可怕的想法出現在她的腦海。

這部分是——啊，例行程序嗎？是不是哈瑞．艾爾肯的工作人員——這些像亞瑟一樣的年輕男子——用這類事，當作誘惑的某種類型，像一隻蜘蛛引誘沒有警覺心的小蟲子？她不會把自己稱作是「無警覺心的」，但仍然他是否一直坐在那裡玩弄著她的同情心，那鮮活地、被挑起的同情心。

誰不會像奶油一樣被這樣的故事所融化呢？但終究他是可以假造出這些情節來的，他夠聰明；這可能是計畫的一部分。「我在這裡工作，因爲我想要僱一名私家偵探來尋找我的母親。」他差不多就是這樣的意思。也許，每一次當他……他都說一個有關於他父親和母親的故事的不同版本。

夏綠蒂不願意去想那「每一次當他」的部分。

「我覺得冷，」他說。

「把毯子拉高，」她說。

「靠我近一點。」

她看著他。稍後，當她思索如何掌握她的銀行戶頭時，她想到可以自己僱用一名平克頓公司的偵探，來進行一項調查。「和他有婚外情的那個女人是誰？」她會這樣問。大約如此的問題。在哈特佛有一位佛羅倫絲．品，在十二三年前失蹤，她的丈夫已經過世的那一位？人們總是僱用私家偵探來調查這一類事。

她個人未來的可能性突然之間敞開了。這是多令人震驚的一件事，一個未來。

「夏綠蒂?靠近來一點。」

她靠過去了。她不知道在床上她是如何脫掉衣服的,她以前從未像這樣把衣服除下過。它們似乎是出於自願的落下,雖然亞瑟在旁邊幫忙。

她的內衫從她身上滑下來。「妳沒有穿緊身衣!」他說,而她爲此覺得驕傲,好像這樣就少了一件需要脫下的衣物,好像這就是她一直以來,不再穿著緊身衣的眞正原因。

她說,「你要脫下你的長內褲嗎?」

「妳要我把它脫掉嗎?」

「我要。我可以碰你——那裡?」

「用哪種方式?」

他是什麼意思,哪種方式?「用我的手,」她說。

「妳還需要問?」

她以前從來沒有把手放在男人的私處過。海斯向來不許如此,即使她說,「噢,只要一下子,只是想要知道它感覺起來是怎樣的,因爲我非常好奇。」

一名愛爾蘭女僕說它感覺起來像某一種香腸,也有一點像沒有煮過的火雞脖子——好吧,她沒有這麼直接地對夏綠蒂說,但是夏綠蒂總是在留意女僕們之間的對話。這是唯一一次她曾經聽過別人所說關於此物的隻字片語。她想知道,它軟的時候感覺起來是怎樣,它硬的時候感覺起來又是怎樣。亞瑟的是硬的，但稍後它會是軟的，她不介意等待，雖然她比較喜歡一開始是軟的。

「夏綠蒂，妳以前曾經摸過男人嗎？」

她搖搖頭。她說，「你爲什麼問我，用哪種方式？」

「那時妳可能是指妳的唇。」

「我的唇？」

「和妳的嘴。」

「我的嘴？」

「還有我也可以這樣碰妳。」

令人難以置信！這就像她剛剛抵達這裡的那個晚上，當前廳的牆壁開始消失了時，然後是地板，所有的一切皆暗沉了下來，而她不明白發生了什麼事。不過此刻並沒有什麼東西暗了下來。天空中的某個地方，太陽開始昇了起來。灰色的光線慢慢潛行露面。雖然有那種冬季特有的陰影天象，這依然是一個絕妙的、美麗的破曉。

她確切知道有些什麼東西發生在她身上。她從未見過這麼美好的日出。

9

水管裡又開始有水了，夏綠蒂不在意它只是一股細流。她要清洗她的頭髮。大盥洗室裡面有一座全新的炭爐，正因爲熱度而滋滋作響。一把鐵壺置在它頂上，熱著額外的用水；兩大鍋水已經放在地板上爐子旁邊，合適的溫熱正可供她清洗。

牆壁和窗戶上都是蒸氣珠子，閃爍著細微的光。塞子是在排水口上，而浴盆裡裝有非常奢侈高度的溫水，正在等待著她。地板上的毯子是一塊帶著蓬鬆羊毛的橢圓型羊皮。夏綠蒂沒有穿什麼衣物，只除了亞瑟．品曾經在昨晚上還很早的時候穿過的那件白色的棉料襯衫。它覆蓋著她的身軀，直至大腿。

在一張白色的小桌子上有一瓶皮爾斯牌洗髮乳、一盒爽身粉、毛茸茸的白色粉撲、一整套不同尺寸的髮梳，和四個不同色調的粉紅色罐子，滿盛著潤膚乳液。小女僕離開去取毛巾了。

在外面街上，一切又開始移動了起來——緩慢地，但是在移動著。暴風雪抖下了大約有十四五吋深的雪。夏綠蒂不關心外面的世界，她臥病期間似乎也是如此。但還是有點不同。

突然間門開了，一個五十歲左右、深色頭髮的女子出現，穿著漂亮的毛料長袍和一雙紫色的拖鞋。她的頭髮很厚，而且多的不得了，但並沒有用髮針給束了上去。她用一隻手把它們盤成一束，收攏在頭頂上，堆得高高的，好似那是一頂帽子，而現在正颳著一股強勁的風，鬆脫的髮束從她指縫間滑出，垂落下來。她一定像夏綠蒂一樣，正急切地要清洗一頭秀髮。

她有一張迷人的、馬般的長臉，說起話來活潑又輕快。「哈囉，」她明朗地招呼著，就像她們是在某家的起居間裡相遇。她對夏綠蒂身上穿的衣物沒有任何反應。某些這樣獨特的事很快地變爲正常，這不是十分有趣嗎？「我看妳比我早到這兒。我會再轉回來的！妳是那位丈夫是參議員、新來的女人嗎？」

「不是，我是新來的女人，那個……嗯，就這麼說吧，只是新來的，」夏綠蒂說。

「重的很，」女人說，指她的頭髮，然後她皺起眉頭，指自己頭疼。「昨天晚上我大概是喝多了波本酒，但它總是那樣精彩絕倫，從一位來自肯德基州的女士那裡來的——妳見過她嗎？一位攝影師，四處旅行，獨自一個人，拍出每個城市最糟糕的那個層面的照片？她在那方面很拿手。」

「我見過辛格頓小姐，」夏綠蒂說。

「啊，妳看到她替艾爾肯夫婦畫的肖像嗎？」

「我看到她畫的冰封的花園。」

「還沒有看過那張。她邀請妳上那兒去的？」

「她要一些我帶來的甜點。但是他們把它丟進火裡燒掉了。她眞的不能吃到任何有糖分的東西嗎？」

「那是她血液的問題。即使一點點，她都受不了。上一次她碰了一些蜜餞，結果休克了，有好幾天的時間她甚至不能使用那隻可以活動自如的手。妳是那位上星期天從羅德島來的、擁有一家帽子店的女士嗎？」

「不是的。」

「妳是那個其實不應該出現在這兒的醫生的姪女兒？」

夏綠蒂嘆了口氣，溫順地點點頭。

「妳吃午餐了嗎？」女人說。

「已經是下午了嗎？」

女人開懷地對著她微笑，牙齒都露了出來，很好的牙，很白、很方。「喜歡吧，是嗎？暈淘淘的感覺眞是美好。我自己也是一樣的狀況。我應該在兩天以前離開，我猜想在家裡他們以爲我因爲天候而焦急受罪，但我得要告訴妳，我一點也不埋怨這場大風雪。」

「我也不。」

「也許等一下我會在樓下看到妳，另外提醒妳不要用完所有的煤。」

「待會見！」夏綠蒂說。

「還有妳留意別用完那瓶皮爾斯洗髮乳。」

「我不會的！」

門關上了。夏綠蒂解下長襯衫，讓它滑落到地板上，然後她撿起它，把它捲裹起來，再湊近她的臉。它聞起來就像亞瑟。她疊好它放在桌子上，隨即踩進浴缸裡。一小塊肥皂已經在水中並製造出一片肥皂泡，聞起來像丁香花的味道。

那首愛爾蘭女僕們喜歡哼唱的歌是怎麼唱的？關於那位在苜蓿田中的飄泊者？

啊，我要與你在苜蓿田裡見面，你這個飄泊者，
苜蓿田是我會在的地方，
在苜蓿田裡，甜美的夏日苜蓿田，
我的飄泊者，很快你就會來與我爲伴。

她不記得其他的歌詞，但那是一首絕美的、快樂明亮的曲調，而她現在哼唱著它。她想像著懸崖邊的那個夏季別莊，在八月的暑氣裡，到處是刺眼的黃色陽光，強烈到讓人感覺像是喝下了太多的酒。她想像著那幢主要的大房子和周圍的小屋，而在其中的一扇門邊，在陽光裡瞇

著眼睛站著的是亞瑟．品，她想像著他對她揮著手，身穿著一件浴衣；他剛才游過泳；他的頭髮濕滑的向後貼著；他的頭看起來如海豹般平滑圓順。

她繼續在腦海中描繪著港灣裡的小船，其中一艘靠近岩石邊來。在現實中，那裡有一個古老的繫船用的鐵環子，牢牢地嵌在石頭中，供那些偷偷靠岸又悄悄開走的船隻使用：那兒曾經是殖民時期走私者進出的小港，而可能當希斯家不在當地看著時，它仍然是這樣的。

這幅圖畫裡沒有任何希斯家的人。夏綠蒂看到船長揮手要她和亞瑟一起登船，他們照做了，一路走下懸崖，彷彿那些石頭是一列階梯。亞瑟告訴船長，「從這裡開始，由我來負責，」船長就從船邊跳下去，游泳離開了，夏綠蒂與亞瑟則駕船離開。那是艘平底小漁船，他們一人拿著一支槳。「夏綠蒂，妳能夠划船，妳眞是聰明。」她證明她已經像他一般強壯有力，也許更強壯。在眞實世界裡，她曾經有一次和一個也在喬治生小姐的學校裡念書的女生，一起用小槳划一艘很小型的船，在一次出遊去河谷地的小湖邊上野餐時：那天沒有風可以把她們送回岸上；小舟翻覆了；如果不是小湖裡的水深只到她們膝蓋那麼高的話，她們就會淹死了，之後她就不再做類似的事。「我們會划到外國去，最後，」亞瑟會這樣對她說。

她做的每一件事，他都贊同。海平面在另一端高高地昇起來，像是她伸出手去就得以觸摸到的一個獎賞。

她有一個白鐵小水罐。她用它從浴缸中舀著水，淋在頭髮上。她能夠感覺到纏結的髮絲都平順下來了；她覺得輕鬆，彷彿有一年沒有打濕過她的頭了。「在苜蓿田裡，在苜蓿田裡，甜美的夏日苜蓿田，我的飄泊者，我的飄泊者，」她唱著。她並不熟悉任何一首船歌。

門再度被打開了，這次仍舊不是小幽妮絲。亞瑟・品拿著兩條乾淨的大毛巾自己走了進來，還帶著一副擔心的不得了的表情。他出現了！

她立刻把自己浸到水底下去，尷尬得就像她需要隱藏一些東西似的。對於自己裸體這回事，還比不上她關心這個事實的一半：她不願意讓他知道她懶洋洋地泡在水裡，做著和他有關的白日夢。但隨後她想到，如果有某個男人擁有進入女士盥洗間的權利，這個男人是他，而這位女士就是她。

她好奇在他眼中濕透髮絲的她看起來像什麼。她想要他告訴她，那些濕淋淋、深紅色的秀髮讓他想起什麼，好似他可以即興的爲它們做一首小詩。也許他會進到浴缸裡來與她在一起。這是被允許的嗎？

「亞瑟，」她說，「我以爲你已經在離開的路途中了，準備要去把那個可憐的泥沼裡的人切開。」

「妳把我的襯衫穿走了。」

「我以爲你還有另外的、在別的什麼地方。」

「我沒有。」

「如果你要把它拿回去，得等我在這裡洗完，因爲我沒有帶其他可以讓我穿著回房間的衣服。」

他全部穿戴整齊了，只除了襯衫。僅配上內衣在裡面，他的綠外套看上去特別甜蜜可愛。不過他只是眼光朝下看著夏綠蒂，聳聳肩冷淡地說，「我用電話連絡上我的指導教授了。這堂解剖又再延遲至少兩天。他們在醫院裡有太多工作要做。而且無論如何，到那裡去的路還是封死的，因爲那兒下的雪比我們這裡的還多。」

當她終於瞭解他不苟言笑的原因時，心冷了下來。他走近浴缸旁邊。「夏綠蒂，我是來告訴妳樓下有一個名叫瑪寶．葛森的女人。她說她是妳的朋友，而且必須馬上和妳說話。哈瑞讓她待在公共飲茶間裡，那邊到現在爲止仍然沒有對外面恢復開放，但是他不能從她那兒問到什麼。」

面對別人對她說她一點都不想聽的事情，夏綠蒂絕對不是新手，她有自己的應付方法。「現在我要清洗頭髮，亞瑟，如果你可以把水壺遞過來，就請你勞駕一下。女僕丟下我不管了。」

「這事很緊急。」

「我不認識任何名叫瑪寶的人。」

「夏綠蒂，妳認識的。她是從送妳到這兒來的那家麵包店來的。」他從一踏進這裡後就開始流汗；汗珠布滿他的前額。再幾分鐘他的頭髮就會全濕了，而假如他把它們往後拂，他看起來眞的會光滑的如同一隻海豹。白日夢也會成眞！

「水壺，勞駕，」夏綠蒂說。

「我想對妳最好的事是立刻去見這個女人，妳需要知道她到底要說什麼。」

「我想，亞瑟，我要洗我的頭髮。」

「那麼，快點洗。」

「這裡好暖和，把你的夾克脫掉吧。」

「在這個節骨眼上，這可不是個聰明的主意，」他說。把水壺提過來時，他先摸摸它，潑了點水到自己的手上，試了下水溫。他讓夏綠蒂想到那些故事中，那些爲國王試吃食物的人，他們會因爲食物中原本要謀害國王的某些東西而痛苦死去。他彎下身來，緩慢地把水倒在她的頭髮上，原本她以爲水會一股腦地灌下來，因爲他應該是想催促她盡快完成這一切的。他伸手去拿洗髮乳，準備把它遞給夏綠蒂時，派蒂太太進來了。

「爲什麼你不把門鎖上呢？」夏綠蒂叫起來。即使她眼前水茫茫一片，仍然知道是誰站在那裡。

在派蒂太太手中的是夏綠蒂的外衣、內衣、長襪子、鞋、背心和外套，以及其實是瑪寶的髮梳，和那個厚布製成、放錢的小提包，那原本就放在五斗櫃上一眼就可看見的地方。

「我們得把她弄離開這裡，」派蒂太太對亞瑟說，就像兩人是某個陰謀的共犯。

「那個女人決心上樓來找她嗎？」

「哈瑞是不會讓這種事情發生的，但是事實更糟糕。莉莉要回來小睡一下，到『她的』房間。她整個晚上在病房裡照顧從那個屋頂坍塌的魚工廠裡救出來的人，而且還接生了三次，沒有其他人手可以照顧到這些——他們總是要她去接生——她像隻雞一樣到處跑，好像我會弄不懂那會是個什麼情況似的。如果她回來看見是『誰』仍然留在這裡時，她會大發雷霆的。她是不許這麼做的。另外，我知道樓下那個女人帶來的消息，因爲我給了她一塊奶油蛋糕，她從來沒有嚐過像它那樣的東西，而她的丈夫開著一家麵包店。她要說的是」——而這時派蒂太太提高了她的音量，非常尖銳地——「夏綠蒂，妳丈夫早早之前的一個晚上就知道妳是如何到城裡來的，因爲妳把馬匹留在麵包師傅那邊，而其中一匹跑回了家裡，到妳房間的窗邊去，之後又轉回頭去找另外一匹，妳的丈夫一路跟著牠。妳的麵包師朋友向全能的上帝發誓，妳只是被送到電車那裡，上帝在這一點上保佑了妳，因爲沒有人在這時想到電車當時並不行駛，而我因爲有貨物要送進來忙得要命，廚房亂的像發了瘋，我還得去烹飪學校擔任法門小姐的顧問，她對遲到是極不能容忍的，還有我想孩子們快要被學校開除了，還有帶嬰孩的女僕喬琪娜染了傷風，嬰兒會被傳染上的，那我可就眞是倒楣透了。」

「爲了什麼原因被開除？」亞瑟說。

「什麼叫爲了什麼原因？他們不需要一個原因，」派蒂太太說。「我女兒對另外一個女孩子說，耶穌並沒有從死亡中復活，因爲他曾經受盡折磨，又被釘上十字架，不夠強壯到能推開墓穴口的大石頭，而從一開始他就不是像海克力斯一樣的大力士。這是一個原因。」

「我以爲墓穴是被一位天使弄開的，」亞瑟說。

「和我女兒聊天的那個女孩也說了同樣的話。而我女兒說，天使只是大一點的小精靈，他們也沒有任何派得上用場的肌肉。」

「這位女士是那類基督徒嗎？」

「泰倫斯有一位女士朋友，她有一座小小的學校，靠近查爾士鎮。妳應該找他談一談。」

「我不認爲是。我的意思是，我不知道，不過泰倫斯是在這裡認識她的。」

「這可能是一個好主意，」派蒂太太說。「你想她可以接受他們住校嗎？男孩和女孩？」

「妳可以問看看。」

「好。每一次我告訴他們要把他們送走時，他們就表現得好像並非在接受那種培養罪犯的訓練似的。」

他們會停止談話嗎？他們爲什麼在談話？水變得沒有那麼暖和了。亞瑟說，「我想知道是否會有任何人跟蹤那個女人到這裡來。」

說到這部分時，派蒂太太露齒微笑；她似乎很讚賞瑪寶・葛森。以前在同一個鎮時，她們私底下並不相識，但是很顯然地她們現在彼此認識了。「葛森太太在淸晨時分駕著一輛牛奶車進城來，去了一些店鋪。這些店鋪又重新開門了。她載著一大批東西。然後她停在查爾士街的飲茶間，再從後面的小路進來。家裡的人以爲夏綠蒂待在莉莉那邊，而上帝在這一點上也保佑了她。」

「在莉莉回到這裡以前，我們可以把她送到隔壁去，再告訴那個女人她不在這裡，這也將是句老實話，」亞瑟說。

「哈瑞就是這樣說的。我剛才和他談過。但是隔壁的人不會覺得高興的，」派蒂太太說。

「我也一起過去，」亞瑟說。

「我可以給葛森太太更多的奶油蛋糕，而哈瑞可以提供一輛兩輪的客用馬車，這樣她就不需要帶著那些牛奶罐了。」

「把肥皀給我，」夏綠蒂說。

她伸出一隻濕漉漉的手把它從亞瑟那邊抓來，把皀乳抹上髮絲，然後沉了下去，如此她就在水下面了，剛剛好的水深。她喜歡頭髮漂浮在四周的方式。她想像她和亞瑟划著的那條小漁船被浪打翻了——一道巨大的灰色浪花水牆——他們都被翻倒在水裡。

她沉下去，到處是海草、魚、鹽。她沒有驚惶失措。冷靜地，因爲亞瑟快要淹死了，她抓住他，然後往水面上衝去，救了他，一位女英雄。

她搖晃著頭，以免耳朵進水，她希望這會使水花四散，然而並沒有。

「芬妮·法門小姐到底是怎樣的人？」亞瑟正在說。

「你永遠不會在這裡看到她，這是可以確定的一件事，」派蒂太太說。

「我是指一般的看法。」

「她像是……」派蒂太太思考著。看來這是一個她要嚴肅以對的主題。「她就像是一位製作食譜的仕女，而這本食譜是只有個性像是戰爭中領軍的將領一般的仕女才製作得出來的，這可是讚美的意思。」

「我聽說她生過病，」亞瑟說。夏綠蒂停下正在按摩頭皮的動作，她原本很期望他能爲她做這件事，而不是自己來做。她養成了一種習慣，在人們討論到某種疾病時去仔細聆聽，特別是當受苦的病人得以痊癒時；那簡直像是屬於一種祕密結社的團體。

「據他們說那是一次中風，」派蒂太太說，「在法門小姐只有十五歲大的時候。她康復了，不過得拖著一條糟糕的腿，而且有時需要別人幫助她。」

「我希望能夠見見她。」

「我們沒有時間站在這裡討論法門小姐，亞瑟，不過我向你保證你永遠見不到她，除非你哪天拿到了學位，成爲她的醫生。」

是派蒂太太從爐子那邊拿了一些熱水過來。她先把夏綠蒂的衣服、錢包和髮梳推給亞瑟，然後抓起一個壺；但是像亞瑟一樣，她並沒有粗魯地或是太快地將水倒下，速度就像是夏綠蒂所希望的那樣剛剛好。

「好了，妳洗乾淨了，」她說。

水已經相當程度的涼了下來，夏綠蒂抽著氣顫抖著，想這眞是不公平，畢竟她在裸體的這個不利的位置上，但至少這並非第一次；以前派蒂太太有時會在沒有任何護士或女僕有空做清洗，或是正在替病人換衣服床單等雜事時，接手處理這些事。

當夏綠蒂從浴缸裡起身時，她把毛巾遞給了她。夏綠蒂知道亞瑟在盯著她，但是當著派蒂太太的面，她不敢與他的視線相接。

「妳這麼瘦，」派蒂太太說。

「我生了一場病。」

「我知道的，夏綠蒂。」

「你們要帶我去哪裡？」

「隔壁，」亞瑟說。「派蒂太太，妳爲什麼不找莫克西里或者一位女僕先過去提醒他們有人會跟著她一起過去。」

「直到她穿好衣服之前，我會待在這兒陪著你們兩位，謝謝你的提醒。而且我打賭莫克西里早在你提醒之前就已經到那兒去了，我正好發現他在門外頭聽見了所有的事情。」

「我會需要穿上我的大衣，」夏綠蒂說，亞瑟很快地反應——很明顯地在努力著避免看她——「妳不會用得上它的。我們不會到外面去，那裡面是暖和的，十分暖和。」

「那我的大衣在哪裡，還有其餘的東西？」

「莫克西里把妳其他的東西都放到一個櫃子裡去了，他自己的衣櫃，」派蒂太太說。

「莉莉的房間打掃乾淨了嗎？」亞瑟說，派蒂太太瞪了他一眼。

「打掃過了。一切東西都換過了，本來不該是今天要做的，不過他們做了，如果你以爲我還會多說什麼關於莉莉房間的話，我不會的。要說的都說了，那不關我的事。我也不是管家。」

如果夏綠蒂並不是已經習慣了由別人替她著裝的話——並非是她日常生活的習慣，而是由於臥病在床的緣故，她曾經對自己發誓永遠不要由女僕爲她穿上衣裳，如同她的婆婆或是海斯的姊姊那樣，她們無論如何是需要別人幫忙，才能穿上那種緊身的馬甲內衣——她是會介意這樣快速省事的穿衣過程的。或許他們認爲要是由著她自己去做會花去一小時的時間，如果不是因爲那個馬臉的女人在等著，她眞想試著自己去做。

「妳到這間房間裡來的時候，身上穿的是什麼？」派蒂太太說，而夏綠蒂回應，「我不會告訴妳的。」

這也無所謂了。派蒂太太已經發現了那件襯衫。「幫幫忙吧，亞瑟，穿上你的襯衫。」

他聽話地照做了，再把外面夾克上的扣子全部扣了起來。

當夏綠蒂的長外衣套在她頭上向下拉時，她想到一個要問派蒂太太的問題。「哪一匹我的馬跑回家裡到我房間的窗子前的？」

「我怎麼會知道？牠們看起來簡直一模一樣。」

「牠們才不是的，」夏綠蒂說。

「就算妳說的對，葛森太太也沒有說是哪一匹。」

這是一件令人失望的事。夏綠蒂坐在浴缸邊上，好方便穿上她的長襪，而派蒂太太又是那位幫她做這件事的人。「你和你的指導教授要在外邊哪裡做的那個把人整個切開的工作，現在進行得如何？」她是對著亞瑟說的。

「它延期了。」

「你把她送到那兒後，得立刻回到這邊來。」

「爲什麼？」夏綠蒂叫起來。

「他得去上那些假如他出門一整天去看那堂解剖就會錯過的課，」派蒂太太說。「哈瑞要我告訴你，亞瑟，去學校上課。」

然後夏綠蒂的鞋也穿好了；一切都穿戴整齊了。她的頭髮還是濕透的，但是沒有人關心的樣子。派蒂太太把髮刷遞給她，夏綠蒂說，「我比較喜歡用梳子，」派蒂太太就從桌上拿了一把給她。至少，他們准許她做這件事。

「妳和妳丈夫之間出了什麼事？夏綠蒂？」

「我不會說的。」

「他傷害妳？」

「哪方面？」

「任何方面。」

「是的，」她簡單地說。

「妳想要回家嗎？」

「我不想。」

「那好。我們會把妳藏起來，就目前來說。妳的髮夾在哪裡？」派蒂太太說。

「在我其他的衣服口袋裡。」

「那麼別管了，我來把它們編成辮子。」

她編得很迅速，然後把辮子結高，再從自己的頭髮上拿下幾隻髮夾把它們固定好。「對我來說可眞是意外，夏綠蒂，」她說，「看到妳和麵包師傅一家處得那麼好，從在鎭上的時候開始，而且是這種私人友誼。」

「我有自由結交我要來往的朋友。」

「還有，妳知道的，我永遠不會忘記那回令人不愉快的食物中毒事件。」

「與那件事無關。」

「我確定。」

「妳的朋友毒害了一些人？」亞瑟說。

「整半個鎮的人，」派蒂太太說。

「不是半個鎮！那不是故意的！」

「我們得走了。」

派蒂太太輕推一下夏綠蒂出了門。走廊上空蕩蕩的。整幢旅館似乎都是靜悄悄的。亞瑟貼近夏綠蒂的身邊，就像他昨天晚上從辛格頓小姐的房間一路走下樓那時所做的。「不要擔心，」他耳語般說著。

「我不會的，除非你告訴我要開始擔心。」

派蒂太太與他們一起走到樓梯的頂層，警覺地向下窺望，然後從某一個角落一個壓低的聲音傳來，「全程暢通。」

「謝謝你，莫克西里，」派蒂太太小聲地說。

夏綠蒂說，「我不要再多走一步，除非你們告訴我打算要把我帶到哪裡去？」

「到艾爾肯太太那裡去，」亞瑟說。

「艾爾肯太太！我說過我要去拜訪她！他們告訴我她不見客！」

「把妳的聲音放低，」派蒂太太說，然後亞瑟悄聲說，「一般來說她不見客。但是有人需要去那兒的時候，她知道應該怎麼做。」

「爲了什麼原因需要去那兒？」夏綠蒂低聲說著。

「妳不是第一個需要藏起來的人，」派蒂太太說。

「我嬸嬸曾經躲藏起來過嗎？」

「噢，沒有，她不需要，妳的伯父除了去法庭外，從來不離開布魯克萊，其次他除了法庭以外，腦子裡也不想其他的事，他現在是一名法官了。除此之外，妳嬸嬸不必要知道『每一件事』。」

夏綠蒂急急忙忙地下樓。在走廊盡頭——這裡是第二層樓——牆上有一扇木板，顏色要比其他的稍微暗沉一點。這層樓的房間不比其他樓層少，但這是夏綠蒂僅見過的唯一一片像這樣的鑲板。上面沒有任何把手。亞瑟向外推著它，它晃動著像一扇門地打開，它確實就是一扇門。

「這就是我要去的地方？」

「是的，不要擔心。這是一條通到隔壁建築的路。」

「是爲了什麼有這樣一條路的存在？亞瑟？」

「哈瑞認爲這兩幢房子的第一批主人們共同擁有一些僕人，但是所有其他人都認爲原因可能沒有這麼天真無邪。」

「像是什麼？」

「夏綠蒂，我不知道，但是它真的只是一條走道，而且絕對安全。哈瑞把它維持在最佳狀況，因為女僕們總是在使用著它，如果她們覺得害怕，就不會走這裡了。」

「我沒有，」夏綠蒂說，「覺得害怕。」

「我要下樓到我的廚房去了，上帝助我，」派蒂太太說，再一會兒以後，夏綠蒂發現她正被亞瑟領著——一個與先前心情迥異的狀態下的亞瑟，全神貫注於他的任務，非常嚴肅——邁步下去到一條光線微弱的通道，兩旁是石灰牆，有許多的轉彎與坡道；它似乎一路延伸永無盡頭，像是迷宮一般。但是下了決定要以服從的態度被引領著，夏綠蒂這樣做是因為她別無其他選擇，她幾乎無法去注意她身在何處，除了這裡不像之前想像的那麼黑；這裡並沒有任何燈火。這兒也沒有任何窗戶。照理來說應該會黑暗的像一個洞穴的底部一樣。

「亞瑟，為什麼這裡不是漆黑的？」

他們再多走了幾碼後，他指向一個柱幹，它在一個箱型洞中一直向上，貫穿了建築物，盡頭處則是一塊平坦的玻璃嵌窗，顯然位在屋頂上；日光從那裡照了進來。

「夜間又怎麼辦？」夏綠蒂說。

「蠟燭。」

「人能從那扇窗子出去嗎？」

「它是打不開的，」亞瑟說。「而且那面玻璃是最厚的那一種。」

「但它仍然可以被打碎。」

「可是妳沒辦法從這裡上到那裡，除非把自己變成一隻小鳥飛上去。」

「或者是一隻蝙蝠，」夏綠蒂說。

「但是妳會被困住。妳會一直扇動著翅膀直到必須放棄，然後妳會重重地落回地面上，女僕們端著艾爾肯太太的晚餐盤經過時，會踩到妳並絆倒摔跤，緊接著盤子掉下來，晚餐也砸了，而且就算妳沒有摔死，落在身上的茶壺也會壓死妳，女僕們還會尖叫不已。」

「我們說過不要有『死亡』這個主題，亞瑟。」

「我只是在假設而已。」

她哼了一聲，不過同時也覺得輕鬆了些。她本來以爲他會說一些像是，當他說不要討論「死亡」時，那是指昨天晚上，僅僅指昨天晚上而已，像完全是兩回事，「昨天晚上」密封且完整自存，並且徹底缺乏再發生一次的任何可能性。

而這並不是他所指的。她知道待在這旅館裡的女人們，有些不只出現過一次而已，辛格頓小姐還是住在這裡的；但是她依然不欣賞這種感覺。

「告訴我關於艾爾肯太太的事。」

「妳看到她在樓上貝瑞那兒的畫像嗎？」

「貝瑞？」

「辛格頓小姐。貝瑞妮絲。」

「噢。我沒有。除了結冰的花園那一張以外，其他的畫作都是面朝牆壁擺放著的，而且我認為你對我的態度很不好。」

「我並沒有態度不好。妳看到她與哈瑞在婚禮上的照片了嗎？」

「看到了。她看起來很飄渺。」

「有人說她現在不再是那個樣子了，但是除了老了些以外，她還是一個樣子。」

「你沒有告訴我任何有用的訊息。」

「事實上，我自己也從來沒有見過她。」

「露西。」

「噢，妳不會想要這樣叫她。」

「我知道要怎麼做的，亞瑟。你想我嬸嬸會在她房間裡過夜嗎？」

「她今天白天會需要一些睡眠，那表示整個晚上都會待在醫院裡。」

夏綠蒂說，「但是如果她晚上也需要房間的話，我的選擇會是什麼呢？」

「哈瑞會安排的。他總是會的。」

「我得要藏在那邊多久？」

「我不知道。有人會過去接妳。」

「你想你能夠在與我說話時，轉過頭來看著我嗎？」

「我應該要趕回劍橋去。從這裡往那裡去的路是通暢的，不過因爲積雪的關係，我得花去好一陣功夫。我希望能夠不必如此，但是我必須回去。」

「爲了哪一門課程？」

「希臘文。雕像和那些相關的東西。」

「但是那些不是醫學。」

「我嘗試，」他說，「要讓自己知識廣泛些。」

「那麼我還得走多遠，這樣頭髮濕漉漉地跟著你？」

在通道的那端出現了一條低矮的梁——它不眞正算得上是一條通道，而比較像是條隧道——而就在後方，是一扇正式的門。低矮，但是正式。

「那裡，夏綠蒂，就在前面了。」不過至少在這一刻，他暫時忘記正要急匆匆地把她像個包裹般運送到天知道哪種地方去。他停下腳步，轉過身來。「我想要吻妳，」他說。

「這是被允許的，還是只能發生在私人房間裡？」

「噢，除了在房間裡，它在任何地方都是被禁止的，」他說。

「這是爲什麼當我洗澡時，你沒有這樣做的原因。」

「派蒂太太在場的關係。」

「在她進來以前。」

「那時我必須對妳說那個從鎮上來的女人的事。」

「我不應該喜歡你違反規定。」

「夏綠蒂，沒有像這樣的規定。我是在開玩笑的。妳看起來好嚴厲的樣子。」

「我才不嚴厲呢，」她說。海斯那時是處在什麼樣子的情況呢？在那個廣場邊上、樹的後面？

她在腦海中再一次想像著它，就像是一幅觀賞了上百遍的圖畫。雪、樹、掩上窗簾的房子、附近在他的守靈儀式中躺在那裡的伯父、寂靜、在她面前的馬兒，高高昂著頭，噴著鼻息，身軀閃亮，開開心心地。灰色的冬日天光。廣場邊上聳立的雪牆。

她的心因爲讓馬兒脫韁奔跑而興奮不已。積滿雪的樹枝。寒冷。那種雪橇車下的滑刀帶給她的感覺，像是自身雙腿的延伸，好似又可以使用了，又可以以腿的功能來支撐她了，而不只是怪異的、像兩個死氣沉沉的東西，黏附在她的身體上。

海斯的帽子在他的頭上，黑色，正在往下掉。他的頭俯下去。他的手在女人大衣的兩側，一隻手各在一邊的腰上。

他的身體靠向她，就像一對舞伴一樣。夏綠蒂的婆婆說過，當你在舞池裡看見兩個對你來說即使是陌生人的人，你總是能夠辨識得出他們可以被歸類於哪一種關係：結婚很久的，最近結婚的；訂了婚，馬上要結婚的；正要訂婚的；彼此間沒有什麼浪漫情愫的朋友，與對方跳舞只是因為他們要接近他們希望與之共舞的人，而那人正與其他的人跳著舞；頭一兩次約會的人；以及一名男子和一名女子不應該在一起共舞，但不管如何他們仍然這麼做了。

海斯的手就是以最後一類型的那種姿態，放在那個女人的身上。

亞瑟沒有穿大衣，只有那件綠色的外套，而且也沒有戴帽子，她也不需要低下頭去親吻他；他比她高，雖然不是高很多，只是幾吋罷了。

她把手放在亞瑟的腰側、臀部上。然後她吻他，他也回吻她，接著她再吻他，他也再吻她。她堅決相信牆壁的蒼白色澤，以及從屋頂的小窗子透射進來微弱的灰色光線——他們剛走過另一個柱幹，頂端的玻璃被雪掩蓋著——非常的美好，飄渺得如同故事書或圖畫中所編造出來的地方，那裡的景象、光線，甚至可能不屬於凡間。

「屋頂上的窗子積了好多的雪，」她說，就彷彿那是她不願意鬆開他的原因。

10

艾爾肯太太有自己的管家，白蘭琪小姐。旁人對白蘭琪小姐最直接的印象就是她如一棵樹般的壯健與堅硬。

她就像樹幹一般堅實，皮膚如同樹皮般粗糙。她的頭髮則是緊緊地梳到後面去。在她頸部後面的髮髻就像是樹幹上的節瘤。她樣式簡單、高領的毛料長衣——裡面沒有裙撐，雖然她的年齡看來是穿著裙撐的那一代——上面沒有一道縫合或打褶不是絕對必要的。那麼長的一件衣服，不僅長到她的腳踝，而且蓋住了鞋，使她看來似乎沒有腳，而是以一種滾動或是滑動的方式四處移走著，彷彿衣裳的邊緣在推動著她一般。衣服顏色正好與她頭髮的色調完全一樣：沉悶無光的銅褐色，像是一片橡樹葉。

她是一位個子十分高大的女人。她長得如此寬大，如此強壯，如此單純地巨大，就好似她有著腺體的毛病；或者似乎是她的雙親必定都是體型巨大的人。她的身軀沒有多餘的脂肪。你會覺得她身體的每一部分都是爲了實用的原因而設計出來的，而且只需要最少的、最不麻煩的保養手續。

也許她對於艾爾肯太太來說，就像是莫克西里對於她的丈夫一樣，但是很難明確說出她的功用是什麼。她看起來不像是需要做任何事的樣子。幽底絲三四〇號——這是白蘭琪小姐提及的方式——的三餐是由旅館的廚房送過來；旅館的女僕們負責清潔打掃、生爐火、補充煤炭，和一切必需的粗重工作。這很明顯就可以看得出來，在夏綠蒂一抵達那裡的時候，就有兩位女僕快步經過夏綠蒂的身邊，通過那迷宮般的隧道回到旅館那邊去，她們手中拿著空了的煤炭籃子，與裝在帆布袋子裡的待洗衣物。

保持肅靜似乎是白蘭琪小姐很有興趣的一件事，當她說，「我們安靜地住在幽底絲三四〇號，希斯太太，非常地安靜。」還有，「幽底絲三四〇號已經用過了午餐，不過我們可以安靜地替妳點一些東西送過來。」她提到這個地址就好像那是一個人，而艾爾肯太太在二樓的房間是這整幢建築中唯一存在著的，或許還是整個波士頓城裡唯一存在著的；不過當然對白蘭琪小姐來說，情況也就是如此。

夏綠蒂立刻就喜歡上她了，不過她可以理解爲什麼亞瑟之前沒有提到有關她的存在，而且爲什麼他對一切與她身體上的接觸都畏縮不前的原因。她絕對是一個有恫嚇力的女子。亞瑟急著離開，沒有看夏綠蒂第二眼，表現得就像她是一個包裹，而他把她遞送過來了。

絲毫沒有露西・艾爾肯的蹤影。「幽底絲三四○號正在休息，」白蘭琪小姐解釋說，好像夏綠蒂也應該去休息，而白蘭琪小姐則繼續執行一項類似守望的工作。那似乎正是她的工作，夏綠蒂做著判定：在這幢公寓的緘默與熱度和外面世界所有混亂之間，做著值勤守望的工作。

你可以感覺得出來，即使最輕微的撩撥都等同於對知覺的嚴重攻擊——一輛運貨雪橇在路上走過，駕駛叱喝馬兒的聲音模糊地傳來；精力旺盛的男學生們喧鬧著乘著小雪橇往公園空地裡去；一個男孩叫賣著報紙；教堂的鐘宏亮地敲著；鋼琴奏出的樂音透過牆從隔壁的旅館傳來，是那位女鋼琴家在練習曲子；劈啪與重擊聲透過那些屋內中空的柱梁，從底下的廚房與洗碗間傳上來，好似那種用昇降滑輪在樓層間傳送食物的設計，其機械原理只是爲了在建築物深處接送傳遞著雜音。

白蘭琪小姐滑動的方式就像是哨兵一般。她不像在等待著任何事。她不緊張或焦躁。她就是做著自己的工作。

女僕喬琪娜——派蒂太太的助手——送來一個剛烤好的肉派給夏綠蒂當午餐，而派蒂太太的小愛笛絲就坐在一邊的腰臀上。嬰孩熟睡著，她的頭就塞在女僕多肉的肩膀與胸脯之間的空洞裡。一隻粉紅肥胖的小手伸開，放在喬琪娜豐滿的胸部上。當愛笛絲在睡夢中嘆息扭動時，她的手指頭就在喬琪娜的乳房上揉捏著，好像那是一個麵團一樣，但是女僕似乎不太在意。

「派蒂太太說妳患了傷風，」夏綠蒂說，雖然事實上喬琪娜看起來散發著健康的光芒。「我希望那沒有變得更糟糕。」

「那不是傷風。那是我有時在廚房裡要壓抑住脾氣免得爆發出來，當她很……很……」夏綠蒂說完她的句子。「令人討厭的時候，」她說。「一位女暴君。妳不需要告訴我。我以前和她住在同一幢房子裡。」

那個肉派倒是相當驚人的：烤雞和牛肉的肉塊，搭配口感十足的深色調味汁，在一個厚厚的、奶油酥皮裡，還加上洋蔥、芹菜與馬鈴薯。或許派蒂太太仍然是夏綠蒂的朋友。以前在家中，這是她最喜愛的餐點，而當她臥病在床時，每次要求點這道菜，就隨時可以得到它，有時一天三次，火腿、兔肉、羊肉，隨便她想吃哪一種，全部縮小做成肉塔的尺寸，因爲她並沒有那麼大的胃口，而且常常由蘇菲或摩摩，還是她的窗戶旁邊的馬兒，把它們一掃而空。

這個肉派大到足夠兩三個人吃，而夏綠蒂一個人把它吃完了，在幽底絲三四〇號的一個大房間裡，一張擦拭得發亮的、長橢圓型的桌子旁邊。女僕小心翼翼地把一條桌布鋪展在桌上，才把夏綠蒂的盤子擺上去，接著她用表情和眼神告訴夏綠蒂要好好善待這張桌子，彷彿如果掉下一點食物渣，或在桌面留下一道痕跡，或是弄髒它，桌子就會永遠地被毀了一樣。夏綠蒂懂得這個訊息的涵義。她知道要如何像一位風度優雅的女士般用餐。

地板上大面積地鋪了一塊厚厚的、磨舊了的東方地毯。拉到一半的窗簾和掛在旅館那邊的窗子上是一樣的暗色厚重料子。牆上有六幅圖畫，全出自於辛格頓小姐之手，沒有一幅在畫面上看得見一點在呼吸著的、活生生的東西：一杯放在窗台上的牛奶，從牛奶的顏色就可得知它是酸的；一把已經過了盛放階段的花，散落在看起來很像是夏綠蒂現在就坐在旁邊的這張桌子上；一幅手部的墨水素描，就只是一隻手，手指蜷曲起來好像要去撿拾什麼東西；另一幅在穀物田中的棕色馬車，田裡的作物已經收割過了，只剩下短短的殘株；一幅淺棕與墨色的粉筆畫，是一棵高大、細長、沒有任何枝幹的松樹；還有一幅小張的油畫，一件男用的黑色長大衣掛在一面深綠色牆上的鉤子上，也許是從莫克西里那兒得來的靈感。

「妳喜歡這些圖畫嗎？」白蘭琪小姐說。即使不在悄聲說話時，她的語調也讓妳以為她輕聲細語，不過整幢公寓是這麼地安靜，完全不費力就能夠清楚聽見她說的每一個字。

「我非常喜歡它們。」

「我覺得它們，」白蘭琪小姐說，「讓人煩擾。」

夏綠蒂很想知道辛格頓小姐對此會做何感想。她說不定會表示同意。「煩擾？因為畫面裡沒有人嗎？」

「沒有人並不會讓我覺得煩擾。它們只是太平板。太空蕩。」

辛格頓小姐也將會同意這一點，她還可能會加上一句，「這就是重點。」

雖然有一點太暖和，這仍然是個舒適的房間。有一個燒煤的壁爐和另外兩個爐子，都在最熱的溫度。天花板很高，還嵌進了那些據說有隔熱效果的金屬邊木質板片。夏綠蒂的公公在溫室和他的書房裡也裝置了相同的設備。頭頂上懸浮著一層那樣濃重、悶住了的熱氣，妳會覺得它也許會爆開，像一團會打雷閃電的雲層，很具毀滅性。

「我在思索，」白蘭琪小姐耳語般說著，從可以看見外面街道的窗邊轉過頭來，「那個在外面對街上看著旅館的男人，是否和妳在三四〇號這兒有任何形式上的關聯。」

除了走過去瞧上一眼外，沒有其他可做。

狄奇！即使你不知道他是個警察，穿著那樣的外衣、靴子，還有那頂氈帽，你也會看得出來。他身上像是布滿了「警察」這個字眼。

「那是波士頓警察局的探員，」夏綠蒂說。「我不知道他會在那裡和我有沒有關係。我在很久以前就認識他了，當我還在學校的時候。我是在很意外的情況下與他重逢，艾爾肯先生有天要求我去和他談話，以一個旅館客人的身分。」

「噢，妳是那一位他請去應付打壓團體人士的女士。一群壞心眼，那些人。滿懷怨憤，見識就如同針一般狹窄。我會全力奮戰，好叫他們從地球表面消失。」

從一個外表如白蘭琪小姐這樣的人嘴裡聽到這種話是相當奇怪的一件事，她看來正像個波士頓鎮壓罪行協會，或任何他們用來自稱的那些名目的組織成員，或甚至是創始成員的化身。夏綠蒂對白蘭琪小姐的尊敬又迅速的增加了些。白蘭琪小姐似乎覺得對街那位此刻正跺著腳與搖晃著身體來驅寒，還把手放在口袋裡的探員——可憐的狄奇——並不是什麼值得擔心的事情。

「如果那些打壓人員以爲他們可以成立一個案子來反對艾爾肯先生，」白蘭琪小姐說，「他們還得要面對另外一件事。一幢旅館不像一本書，他們可以從書店和圖書館裡把它沒收走，就像是這些書犯了罪，沒有人應該閱讀它們一樣，而事實上，所有人都應該好好讀讀它們。」

「像是那位叫沃爾特，還是華特的詩人。」

白蘭琪小姐神色明亮了起來。「這並非重要的細節，不過事實上我們習慣說到一位詩人時，提到的是他的姓氏，如果知道他的姓氏的話。」

夏綠蒂並沒有因爲這項指正而覺得不好意思。「像那位名叫惠特曼的詩人，」她說。

「是的。不過我想如果他現在在這裡和我們一起的話，不管是那一種標準，他會很希望我們叫他《草葉集》的沃爾特。」

夏綠蒂並不知道那是否是沃爾特詩集的眞正書名。那沒有差別。她只看過法文版的，但是白蘭琪小姐會對任何和葉子有關的文字熟悉到是件合情合理的事，不過海斯曾經提過那些詩中並沒有任何關於樹的段落。

白蘭琪小姐對沃爾特的作品所知甚豐，她開始背誦其中的一部分，聲調中本有的肅靜之感，使那些文字聽來更使人震懾。曾經有人告訴她夏綠蒂對馬兒們的感情嗎？怎麼會如此？也許她是那種具有能夠感應到隱而未宣之事實的能力的女子，也或許這只是一個巧合。

「『駿馬無比美麗，』」白蘭琪小姐吟誦著。「『清新又靈敏，回應著我的撫愛。』」

「噢！」夏綠蒂說，完全專注著。

高大的前額，在雙耳間寬闊展開，
四肢的毛皮水亮且柔軟，尾巴掃拂著地面，
雙眸閃爍精練光輝，兩耳修剪齊整，敏銳的移動，
牠的鼻翼賁張，當我以腳跟緊夾牠，
牠骨肉均勻的身架歡愉地輕顫，當我們一起四處馳騁時。

這是沃爾特？她以前為什麼沒有讀到這些句子？海斯為什麼沒有唸這些給她聽？他不會讀得有白蘭琪小姐的一半好，但他仍然應該讀給她聽的。夏綠蒂不會介意這樣的一首詩以法文唸出：它是關於馬兒的，她會夠準確的理解它的意境。

「噢！」夏綠蒂又說了一次。「這眞是太美了，而且它甚至沒有押韻。」

白蘭琪小姐微笑了。「也許這就是他們禁掉這首詩的原因，妳還想聽一些其他的嗎？」

「妳記得很多嗎？」

「這是幽底絲三四〇號這裡很重要的一項嗜好。」

「我想聽，請妳繼續。」

「妳有任何特別喜愛的嗎？」

「有哪些是關於樹木的嗎？」

白蘭琪小姐眼光向下，沉思了一會兒，然後她說，「有一首是關於在路易斯安那州一棵橡樹的，妳想聽嗎？」

「一定可愛極了。」

她深呼吸了一口氣，像一位演唱家要開口高歌之前所做的一樣。房間另一邊的一扇門緩慢的打開了，這位叫做露西．艾爾肯的女人終於出現了，然後白蘭琪小姐把詩句完全拋諸腦後。

她身上看得見的變化是這樣鮮明，又如此短促，就像看到一片從樹枝頭落到地面上的褐色枯葉，回復到如同春天的新葉般青綠，而且又突然躍回了樹枝上似的。當她立刻快步穿越房間走向艾爾肯太太時，如同一整棵樹倏地冒葉抽芽，整個鮮活翠嫩了起來。也像是辛格頓太太畫中的松樹給接上了枝葉，還有那些可憐凋謝了的花朵重新恢復生氣，玻璃杯中的牛奶像是在一分鐘前才剛倒進去般的新鮮，那隻手也開始活動，馬車開始在田野中前行，那件大衣則從衣鉤子上跳到了某人的肩頭。

「這是希斯太太，親愛的，哈瑞對妳提起過的，」白蘭琪小姐說，夏綠蒂站在那兒感覺到一種愚蠢的衝動，想要躬身曲膝行禮，彷彿她身在歐洲宮廷中，被引見給皇室成員。

艾爾肯太太是個美人，有著女演員還是女歌手在舞台上的那種美貌，或者甚至更勝一籌，但由於這裡到底不是舞台，她並非在扮演某個角色：她從裡到外美的像是一朵花，綻放在莖梗上。

她站著的時候比夏綠蒂矮小，但感覺上似乎要高了許多，許多。她站得挺直而且緊鄰著白蘭琪小姐，你會認爲是白蘭琪小姐使她顯得特別嬌小。亞瑟說過她不是那般飄渺的，她的確不是：她是燁燁生輝的，罩著一件白色長衣和一條粉黃色的披肩。她的秀髮是細薄的白金色，有著鬈曲的細波浪，旣沒有梳到後面，也不是隨意散落下來，而是鬆鬆地用一條緞帶繫在她的頸子後面。

她有一對像瓷器般晶瑩細緻的淡藍色眼珠子，淡得幾乎呈灰色了，她的肌膚——只能從她的臉上看出來，因爲她的長衣裳是高領的，而且在她身上的長度，就像白蘭琪小姐身上的衣服那麼長——有一種如同珍珠、月亮般的半透明光澤，上面沒有一絲線條或皺紋，只是純粹的光滑。

一直到她開口說話，你才會發覺有些事不對勁。不是因爲她說出來的字眼含糊不清，或是句中的意思讓人不易理解，或者是她無法精確地發音。主要是因爲你會感覺到她像是一個夢遊者。夢遊者不知道自己在沉睡中，也不知道他們聽起來像什麼。

艾爾肯太太沒有注意到夏綠蒂，或者白蘭琪小姐對她說的話，她只是繼續高聲地說出自己腦子裡的某些想法。「我記得我是在期待著綠色的，」她木然地說著，平淡的音調。

她的嘴唇蒼白。那對灰藍色的眼珠看來不像在凝視著某些眞正存在在那邊的東西：明亮的眼珠，帶著一種怪異、含蠟般的光滑及過度的明亮光澤。瞳仁也不應該那般放大。她的下巴有一種鬆弛的表情，就像是她得要不斷提醒自己要把嘴巴閉上。這就是她給人的印象。

白蘭琪小姐懂得她的意思，或者她在假裝能理解這些。「橘的好嗎？」

那對眼睛努力嘗試著集中焦點。夢遊者開始知覺到自己正站立著。她的渾沌迷茫並不是一般人偶爾會出現的狀況。而是，你看得出來這本來就是她的日常狀態。「我不喜歡橘子。」

「噢，但是就在昨天，我們收到一封住在佛羅里達的那位女士寫來的信，她說當她回到隔壁來的時候，要爲妳帶一袋橘子來，剛剛從樹上摘下來的新鮮橘子。」

「我不要它們，我不喜歡橘子。」

「那藍的怎麼樣？」

「藍色屬於冬天的。」

「親愛的，現在是冬天。妳要從窗口看看外面的雪景嗎？今天的天氣很可愛，太陽也閃耀著。」

「我不喜歡窗子，」艾爾肯太太說，然後夏綠蒂帶著乍現的理解對著自己說，「嗎啡。那是嗎啡。」

「妳想去休息一會兒嗎？」

艾爾肯太太抬頭看看白蘭琪小姐，隨後閉上雙眼，好似張著雙眸對她來說太累人了。她就這樣轉回去她的房間，如同一位盲人。白蘭琪小姐和她一起走著，抬著一隻手臂在半空中彎曲著，靠近艾爾肯太太的身後，並沒有眞正碰觸到她，而是預防她萬一蹣跚跌倒，彷彿艾爾肯太太是一個才開始學習走路的小娃娃。

白蘭琪小姐轉過頭，對著房間這一端的夏綠蒂小聲地說。「她不應該跑出來的。請妳瞭解。只有很少數的幾個人知道三四〇號這裡的事。」她這麼說話好似害怕夏綠蒂也許會從通道跑回隔壁去，告訴旅館裡的每位客人她在這邊遇到的事，「艾爾肯先生的妻子是個用藥成癮的女人。」

「我是足以被信賴的，」夏綠蒂也小聲地對她說。

模糊不清的說話聲從另一個房間傳過來，盡是白蘭琪小姐的聲音。艾爾肯太太是一個貝殼。

那個在結婚照片中的女人到哪裡去了？消逝了。一股憐憫的浪潮在夏綠蒂心頭昇起。沒有其他方式去描述她。她是一只美麗、半透明的白色貝殼。

嗎啡。夏綠蒂想知道莉莉嬸嬸對此會做何反應。這一定會使她很痛苦。或者她可能完全不知道這回事。

她耳邊還可以聽見莉莉嬸嬸的聲音。「如果任何一位醫務顧問再一次給妳嗎啡的話，我不管他們是基於什麼原因，也不管妳的丈夫、他的父母和其他所有的那些傢伙都不同意我，也不管妳到底覺得有多痛，妳得要告訴他們所有人，我個人會給他們製造出大麻煩，」然後夏綠蒂回答，「可是我喜歡它。」

嗯，她是喜歡的。最初的幾次只有噁心與想吐的感覺，像是懷孕時一樣，但隨後就產生了那種甜美、平靜、壯麗又隱密的快感，安詳與愉悅在瞬間同時浮起，軟化了一切嚴厲不快的事物，那是一種深深沉沉地覺得安全、被保護、完整的感官經驗。

「我不相信撒旦的存在，」莉莉嬸嬸說過，「而且我不需要去相信，只要有這種嗎啡進入完全不需要它的人身上的情況持續存在的話，夏綠蒂，妳不需要它，妳並不是一個瀕死的人。」

「但我是的，」她這麼回答，莉莉嬸嬸可就是打定了主意。那些用嗎啡上癮的人，都是些什麼樣的故事呢？多不勝數的、緊扣心弦的、細節可怕的各種故事。夏綠蒂想不起來其中的任何一個，但她記得聆聽著這些故事，就像那些關於船難的傳說、某些恐怖事件、喪失理智變得瘋狂的人、被活生生地埋葬的人、被放在油裡面煮的人，還有各種無法描述的折磨。妳會以爲莉莉．艾佛生．希斯沒有具備敍述事情的天分，而其實她有，坐在夏綠蒂的床邊，用咒術召喚著每一個可能存在的魔鬼，就好像地獄裡的要角都聚集在陰影底下一般。

也許她之所以會拒絕更多的嗎啡，是因爲如果她不這麼做，嬸嬸會想出更多的故事來。海斯曾經想告訴她，不要再爲夏綠蒂治病了。他嘗試過這麼做，歸根究柢一個病人是不適合有個親戚來做主治醫生的。

莉莉嬸嬸告訴海斯如果他拒絕她，她會設法取得一份證明，好把夏綠蒂送到一家療養院或類似的地方去。她會遣人從波士頓到家中來帶走她，而如此一來，別人對希斯家會作何看法？

夏綠蒂再次眺望窗外的狄奇，他沒有一次抬頭看一眼璧翠蒙旅館以外的任何地方。她想，白蘭琪小姐可以當一位眞正偉大的探員。如果白蘭琪小姐是在外面樓下的那位，街上沒有一件事能夠逃過她的眼睛，而或許也眞正沒有事情在她背後發生。她確實擁有足以對付任何擋她路之物的體型。

我希望我能是個大個子，夏綠蒂想著。她察覺到之前從未在任何一個人身邊感覺如此……如此的什麼？如此安全，她決定這樣說。爲什麼沒有任何一位希斯家的人，能夠讓她有這般感覺？即使是海斯也不能。

噢，他有時會站出來維護她，但不是經常，而且也不是非常可靠的，還有他從來沒有，從未曾有過一次，面對和她意見相左的他的姊姊和她們的丈夫們，以及他的兄長與他們的妻子們，而站在她那一邊。

學校裡的喬治生小姐有一點像白蘭琪小姐，只是在各方面都比較蒼白瘦弱一些，但無論如何，那時的情況是不一樣的；夏綠蒂當時是一個孩子。當妳年紀還小的時候，要遠離許多東西以保持安全，但是當妳年紀再大些時，夏綠蒂想，靠近一位不管怎樣都願意與妳站在同一邊的人，是一件感覺很好的事，有個夠份量的體型及使人信服的能力的人。

整幢公寓甚至比以前更安靜了。站在外面寒冷的街頭上的是狄奇，不是海斯。

當白蘭琪小姐提議她到窗邊來看看時，她曾經以爲那是海斯。她對夏綠蒂說話的音調提高了，不容充耳不聞。我想知道對街的那個男人，是否和妳有任何關聯。

走過整個房間就像是穿越泥濘的沼澤地。她的腿感覺虛弱起來。他們總是如此行事。她想到海斯一定是跟蹤著瑪寶・葛森，就像他跟蹤她的馬兒一樣；而她想像過這樣的畫面，雖然並不願意承認。海斯在雪地裡，穿越整個鎮到大池谷地區，那是他以前從未涉足之處。

他一定要某個管理馬廄的小伙子準備好他的雪橇車；他不騎馬。直接往麵包店那兒去。他恨這種寒冷的天氣。他一定帶著那厚厚的毛皮圍巾。是哪一匹馬跑回家找她的呢？

如果是那匹母馬溫蒂，牠會允許海斯動作輕緩地跟著牠。他也許甚至把牠繫到他的橇上。如果是那匹公馬水星，事情就會錯綜複雜些，因爲牠會知道夏綠蒂正是從海斯這個人的身邊逃開的，而牠也應該做出同樣的事。水星曾經注意到了廣場邊上和海斯在一起的女人。溫蒂從來不注意任何事，除了能夠被允許跑上多快以外。

夏綠蒂問她自己，「如果那是我丈夫在外面，我會怎麼做？」

而答案也就是事實，則是：「我會到他那兒去。」一個糟糕的答案，對她來說也是很可怕的。

她那時幾乎因爲太害怕而不敢望向窗外。她不想走向他。她想。她不想。她想。她不知道。她想走到他面前告訴他，她永遠不要再見到他，她要和他離婚，她做了決定了，而在同一刻她也決定要走到他面前去告訴他，她本來要告訴他的事，是她無法如預期那樣在歐文伯父的守靈儀式上遇見他時打算說的話，就像是這中間並沒有發生過其他事，而她會說，「海斯，我現在好了，而且我很想念你。」

她並不想要嫁給海斯的。她想。她不想。她也許能原諒他，關於那個女人的事，還有他放棄了她的事。她不能。她可以。她可以原諒他關於那個女人的事，但不能原諒他放棄了她。她可以原諒他曾經放棄她，取決於他提供出來的解釋。不行，她不能。

那昨天晚上又怎麼說呢？關於亞瑟在浴室裡，在白色的通道中，她所做的事？她會告訴他關於亞瑟的事嗎？所有的事實？一部分的事實？她幾乎可以聽見白蘭琪小姐大聲說出自己的想法的聲音。她是全然胡言亂語瘋狂了起來？

全世界她最不願意做的事就是回到家裡那幢大房子裡去。最想做的事則是與海斯在一起。不，她最想要的就是不用回去海斯身邊，也不要回去那幢房子，而且就讓所有姓希斯的人（除了莉莉嬸嬸和契斯特伯父，還有幾個年紀沒有大到能引起夏綠蒂的麻煩的姪兒姪女以外）消逝到歷史裡去吧，進入到歷史的煙霧和虛幻中，就像他們那些悽慘的歷史劇一樣。

啊，當發現是狄奇時，那種解脫感是多麼巨大。但是在她心中也有微小的失望衝擊著，也許那並不微小，而她希望把它趕走。

為什麼海斯沒有追過來？為什麼他不跟蹤瑪寶？一個理由是他以為她和莉莉嬸嬸在一起，另一個理由是他已在那封無聊、愚蠢的信裡表達了他的意向，而她眞高興自己燒了那封信，因爲她不想再看它一眼。他會等待，直到她找他來。他明瞭自己的罪。他知道在過去一年左右，他是個差勁的丈夫。他知道她看到了什麼，他和那個女人。非常清楚。像是一樁生意上的交易。一旦他下定決心，就不從他的意向上偏離。

或者也許他不希望她回去。她沒有考慮這一個可能性。

這將使每件事變得簡單。「這將使每一件事變得多麼的簡單，」她對自己說著。它會的。它會嗎？上帝，她想著，她怎麼能再和海斯在一起，當他像一個丈夫般和她在一起時？在某方面，那會是好像在說，「我喜歡生病，喜歡我的雙腿無法移動自如或甚至用它們站立，而此刻我急著想再次做這些事。」

也許她的婚姻就像是痲痺症或某種腦部疾病，也或者它不是。她怎麼可以再一次躺在自己的床上，等待他穿過三道門，越過一整個沙漠，而期望他不要在中間改變主意？如果她想，她得要服用一些婆婆和海斯姊姊總是談到的那種鎭定神經的藥片：「我今天很神經質；必須吃一片那種藥。」

或是嗎啡。

然後白蘭琪小姐又再度出現在這裡了，走到夏綠蒂的身旁來，沉默、倔強、棕色的，一棵樹。有很長一段時間兩人沒有說一句話。一些積雪從一個頂上的窗台或屋簷上垮落下來，像是一個粉狀物的小型瀑布。外面的每一樣東西都是閃亮、發光、白色的，一個由白色與光亮組成的世界。夏綠蒂想像著艾爾肯太太蜷曲著鑽到她的床裡去，像是沉到深海底的小生物一樣。

「那是嗎啡，」白蘭琪小姐說，好似夏綠蒂開口問了她。

「我同情她。」

「是的。」

「她是如何染上它的？」

「最初是因爲一位醫生。有一次從樓梯上摔下時，她的一隻手臂嚴重斷裂，帶給她很大麻煩。有一座她很想登上去看一看的塔，在墨西哥一個小鎮上。她和哈瑞一起去那裡。他沒有到塔上去，因爲有懼高症。她因爲一塊濕地板而滑倒了。樓梯是石頭做的。他帶著她回家，手臂上雖然上了夾板，但痛楚變得更厲害了。那發生在很多很多年以前。但還不只是手臂。她是迷失了，我想，從還是個年輕女孩的時候。」

「她現在是從哪裡取得嗎啡的？」

「她的丈夫從旅館生意中賺到很多錢，希斯太太。」

「但是錢可以用來找個治癒毛病的方法。」

「妳不認爲它就是一個方法？」

「我不知道。」

「錢可以用來治病，希斯太太，」她說。「而現在……」白蘭琪小姐冷冷地抬起一隻手在空中畫一道弧，在揮動中指示出一切。「我們照料她。」

「我嬸嬸知道她的情況嗎？」

「誰是妳的嬸嬸？」

「一位醫生。她偶爾是隔壁的客人。」

「三四〇號認識一位從水城來的女醫生，她對消化器官的問題很有經驗，曾經被找來做診療。」

「那不是我嬸嬸。」

「希斯太太，我們與隔壁並沒有規律的往來。」

「但是妳們認識一位來自佛羅里達州，會帶來橘子的女士。」

「她是個朋友。」

「妳曾經到那邊過嗎？」

「從來沒有，除了在危機出現時過去找艾爾肯先生。」

「他一定是個悲傷的人。」

「噢，但是他知道這會導致怎樣的後果。她曾努力去停下來，妳瞭解的，不只一次，而是好幾次，」白蘭琪小姐說。「但是現在她喪失了嘗試的意願，這可以被視爲幸運之事。」

「妳指的是，被治癒的這件事。」

「是的，如果妳認爲治癒指的是不再是這世界上的一份子。」

「她並不是！」

「我指的是一種肉體上的離開，永遠。」

「死去？」夏綠蒂說。「用她自己的手？」

「我不希望再多說什麼了。我說了比我想說的要來得多了。不過，我不介意有妳的作伴。只要妳希望，可以隨時回到這裡來。妳是一位不尋常、慧眼獨具的女士。」

夏綠蒂不知道那是什麼意思。她不在意對詩人的習慣性稱呼上這點被糾正，但這個是不同的。她害怕去問這個詞，因爲不願意知道她是否被調侃了，就像是家裡的海斯兄姊們——在她生病以前——總是丟出一些放恣的字眼及句子到她身上，經由這種方式拐彎抹角的取笑她。那些句子聽起來香氣四溢，但只是爲了掩飾上面的刺。有多少次他們對海斯說起，他娶她是一個錯誤？一百萬次。但是在她生病以後，那些話就變成眞正的鮮花了。也許他們覺得有罪惡感。

「慧眼獨具，」白蘭琪小姐說，「意指妳不傻，代表妳是十分敏慧的。」

好吧，她應該瞭解白蘭琪小姐是可以信賴的人。敏慧！以前從來沒有人這樣說她。「那麼我想他們必須這樣藏起我來，應該是沒有問題的。妳不想知道原因嗎？」

「隔壁的事情隔壁知道就好了。」

「和我一起到這裡來的男人，亞瑟——妳和他熟嗎？」

「不熟。」

「他人很好。」

白蘭琪小姐給了夏綠蒂一個長久且嚴肅的凝視。「我可以給妳點忠告嗎？」

「噢，是的，當然。」

「如果妳和艾爾肯先生的私人職員發展出任何感情的話，那對妳來說會是個大錯誤且不能獲得滿足的事。這種事以前發生過，它們向來不令人愉快。」

「不會有發生這種事的危險存在，」夏綠蒂很快地回答。隨即她對自己說，「感情。」聽起來就像是某種疾病。感染、苦痛。災難。壞事！爲了換個主題，她說，「妳在三四〇號這裡很久了嗎？」

「許多許多年了。」

「妳以前在做什麼呢？」

「我一輩子都住在波士頓，在不同的區域。」

「但是妳都在做什麼事？」

「我以前，」白蘭琪小姐說，「不快樂。」

「妳是怎麼到這兒來的呢？」

「我回應一個艾爾肯先生登在報紙上的廣告。他要替隔壁找一位管家，但是當我來之後發現到……」

在她的聲音中有某種遲疑停頓。在這個暫停裡，夏綠蒂鼓勵的說著，「妳是指那裡發生的事。妳不喜歡那些鎮壓罪行的人，但妳也不贊同這些事。」

「我要說的是當我來了以後，發現到艾爾肯先生的妻子是這種狀況，我就要求到三四〇號工作。」

「噢。妳仍然不覺得快樂嗎？」

「我現在，」白蘭琪小姐說，「沒有什麼可抱怨的。」

「艾爾肯太太是那樣的美麗。」

「是的。」

「告訴我那首關於一棵樹的詩。」

「我此刻不再有那個情緒了。」

「拜託。」

「我不記得那些字句了。」

「我認爲妳記得的。」

白蘭琪小姐嘆了口氣，猶豫了好長一段時間，夏綠蒂以爲她需要再稍微加點勁催促她，但是隨即冒出了那個肅然穩定的聲音。「『我在路易斯安那看到一棵橡樹成長著，』」白蘭琪小姐說。

妳可以知道這首樹的詩作對她有著特別的意義。而且很容易就能夠推敲出原因。

我在路易斯安那看到一棵橡樹成長著，
它單獨矗立那裡，青苔從枝幹間垂掛下，
沒有任何同伴，它生長於此，吐出歡愉深綠的葉片，
它看來健壯、活潑、不屈，讓我想到我自己，
但是我尋思，它如何吐出歡愉葉片，獨屹那裡，
沒有伴侶一起，我知道我無能做到，
我折下一段小枝，其上一些葉片，還有青苔盤曲纏繞，
然後我帶走它，把它放在目光所及，我的房間。

這些字聽來如此剛剛好，夏綠蒂覺得如果她受到邀請走進白蘭琪小姐的房間裡，她會瞧見那小段長著葉片、帶些青苔的樹枝，就眞實出現在眼前，或許在五斗櫃上，在一杯使它保持鮮活的水杯裡。當白蘭琪小姐從窗口轉過頭，說「那位探員走開了」時，那雙如同她其他部分一樣是棕褐色的眼睛充滿著淚水，沒有流下她的臉龐，只是在那裡，像小水塘一樣、寂然不動，像是辛格頓小姐畫筆下的那些靜止的事物，而且看起來似乎要一直待在那兒，一直待著，就像那樣。

11

接近傍晚的時候，小女僕幽妮絲來接她，兩隻手上都拿著蠟燭，還有兩只放在她的圍裙口袋裡，那是爲了夏綠蒂準備的。她被那通道給嚇壞了，讓夏綠蒂走在她前面，夏綠蒂照做了，沒有費勁去用到那兩只蠟燭；她是帶路的人，那個樣子就好像這一輩子天天都在走這條通道似的。

她問幽妮絲的每一個問題，都得到一個否定的答案。

她想要和艾爾肯先生談一談，可以嗎？不行，他出門去了；他說要去觀賞一場拳擊比賽。他總是看拳賽嗎？不，這似乎是他第一次去。品先生回來了嗎？沒有，他還沒回來。品先生有留言說他晚上要回來嗎？沒有，品先生沒有任何留言。那位來找她的葛森太太，在得知夏綠蒂不會見她以後，有表現出煩惱或甚至是焦躁嗎？沒有，她很好，她很高興能夠與派蒂太太聊天，而且很高興有人能提供她乘坐一輛有篷的小馬車回家。

她會被帶回到同一間房間嗎？不會。她的嬸嬸回到醫院去了嗎？不，還沒有。幽妮絲有見到她嬸嬸並與她說到話嗎？沒有，不過那位夏綠蒂還沒有見過、看起來也不會見到的總管家福斯太太，和她嬸嬸有過簡短的談話，之後告訴所有的女僕不要去打擾醫生，因爲她無精打采、心情低沉又完全累壞了。

總管家對永遠不想見面的客人，有一套判定標準嗎？沒有，沒有什麼特別的，只有這一次。總管家說了理由嗎？沒有，不過可以推測出來，也許是與和法律那邊來的不愉快有關，還有那個煩人的、干涉別人家務事的葛森太太的造訪，以及她帶來的要求。

噢！總管家認爲調查員這回事和葛森太太都是夏綠蒂的錯，是故意的，就像帶來某些惡意的力量，就像她本身帶著壞運氣，壞運氣和一整個世界的麻煩，但是這對她而言，實在是一個不公平的懷疑？不是這樣的，嗯，不確然是這樣的，沒有這麼多字來形容。每個人都恨她，恨夏綠蒂，在通道那頭是否有一片憤恨的毒雲正等著她嗎？不，當然沒有，沒有人曾經憎恨過客人；那是不被允許的。

有任何人和醫生在一起嗎？這是一個可以回答的問題嗎？不，不能回答這個問題；有規定的。夏綠蒂的東西怎麼辦呢？外套、提包，她可以從莫克西里那邊拿回東西嗎？不用，不需要；所有東西都已經在新房間裡面了。

她是在與辛格頓太太同一層樓的房間嗎？不是的，她要去二樓最底端的六號房，而且她不該離開房間四處走動，請幫這個忙，除了去找想見她的派蒂太太以外，而且請她使用後面的樓梯下樓到廚房去。

孩子們！她答應蘇菲和摩摩今天會與他們見面。她完全忘記了，而現在她完全忘記了全部其他的事。

她匆忙穿過那道暗門走出來，把沒有用過的蠟燭丟還給幽妮絲，找到正確的門，立刻下樓到廚房去，好像腳不沾地似的跑下樓梯，感覺她像是在飛一樣。直到到了底層後，她才瞭解到這是她第一次跑下一道樓梯——或是做任何跑步的動作——從很久很久以來。實在令人驚訝她的雙腿似乎還記得如何操作。

她停下來屏息凝神，等待著從大腿和以下的肌肉傳來的顫抖，那種被激怒的反應，她肯定這些馬上會來到：抖動與無力，伴隨著痙攣和隨後的凹陷。這些卻都沒有發生。肌肉好似在對她說，「再多一些，拜託，再來一次，」如同它們才剛剛準備好蓄勢待發。從很久以前離開喬治生小姐的學校後，她就未曾再有這樣的感覺了。

這間廚房碩大無比，有著濕漉漉的石頭牆；一張高、長、平滑木質的做準備工作的桌子；鍋子吊在天花板上的鉤子上晃動著；一對放雜物的五斗櫃，有許多抽屜看起來又大又重；一個幾乎和浴缸差不多大的水槽；一道開著的後門通往洗衣間，放進一些熱且帶著肥皂氣味的蒸氣；另一道也是開著的門，在晾衣間裡展示著掛在繩子上的床單，氣氛詭異且靜止；一座龐大的黑爐子正全力工作著；一個開口的爐床內有磚石的內壁，供烤東西用的，小鍋子正放在火舌上的架子上面；兩個女僕來來回回地跑著；派蒂太太和另一位不認識的女人在桌子附近。

「我跑下來的！」夏綠蒂期待派蒂太太會丟下手邊的工作來對這消息做出欣賞的反應。但她只有輕微的看了她一眼、注意了她一下，就像夏綠蒂的出現只是引人分心且不受歡迎。她到底在做什麼？

派蒂太太穿著她的大衣，正在把一些東西放進一個木盒子裡：刀、平鍋、調碗、圍裙、抹布、長把調匙。夏綠蒂認得出這些玩意兒，以前在家裡的那間廚房看過。

現在木盒傳到一名女僕手上，她拿著它匆忙走到門口去。她打開門，外面是一片霧茫茫的寒冷，一些雪花吹了進來，還有一匹不安分的馬在嘶鳴著。派蒂太太倉促檢視著大五斗櫃的抽屜，把東西放進她的大衣口袋和掛在手臂上的拼布袋子裡，那是她離開大房子時帶的同一個袋子。女僕空著手回來，把門打開一些，並不是因爲她沒盡好責任。那扇門開著，是因爲好讓人能夠迅速動身啓程。

「妳要去哪裡？發生了什麼事？」夏綠蒂喊著。

「她要離開了，」另外一位女人說，她一直心平氣和地站在那裡：一位小個子、微胖，擁有那種主婦型撐持他人的平靜與力量的女人，穿著一件暗色的羊毛外套。她的脖子上紮著一條圍巾；手上戴著手套；帽子是一頂暗色、寬邊的毛氈圍帽，有些過大且低低地蓋住她的頭，像是護盔一般。雖然這是一名女子，但她使你立刻聯想到一名軍人，一名指揮官。

「妳是福斯太太嗎?」

「我是芬妮・法門,」女人回答。「派蒂太太的朋友。」

「但我也是她的朋友,我想要知道發生了什麼事。」

法門小姐對夏綠蒂悲傷的微笑著,好似爲她感到難過。這裡有另一道通往廚房的樓梯,可以連接到旅館的前廳,就是派蒂太太那個晚上急忙跑上去的同樣的一道樓梯——此刻感覺起來好像是很久以前的事了——當夏綠蒂被艾佛瑞特・葛森送到璧翠蒙來的那個時候。這道樓梯的一部分樓面被半牆擋了起來,牆上掛了更多的廚房用具;當某個人下樓的時候,就有可能先隱身停在那裡,探頭看看下面廚房裡的動靜。

從那道樓梯上,走下來一位裝扮優雅的青年,穿著像是要去聆賞歌劇的服裝,一套時髦的英國西裝,有著緊身外套和漂亮的條紋長褲。一件美麗的冬天大衣搭在他的肩頭,袖子部分在兩側晃盪著;他像穿一件斗篷似的穿著這件大衣,而夏綠蒂認得那是海豹皮製的,因爲她公公就有一件類似的。

他是那個晚上她看到與莉莉嬸嬸在一起的男人,而在這個悶熱封閉的廚房裡,如此突然地出現在眼前,他看起來甚至比在暗淡的油燈光線下、穿著睡衣時,更來得光采奪目。

那位天使般的數學教授!他幾乎完全沒有注意到夏綠蒂,徑直地走向法門小姐,讓她挽著他的手臂,而此時樓梯上端響起輕微的腳步聲,引得夏綠蒂抬頭張望。

亞瑟在那兒，悄悄地往下看，準備好要隨時躲藏起來。夏綠蒂先瞧見他的鼻子，然後是下巴，然後是臉龐的其他部分；從他瞥視的目光中，她知道他站在那裡唯一想看到的人正是她，而他看起來十分擔心的樣子。

她的眼光遇上了他的。擔心的表情消失了。他的唇描繪出無聲的字，而她清楚瞭解它們，彷彿他說了出來，彷彿他喊了出來。「我會在樓上等妳。二樓。」

她很快地點了一下頭，而派蒂太太在和夏綠蒂說話的當兒，發現了她的動作。「妳看到了什麼人？」

「沒有人，」夏綠蒂說。

派蒂太太背對著樓梯，當她轉過身時，亞瑟已經離開了。

夏綠蒂的一顆心在她的胸腔裡狂跳起來的方式，像是要炸開來似的，正像是當她騎著馬或駕著一部雪橇，還是一部馬車，風吹打過她的臉龐與髮絲時，心也如此這般跳著，快速又激烈。

那是她盡所能使自己待在原處而不是猛跑去緊跟在他身後的方式。她覺得自己在與他相處的這回事上，絕對沒有絲毫的決定權，也不是位於一個合乎邏輯、精密思考的態度上。她想到了她的馬兒，當牠們急欲撒開腿飛奔，而她卻把牠們拉轉回來的時候，牠們會用一種憤慨的眼光盯著她，特別是那一匹公馬，就好像她是地球上最愚蠢、最殘酷的生物；而且牠們會輕搖著頭，試著將韁繩咬斷好離她而去。「高大的前額，在雙耳間寬闊展開，」夏綠蒂想著。白蘭琪小姐的聲音在腦海中迴響著。「四肢的毛皮水亮且柔軟，尾巴掃拂著地面，雙眸閃爍精練光輝，兩耳修剪齊整，敏銳的移動。」

「和我們一起來吧，夏綠蒂，」派蒂太太說。

她扣起大衣上的扣子。優雅美麗的教授正與法門小姐一起走出門去，他們轉回頭向夏綠蒂微笑，好像派蒂太太的邀請需要他們的確認。夏綠蒂記得亞瑟和派蒂太太的談論中，提及法門小姐曾經中風過，或者那是小兒痲痺？她看起來健康的不得了，雖然的確微微地拖曳著一條腿，而且比一位能夠自主地控制身體的女子，要稍微用力點的傾靠著她的護花使者。

「我婆婆說妳的烹飪食譜是一位天才的作品，她從未對任何人說過任何好話，而且除非必要，她甚至不會說任何話，」夏綠蒂喊著。

「啊，謝謝妳，」法門小姐說。

夏綠蒂轉向派蒂太太。「來了！上哪裡去？」

「我們要搭船去新罕布夏。法門小姐一位烹飪學校裡認識的朋友在那兒有家小旅店，而她的對外開放的廚房經營得相當成功，她需要幫手。」

「船上會相當地冷的，派蒂太太。」

「他們有一個有暖氣的船艙。」

「還會遇上冰山！」

「在新英格蘭海岸是沒有冰山的。」

「天馬上要黑了！」

「有燈的。夏綠蒂，來吧。孩子們已經先和喬琪娜一起離開上船去了。妳與丈夫之間發生的事，我沒有問但看得出很嚴重。我並不覺得驚訝。妳不會是第一個覺得有需要一定要離開丈夫身邊的女人。」

「爲什麼妳不覺得驚訝？」

派蒂太太重重地嘆了一口氣，說話的聲調帶有認爲夏綠蒂是個笨小孩的暗示。「不驚訝是因爲我不覺得驚訝。在法門小姐朋友開的旅店裡，妳可以擁有自己的房間，想住多久都可以。而且它是一個一般的旅店，不像這裡。一間正常、正常不過的旅店。他們告訴我那是一個漂亮的城鎮，波茲茅斯，在海邊上，而妳愛海。不要否認。」

「但是妳沒有說爲什麼會變成這樣。」

「孩子們被學校開除了。」

「亞瑟說泰倫斯知道另一間學校。」

「它只收女孩子。我的女兒和兒子是不能夠被拆開的。」

有一些派蒂太太沒有說出來的事情。夏綠蒂謹慎地看著她，說：「還有什麼其他的事？」

「這是所有妳需要知道的。」

「還有其他的！」

「好吧。是防堵罪行協會的人。法門小姐收到一封信——一封匿名信，我得要加上這句——來自一位幫忙她寫那本烹飪食譜的助手之一，她覺得要對烹飪學校忠誠，但也必須小心注意自己所處的位置。她在一個有一名罪行協會女會員居住的房子裡，聽到她們討論著要把孩子們從我身邊帶走，把他們帶去兒童慈善協會。」

「那是什麼？」

「另外一個協會組織。如果有一位母親酗酒，或者是讓我們說這樣說，道德上不嚴謹，這樣的母親就會使協會的人來把她的孩子帶走。他們似乎覺得旅館不是個養孩子的好地方，而且夏綠蒂妳從來沒問過我這一點，我很感激，不過妳當然已經注意到了，我的確沒有一個丈夫。」

夏綠蒂做了個動作好拖延這無法避免的事。「就算我那時問了，妳也不會告訴我任何事的。」

「也許不會，在妳來這兒以前不會。我在希斯家時，雖然有三個小孩跟我，但似乎以前我並沒有一個這麼多事的人生，這一點是讓人舒服的。」

「艾爾肯先生怎麼說？」

「我給了通知，立刻生效。他會和他們一起去船上道別。他非常喜愛他們，妳知道的。而且妳會再見到他，他很快就會去拜訪我們。」

夏綠蒂聽出派蒂太太聲音中的一絲變化。她一直以來的印象裡，哈瑞．艾爾肯與派蒂太太私底下厭惡對方，但在工作上卻敬重彼此。錯了！而且她的表情也不致使人誤會下去。

「他到底有多喜愛那些孩子們？」

「我得走了，夏綠蒂。」

「那他的妻子呢？」

「露西，」派蒂太太說，「一天又一天，她完全不知道她的丈夫是坐在她旁邊的椅子上，還是去了月球的另一邊。」

「我見到她了。」

「那麼，所以妳是知道了。」

他們在外面叫她。「派蒂太太！快來！快來！」

「派蒂太太，」夏綠蒂說。「在妳到希斯家以前，妳在哪裡？」

「怎麼會這樣問，我可以告訴妳的，我就在這裡，」她回答。「我離開只是因爲孩子們想要在鄉下或是個小鎮裡生活，女孩那時正被這個以前的那所學校裡趕出來。」

「而慈善協會那時也在盯著妳？」

「不像現在這麼積極。莉莉認爲希斯家對我們正好合適，特別是妳，還有她想如果孩子們對那兒全家人沒有好處的話，當然並沒有什麼好處，至少對妳是會有好處的。」

莉莉嬸嬸，夏綠蒂帶著一聲呻吟想著。每一處妳去的地方，每轉過一個彎，她都在那兒。

「快點上樓去，夏綠蒂，拿妳的大衣和其他的東西，或者我可以派一名女僕去。」

「喬琪娜和你一起去嗎？」

「不，她會回來這裡主理事情。沒有我她也做得夠好了。」

「新罕布夏，」夏綠蒂說。

她向後靠著那張長條木桌支撐著自己，以免萬一覺得虛弱無力。在內心深處，她想像著亞瑟走上二樓的情景。她想像著他肩膀的弧線、他的後腰、他膝蓋的轉彎處，他小腿、胸膛和下巴上的那些毛茸茸的軟毛。她想像著他走進一間房間，一間不同的房間，她自己的，不是暫時從莉莉嬸嬸那兒接收下來的，她再想像著他脫下他的夾克、他的背心、他的襯衫。她想像他撥弄著爐火並拉上窗簾，如果還沒有被拉上的話。

「我已經去過新罕布夏，」夏綠蒂說。她知道，那是個可笑的理由，但那是唯一一個她可以想到的。「當我從學校畢業以後，在那裡的學校得到一個短期職位，而既然我離開過那裡，派蒂太太，我看不到有任何原因該回去。」

所有一切都沉靜下來：女僕的談笑聲，她們走到旁邊的洗碗間去了；爐火；在鍋子裡煮著的東西；水槽那兒水籠頭的滴滴答答聲，似乎也突然間在滴落的中途靜止住了。甚至牆上的鐘似乎也停下了答答的計時聲。

「蘿薇娜，」外面傳來一個聲音。「蘿薇娜，馬上出來到這裡來，否則我們要丟下妳自己去搭船了，而妳的孩子會以爲他們變成了孤兒！」

「那是法門小姐，」派蒂太太說。

「妳說過她十分善於下命令，像一位將軍，」夏綠蒂說。「蘿薇娜，我以前不知道妳的名字。」

「現在妳知道了，而我現在要暫時說再見了，當我們彼此再見面時，不用麻煩自己多加一個『太太』的字眼來稱呼我，反正我也不是一位太太，」派蒂太太執拗地說著，完全沒有背叛自己的感覺。她把夏綠蒂拉近她，給她個擁抱並親吻她。「過一陣來吧。哈瑞會有地址的。」

「等一下，」夏綠蒂說。派蒂太太轉過頭來。「哪一個孩子是他的？」

「女孩兒。」

「摩摩和愛笛絲呢？」

「這個，」派蒂太太說，「只有上帝才知道。」

「謝謝妳告訴我這些。再見。告訴孩子們——」

然而派蒂太太已經出門去了。「告訴孩子們，我羨慕他們擁有這樣的母親，而且我將會再一次的非常想念他們，還有她，」夏綠蒂悄悄地低語著。

她靠著桌子在那兒站了好長的一段時間，聽著一輛雪橇車與它的馬兒的聲響，當它離開上路時，鈴鐺放肆的叮咚響著。她等待著，直到聽不見它們了，然後她甩了甩頭，回到後面的樓梯，以比她剛才跑下來時甚至更快的速度跑了上去。

12

亞瑟帶來了晚餐，不是從廚房帶來的，而是從劍橋哈特佛廣場的一家店裡買來的：酥脆的外皮，內餡豐富的肉派酥塔，一派雄性風味，全部都是牛肉餡。夏綠蒂沒有說它們比不上派蒂太太做的肉派可口。也沒有說她吃了一個肉派當午餐，也沒有說她十分在意嚥下冰冷的派。她也沒提派裡的鹽放得太多了，或是應該只放半數的月桂葉。他們坐在床上吃著這些肉派。

他也買來了一瓶酒，不是海斯喜歡的那種水果味很重的，而是比較澀、口感較薄的一種。它嚐起來是苦的，直到她再多喝了一點，習慣了它的味道之後變得非常喜歡它。這個房間裡儲放了酒杯和餐巾，但是沒有盤子或銀製餐具。她以前從來沒有用手吃過一餐飯，碎屑從她的下巴上滑落下來，掉在胸前、大腿上，以及床上。就算是去野餐，希斯家都堅持要使用上好的銀製餐具。

「亞瑟，」她說，當他吃完了兩個派，正要伸手去拿第三個時，「你和多少個女人，你知道的，一起在這裡過？」

「五千個。」

「我想要知道。」

他說，「那不是一件需要討論的事情。」

「這是一項規定嗎？」

「事實上，它是的。」

「三十位？」夏綠蒂說。「一百位？」

「如果我告訴妳，妳是第一位呢？」

「我不會相信你的。」

「那我就不會說。」

他們第一次做愛時，就在昨天晚上，是緩慢且溫柔的。小心翼翼地，甚至像是行走在樹林中，來到一座木橋前，橋架在一條又深又冷、沒有人要脫了鞋涉水走過的河面上。你不知道橋的木頭是否腐朽了，綁住那些原木的繩索是否能夠支持得住。你惶恐的踏出每一步，就是不敢快跑過去。

第二次，也是在昨天晚上，更像是在一大團蒸騰爆發的氣體中來到橋前，放開大步奔跑過去。第三次也差不多是如此。

第四次，開始於夏綠蒂這回進到房間的那一瞬間，她發現他躺在床上等著她，身上完全沒有著衣，連一片布一根線都沒有，這一次根本不必用到橋了，而是以更高層級的蒸氣——整個河面翻攪震動，波浪四濺——縱身而入。前三次，亞瑟用了他的套子，但第四次沒有。他告訴她當不用套子的時候，有幾種方法可以確定那些內充物不會到她的身體裡去。他是這樣用字遣詞的。

內充物。聽起來像是屬於一個枕頭還是一條香腸裡面的東西，或是櫥櫃上的一個抽屜，妳把無處可放的東西全都放在那裡。在第二次和第三次以後，他用一條毛巾把那些東西從她的肚皮上擦拭掉——半凝結狀的液體般的內充物，在她用指尖去觸摸時，感覺上像是令人討厭的、滲漏出來的玩意兒。

「在英國和德國有一些理論家，」他告訴她，「他們相信人類的緣起是在沼澤底部的一些黏液中，也許經由岩石沉澱下來，而這些岩石是從別的星球落到地球上，滿附著細菌，在撞擊地面時碎裂開來。」

這聽起來眞使人混亂。難怪寫聖經的人要想出一個亞當的故事來，只需要上帝的呼吸吹在一塊乾淨的泥土上。

亞瑟不知道關於那三次受了孕的事，她和海斯的孩子。但她想要去提及它。「我從我丈夫那兒懷過三次孕，但全都沒有結果，」她告訴他。「我不能保住孩子。」

「那對妳來說，一定是個很可怕的經歷。」

「那眞是血腥，我並不羞於如此說。每一次都顯得更糟。之後沒有人願意看到我。」

「我會看妳，」他說。他不願意聽到有關海斯的事情。

現在壁爐中的爐火漸漸弱了下來；煤存量不多，但也還好。這裡有一個水罐和一些喝水的玻璃杯。這間房間甚至比莉莉嬸嬸的那間更小，而且沒有任何辛格頓小姐的畫，只有一些大幅的水彩畫，畫面裡是一些人物在不同的天候狀況中，全是波士頓當地的取景：公園邊的垂蒙特街，一名黑衣男子與他撐在頭頂上的大黑傘掙扎著，因爲正在下著大雨；一名女子在陽光下在公共花園的天鵝池邊採著鮮花，這其實是違法的；一名女子與一名小女孩走在公共圖書館的石階上，而且一定在裡面待有一段相當長的時間了，因爲身上穿的仍然是秋季的衣服，外面則有場暴風雪，階梯上推著高高的雪。

圖畫中的人物看起來沉悶、毫無生氣，身處於他們周遭當下的環境裡，他們似乎並不眞正擁有生命，好像他們只是存在畫面上，但也許因爲重點是那些地景座標，以及天候的影響。無論如何，這是一個視覺上的喘息空檔，不必去端詳辛格頓小姐的作品。她的畫作不會讓自己淪爲背景裡的事物。它們會掛在那裡，要求被接受當作整個房間裡最重要的物件。

夏綠蒂用堅定的語氣對著自己說，像是要說服她自己，「也許他和兩百個人，還是一打，或是兩個人，我都不在乎，我不要去想這件事了。」

酒！它使她天旋地轉。上一次她喝酒是在契斯特伯父和莉莉嬸嬸布魯克萊的家中，爲了慶祝家族裡的事兒，週年慶還是生日。在她喝完第二杯以後，海斯在眾人面前說，「夏綠蒂，對妳來說這很足夠了。」

契斯特伯父一定從她臉上的表情注意到了，她準備要拿起最靠近的東西——一碗蘋果泥，是爲了烤肉準備的配料——然後到她丈夫旁邊去，把整碗的東西倒在他頭上。

無法想像希斯家的一員，特別是晚餐宴會的主人，會從餐桌邊起身走開，但這就是契斯特·希斯——罪犯的辯護律師，一本關於外國人權利的書的作者，現在是位法官了——當時所做的事。

「跟我一起來，夏綠蒂，我要給妳看一些東西。」他們到他寬大、滿放著書、許多皮製家具的書房裡，一個亂極了的地方：是她所見過的有僕人的房子中，最不整潔的例子。到處都有雪茄留下的灰；空氣聞起來就像是塞在一隻大雪茄裡面。紙片丟得四處都是，沒有洗的茶杯，書在地板上堆得高高的，還有看起來有半世紀沒有清洗過的厚重窗帘。契斯特伯父不准任何人走進這間房間的怪癖是出了名的。他走到小酒櫃拿出一瓶與晚餐桌上擺著的一模一樣的酒。

他把它放到她的手中。「妳願意回去把這個放在妳那，然後請僕人爲妳打開它？妳還可以對我那變得有些索然無味了的姪子說，上帝保佑他，『這是契斯特的家，而這是他給我的禮物，我要隨我自己的興致喝它』？」

「我要用這瓶酒打他的頭。」

「除了這個以外。」

「不用了，謝謝你。反正我不想再多喝了。」

而就在那時他對她做了承諾，嗯，是重新承諾一次他在她結婚典禮舉行的那天所說的，當時他安靜地從其他的希斯家族成員中間單獨向她走來，拿起了她的手，注視著她的眼睛——這個男人中的能人，蓄著灰黑色的大鬍子，蓋住了他臉孔的絕大部分，他小小的深色眼睛和小小的鼻子與嘴唇，圓圓紅紅的，看起來像是後來添上去的附加物，好像一向只是在扮演著次要角色。

他告訴她他會如愛一名姪女兒一樣的愛她，他歡迎她，他高興到血管中的每一滴血裡面去，看到海斯有所轉變，做了一件料想不到的卓越之事，就是娶了她；而他契斯特，可以在任何時間、以任何方式、爲任何事，被夏綠蒂召喚，如果她需要他的付出、給予，他會去做這些事，就像爲了自己的孩子一樣，他和莉莉嬸嬸並沒有孩子，不過他也不是對此有所抱怨。

她十分感動，但那天是她的婚禮，頭整天都在暈頭轉向：有太多其他的事要注意了。這回在書房裡，她是十分全神貫注的。

他提醒她他曾經說過的話；他告訴她可以把他當朋友般地信賴及依靠。那是一個莊嚴的片刻，她捏捏他的手並感謝他，讓他親吻她的臉頰，帶來一陣擦痛感——那些鬍子是粗糙、扎人的；可憐的莉莉嬸嬸。而一會兒之後，她忘記海斯曾在桌子的那一頭對她下命令，還用他的方式監督她，而且總是位在掌管控制她的立場上，當她不停對海斯說，「不要總是觀察我，海斯。」

「妳在想什麼？」亞瑟說。

「我的一位伯父，」夏綠蒂說。

「用哪一種方式？」

夏綠蒂想著在他的書桌前的契斯特・希斯，在他看起來像是被災難侵襲過的書房裡。也許此刻他正坐在那裡，獨自一人在那幢大房子裡。誰能夠說得清楚丈夫與妻子之間的事情呢？當他娶莉莉嬸嬸時，她已經有所成就，有她自己的診所、住處、聲譽、朋友圈。當時有一樁醜聞在流傳著，因爲希斯家族在極力促成另一種姻緣組合，除了海斯以外，只要他願意，他是可以擁有獨立的立場的；他眞的可以，而且不單單只是在娶夏綠蒂這一件事上。

契斯特本來應該去迎娶一位住在鄰近城鎮、父親和鐵路事業有關的年輕許多的女士：她像瓷器娃娃一般漂亮，穿著一直裹到她脖子上的緊身馬甲，根據海斯的形容，就像一個糖果盒裡有個腦袋，這般形容實在太過嚴厲了，夏綠蒂這樣想，直到她發現（從海斯那邊）家裡爲海斯的新娘所做的第一選擇，也正是那位女士。

總而言之，所有人都極力反對莉莉和契斯特的婚姻，包括海斯在內，因爲第一，沒有人喜歡莉莉，她個子高大、說話大聲、太專業、不夠女性化；在家族裡加進一位醫生是好事，但是女醫生仍然應該是一位女士，他們如此認爲，而不是衝進別人的屋子裡和病床上去，表現得像在甲板上與畜牧的牛群中工作的男人一樣粗魯、大膽、獨斷。

而每個人都習慣於把契斯特・希斯視作單身漢，一個比較喜歡有著其他男人作伴的人，特別是其他的律師作伴，或是那些整個生存狀態以某些方式皆與法庭、審判和辯護這些事緊緊相關的人，或是寫有關這些事的人。契斯特伯父說過，如果你想不到其他的事來與波士頓的任何一位法律人談話的話，不論是在派對上還是跳舞的場合，你可以安全地以這個問題來展開對話，「你的書進行得如何？」

也許莉莉嬸嬸的丈夫對旅館的事有所知聞，也許他無所知。這與他人無關，眞的，除了他們自己之外。爲什麼這應該與其他人有關？

一名醫生是有必要保持受人尊敬，但是當妳需要一名醫生時，不會去計較他是否是地球上道德最糟的人，只要妳能確知他不是殺人犯；妳所需要的是他能夠解除病痛。一名法官則就不同了。夏綠蒂想知道那些罪行協會的會員，對一位在生活中確實存在有需要隱藏之事實的法官，有什麼樣的想法。

但這難道不是件自然不過的事嗎？爲什麼一個人的生命眞貌應該要明顯可見，完全浮在表面，像是一塊碩大無比的巨石在一片空曠平坦的原野上，多少哩外都可以看見，而其實更接近事實的是——如果一個人的存在眞的像一塊巨石的話——四分之三的石頭，也許更多的部分會是在地面下，在肉眼不能及的地方連結到事物的核心，爲了很好的理由？

「那是一位我應該用整個生命去信任的伯父。事實上，」夏綠蒂說，「我在想要寫一封信給他。」

「現在？」

「是的。」身無片縷地寫這封信，似乎不太對勁，因此她伸手去拿亞瑟的襯衫，不同的一件，柔軟的、有條紋的法蘭絨質料。

「女士們應該可以穿這樣的衣服，」她說。

「妳可以，如果妳喜歡的話。」

「我懷疑我能夠穿著它出門，到這幢建築物外面去。」

「它是西爾斯・洛巴克的出品，」亞瑟說。「我父親去世以後，他們給我一個終身帳戶，可以用折扣價購買東西。」

當他在說話時，夏綠蒂正準備把一隻手臂穿進袖子裡去。她停了下來，尋找著襯衫上的標籤。她看著領子裡面、兩隻袖子裡面、還有條紋上，假設製造商的名字會用線繡在那裡，這眞是一個傻念頭；但是她就是忍不住要這樣做。「妳在做什麼，夏綠蒂？」

「檢查。」她之前不認識任何穿西爾斯・洛巴克衣服的人。「你把標籤剪掉了嗎？」

「有時候，如果它們把我弄得不舒服。」

「嗯，我需要一些紙。還要一個信封、墨水以及用來寫字的東西。」

謹愼或者也許是因爲有風從窗子吹進來，雖然窗簾是拉起來的，當他從床上爬起來時，亞瑟用一條毛毯裹著身體。他翻尋著床邊小桌的抽屜，找出了一個皮製的文具夾，上面用美麗的燙金字體印著，璧翠蒙：優雅仕女的私密旅館。

「我不能用有名稱在上面的信紙，亞瑟。」

「信紙上是空白的。哈瑞．艾爾肯是很細心的人，我告訴過妳。」

他是對的，裡面還有郵票和一枝高尙、昂貴的筆，與一瓶新的墨水瓶。她坐在床邊，把那張小桌子當作書桌。

「妳會告訴我在寫信給誰嗎？」

「當我寫完時，你自己可以讀這封信。」

「我不會閱讀他人的信件。」

她在收信人的地方寫上契斯特．希斯，和他在布魯克萊的房子地址，而沒有透露任何她所在之處的蛛絲馬跡。

「親愛的契斯特伯父，

「首先我想要說我很懊悔不能去參加歐文伯父的葬禮。並不是我故意怠惰。我很難過他過世了。當我在以後的歲月中想到他時，我一定會的，會把他想成法斯塔夫，他最好的一個角色，美國的法斯塔夫，但是更聰明——而且更富有，我可以加上這一句。我確定你可以瞭解我的感傷。

「除此之外，我寫這封信的真正原因還有：你曾經提供我在身陷麻煩時，願意助我一臂之力的意願，如果我需要你的話。我需要的。不要擔心我的安全或是健康。我停留在一個不能透露的地點，也還不知道會待多久。我很安全。我很好。我的病已經是一件過去的事情了。

「請求你做以下的事。我給予你我的信任，像你曾經對我承諾過的一樣。沒有其他的人可以知曉這件事。

「我希望你去僱用一名偵探。有人告訴我平克頓是一家極好的公司。你會需要預先把費用放在我名下，至少目前需要如此。我現在沒有辦法動用我的金錢。當我可以時，我不會介意支出，不論那筆花費是多大。

「在康乃狄克州的哈特佛有一對夫婦，名字是勞夫與佛羅倫絲‧品，品先生曾經是西爾斯‧洛巴克在新英格蘭區的代理，擁有一間在哈特佛的辦公室。他死於——」

夏綠蒂抬頭看著亞瑟。他站在火爐邊，木然地對著火燄的方向揮動著毛毯的一角，似乎夏綠蒂剛才這般煩擾他，而現在他覺得極度無聊，想讓自己惹火上身。

「噢，停止那種動作，」她說，「過來告訴我，你父親是多久以前死的。」

「我父親？妳在說些什麼？妳在寫信給誰？寫些什麼事情？」

「我寫完時會念給你聽。」

「我不會告訴妳關於我家裡的任何其他事，或是關於其他任何事的任何消息。」

「你聽起來就像對派蒂太太說話的我。」

「我感覺到了。她離開了。她要妳和她一起去。」

「我沒有。」

「爲什麼？」

「因爲，」夏綠蒂說。她不能說出原因。「因爲我要寫這樣一封信。」

「他在我十五歲那一年死的。」

她察覺到她並不知道他的年紀。「你幾歲？」

「三十七。」

「對讀大學來說，是不是年紀大了些？」

「我一邊在讀醫學系的課程。」

「但仍然是大了一些。」

「好吧，我承認，看起來它花了我很長一段時間。」

「我猜想你認爲這段時間是你有權力取得的。」

「妳論斷我！」

「我沒有。我也不想和你爭論。如果我想和一個男人爭論，我就會——」她就要脫口而出，「留在家裡了，」但她想算了，又回頭繼續寫起信來。

「……大約十一年前。品太太從事教育工作。」

她需要一些地方的名稱。「亞瑟，妳母親學校的名稱是什麼，她做校長的那一間？」

「我不記得。」

「你說話像個小男孩。」

「我們回到床上去吧。」

「這非常重要。」

「我不記得了，這是老實話。」

誰關心那個學校的名稱到底是什麼？讓那名偵探去找出來好了。

「她是一位出名的教師，」夏綠蒂寫著，「而且她發表文章，並在大學裡教書。很多年前，在她丈夫過世以前，品太太失蹤了，而且從此沒有她的消息。」

「亞瑟，我要知道你母親曾經交給你，要你寫信給她的那個地址。」

他此刻已經回到床上，在她的背後從她肩後看著信的內容。他沒有說一句話。她不能看見他的臉孔。他的氣息在她的頸子上吹拂著，溫暖的。

「不幸的是，不知道地址，」她寫著，「請指示這名偵探進行謹慎的調查，關於第一、品太太失蹤的原因，與第二、盡一切可能的努力去確定她的所在，如果仍然活在人世的話。如果她不在了，我希望知道她的埋骨所在地。」

夏綠蒂想寫下那最後一句，一定看起來很無情。但這是一個需現實以對的事情。一個人必須不帶情緒的處理生意上相關的事宜。而如果她在等待亞瑟的反應，結果是失望的。

「還有另外一件事。我想要對我丈夫進行調查。我希望知道他和哪一位女人有了婚外情。我希望得知她的姓名，她的詳盡資料。簡單來說，就是找得到的關於她的、可以用來瞭解她的一切。我明白根據以上的兩種狀況，需要不只一位偵探來進行工作。

「到現在你一定知道，我離開海斯了。請在情況許可下，盡快地開始著手。這是最緊要的。不用再等我的消息，開始進行吧。我也無法提供更多的資料了。我很快的會再寫信給你，看看事情的進展。

「你的姪女，夏綠蒂。」

她把信紙裝進信封裡，封好，貼上郵票。「我替妳寄，」亞瑟說，試著把信從她手中拿走。

「你不能。怎麼樣可以找女僕上來？」

「妳在這裡差不多一星期了，」他說。「我以爲妳已經知道了。」

「不論何時我需要幽妮絲時，她總是會出現。」

靠窗邊的牆上有一個拉鈴。亞瑟坐在床中間，把毯子拉高蓋住頭，好似願意把自己悶死。

她拉鈴找女僕進來。

「妳在懷疑我，夏綠蒂。」他的聲音在毯子下面低沉又模糊不清。他聽起來是受到傷害了。「我對妳坦白說出我的過去，而妳在猜想是否是編造出來的，因爲什麼我甚至無法想像的理由。妳怎麼可以這樣做？」

「我沒有在懷疑你，」她說。

她找到裝著從葛森那兒借來的錢的錢包，從裡面拿出一塊錢。沒有多久，幽妮絲就上樓來了，帶著一桶子煤和另一條毛毯。她反正是要上樓到這兒來，夏綠蒂並沒有要求她送這些東西來。

夏綠蒂把門打開到一個夠寬的空間，正好可以把這些東西接過來。「替我把這個寄掉，幽妮絲，立刻，拜託。另外，拿著這個。」她把錢給她。「請到哪裡去給妳自己買一個蛋糕，也請告訴其他的女僕們，拿回了她們所寄望的甜點我抱歉。」

小女僕的臉色明亮起來。「這錢可以買三個還是四個！太多了！」

「去吧，就買給妳自己三個或是四個吧。」

「請妳，太太，我得問一下，品先生和妳在一起嗎？」

「他是的。爲什麼問？」

「沒什麼原因。只是有另一位女士問起他在哪裡、是否有空？」

「他沒空，」夏綠蒂說。

她比所需要的來得用力地關上了門。簡直像是在討論出租的計程車一樣。或者是髮型師。或是店裡的售貨員。或是醫生。

突然間她覺得疲憊。突然間這房間不再那麼具有吸引力、那麼迷人、那麼舒適。她兩邊的乳房上有一種痛楚、輕微酥麻的感覺，因爲亞瑟的關係。海斯從來未曾把嘴巴放在她的胸脯上過，因爲那是嬰兒做的事，就像他認爲乳汁是一直儲放在那兒的，他不要取走任何一點，像是它需要被嚴密的保存。

她的唇被吻得很疼。也許上面全是亞瑟牙齒的齧痕。她很慶幸房間裡沒有鏡子。她不想要知道自己看起來是什麼模樣。

從胸部到腳的每一部分都在隱隱作痛，每一部分。她從來就不應該寫下那樣的一封信。她關心亞瑟的母親什麼？她關心他什麼？她根本不應該去找葛森幫忙。她根本不應該到波士頓來。她應該把馬兒繫到歐文伯父房子的外面，走到屋裡去看他死了以後躺在那兒的樣子。

她應該回家到她的丈夫那裡去。她眞的應該這樣做的。然後一切都沒事了。

那個女人怎麼辦呢？她應該假裝沒有看見這一切？她做得到嗎？

在她來到璧翠蒙之前，她做不到這樣。做到那種程度。但也許現在她可以做得到。或者如果無法假裝的話，就乾脆找一個方式去把它忘掉吧。

再或者如果不能忘記的話，那就不理會它吧。那會是可能的嗎？以某種方法？

「夏綠蒂，」亞瑟到她身後來。手放在她的腰上，臉埋在她的頭髮裡。「妳的頭髮全部都捲起來了，」他說。

「那是因爲它整天都結成那些可怕的小辮子。」

「回到床上來。」他把她頸子上的頭髮撩起來，吻著後頸的部位，那是唯一沒有在痛的地方。

好吧，它現在痛起來了，但那是渴望被多吻一陣的痛。他把手輕巧地移動到她的胸部上。她往後倚著他。

「妳爲什麼要做那件事？」他說。

「做什麼事。」

「那封信。」

「我不知道。」

「妳一定有什麼動機。」

「想要幫助你？」

「或是想試探、測驗我。」

那是狄奇在他們談話時所做的事。他嘗試過略施小技好讓她供述自白，當談到旅館的事情時，她的言詞是不足以採信的。也許人們總是對彼此做這樣的事：我看你膽敢證明對我有多大的失望。

「你說測驗，只是因爲你還是個學生，」夏綠蒂說。

「也許我將永遠是。」

她沒有回答這句話。他只是再次的指控她用負面的眼光論斷他。她想到當海斯去拜訪她時臉上的表情——一個較年輕的海斯，一個緊張、容易臉紅的求愛者，不管他的財富、職位、職業生涯——那麼多年以前的事，在那個無聊的新罕布夏的學校，她在那兒花整天的時間教導嚇壞了的小女孩，騎羊拉的小車上繞圈圈。

他會在圍場的邊上等她，或是在廐房邊，或是在接待室裡。而當她走向他時，他會有一股昂揚的姿態，清楚可見他的振奮，眞實的彷彿他的感情就如同那些熱汽球，當繩子切斷便奇蹟般的騰空而起。一點也沒有嘗試要去掩飾它。

奇怪的是海斯能在公共場合上用親密動作表現熱情。在教堂做禮拜時握著她的手，像戀人一樣，或是在某個客人用過晚餐，聚在客廳談話的晚上，溫柔、心不在焉地用指節輕擦著她頸子的一側，一旁全是從不同國家來的生意上的朋友，聽起來就像是整個巴別塔在那兒重現，各種口音嘈雜，而他一個人，海斯，她的丈夫，對情況瞭若指掌、全盤控管，在那兒兩腿分開牢牢站住，十足的自信，握緊著拳頭，好似有另一個人就要挑起爭端似的，而下一刻，他溫柔甜蜜的撫愛她，當著所有人的面。

然後私底下，他隱密又謹愼，說話遮掩又含糊不清，像一匹步履蹣跚的老馬走向她，像一匹被控制得如此好，又如此沒有自己靈魂的馬，無法知覺身上的轡繩是綁起來的還是鬆的，也不知道圍欄的門是關著還是打開著的。往日海斯的那個騰空而起的熱氣球，飛到哪裡去了？

往天邊的地平線去了，飛出了視野，沉進了海洋，或是在哪個懸崖上撞毀了，或是在澄澈的藍空中燒光了燃料，緩慢的、優雅的、恐怖的直直墜了下去，像是它一向如此欲求：墜毀，然後粉碎成爲塵土。

也許有些是她的錯。她願意對自己承認，那不全是單方面造成的。也許當她生病最初的時候，給她丈夫不要靠近她的想法。

也許她是有一點太尖銳了，躺在那裡對他吼著，是的，用吼的，「別理會我！」的那種態度，好似那些侵襲而來的高燒，那些顫抖、那些痛楚，全是他的錯。

那天在莉莉嬸嬸的診療室裡，事實顯示出她確實是有什麼不對勁時，又是怎樣的局面呢？她以前從未看見過他臉上的那種表情，而且她明白那只是他深層感覺的表象，因爲她看見他掙扎著要去掩飾它。那是恐懼。我是他唯一害怕失去的東西，她一度如此想著。

亞瑟說，「我想我應該因爲妳的意願而感謝妳。」

「不需要。」

「妳是怎麼想的？」

「我想到它，僅僅這樣。」

「不過是爲了什麼呢？」

「也許，」她說，「因爲我進的學校是一所女子教會學校，而它灌輸我要成爲有用之人的想法。」

「我想不是這樣的。」他在她耳邊悄聲說著，把她拉得更靠近一點。「我很高興妳現在看不見我臉上的表情。」

「描述一下。」

「不。」

她轉過去，他用力的吻她，她更用力的回吻他，同時緊抓著他，彷彿快要沒頂了一樣。他們的肢體相互纏繞著，跌跌撞撞地走向床邊，把自己擲到床上去，用力吻著對方。

有人在門口。他們明白敲門聲已經持續了好一陣子。亞瑟抓起毛毯，蓋住他自己。

那是莉莉嬸嬸：一個情緒緊張、愁容滿面的莉莉嬸嬸，眼淚在她眼眶中，淌在她的臉頰上。

「夏綠蒂，我的朋友辛格頓小姐死了，」她說。「讓我進來。」

13

夏綠蒂發現，璧翠蒙大的夠躺下兩個戀人的床是不適用於一個想要安穩地睡在她嬸嬸身邊的人，首先這位嬸嬸又高又寬，而且一直翻來覆去，又是抓毯子，又是伸手踢腿的，還會在睡夢中咕噥著不易理解的字眼，總是重複著兩次，像是，「夾住那個！夾住那個！」和「藥膏！藥膏！」

她考慮著要上樓到莉莉嬸嬸遺棄的房間去，但不願意冒險發現其他人在裡面，比如那位美麗的數學教授，或者什麼其他的男子。

這是很怪異的感覺，提供安慰給本來她的存在就是爲了提供安慰給妳的某個人。「這個時候不需要你。」這是莉莉嬸嬸叫亞瑟離開的用語。

辛格頓小姐剛過傍晚死在她的椅子上。泰倫斯與另外兩位年輕人——兩個義大利人，從義大利人聚居的住宅區來的——和她在一起，還有那位女鋼琴家，以及一位才登記好住進來、從科德角來的女士，她一向畫海景圖，希望能和比她更嫻熟於技巧的人討論本行的事，雖然自己已經畫得相當不錯了。

一個晚餐聚會進行著，把從派蒂太太遺棄的廚房中清掃出來的東西全部收集在一起。有新的蠟燭、很多的紅酒、香檳、和節慶的氣氛，沒有什麼要特別慶祝的原因，只是辛格頓小姐度過了愉快的一天，而且盼望著喬琪娜這天早上爲她做的甜餅蛋糕，用的是罐頭裡的無糖藍莓及無糖黑莓：莓子獻給名字發音相同的貝瑞，但她沒有機會嚐到它。

泰倫斯和從科德角來的女士與兩個義大利人有段有關羅馬的爭論。美國人說，啊，那些繪畫、歷史、雕像、教堂、美女，那些小丘、光榮；而義大利人嘲笑他們，說他們太天眞、太過單純，簡直像小學生。「羅馬，不是美女，是娼妓，是一名娼妓！」他們喊著。

辛格頓小姐站在義大利人這一邊，他們是她最心愛的；他們整天和她在一起，這是她心情愉悅的原因。她說，「先生們，我非常想畫你們的臉，從今天早上起我就在想做這件事了，而且思考著是否該著手了，」然後她頭往後一仰，倒抽了一口氣，她的下巴垮下、嘴張開著，死了，他們跑下樓去找莉莉。

在一股急躁的衝動下，看到這個老女人如此全然靜止，像是麻痺整個侵入了全身，其中一個義大利人抓起喬琪娜的蛋糕，衝到窗戶邊，打開它，用力把蛋糕連盤子一起丟出去，落到外面街道上。

「可惜那名探員沒有在樓下，他會以爲那是專門要對付他的。」這是泰倫斯的觀察。他爲了吃晚餐而來，被告知每個人都帶著極大的興趣在監視著那個警探，他覺得自己眞是錯過了重頭戲。

莉莉嬸嬸沒有提到那位警探。直到亞瑟離開，她才撲到床上去開始啜泣起來。夏綠蒂撫拍著她的髮絲，握住她的手，遞給她一杯水，還給了她剩下來的酒。

當眼淚潰堤而出時，夏綠蒂問她，「妳是辛格頓小姐的醫生嗎？」

「不是正式的。她已經對醫療專業喪失信心了。事實上，我認識她超過三十五年，而且我不在乎告訴妳，在其中的很多年，我們是非常特別地彼此親近著。我對這主題不想再多說什麼了，夏綠蒂，如果妳不介意的話。」

很長的一段時間，夏綠蒂坐在那張窄小、直靠背的椅子上。她穿得十分整齊，爲了表示對莉莉嬸嬸的尊敬，她一向是會這樣要求的。她穿著葛森太太過於寬大的洋裝；她沒有睡衣。在當時那種急切離開的倉促與混亂中，葛森太太忘了在行李中裝進任何睡衣。「我得去買一些衣服，」夏綠蒂對自己說。

她看著嬸嬸沉睡著。亞瑟離開去趕往西走的夜車，趕去他的解剖課。奇怪的是一個要當醫生的人，又這般急著去看一具從沼澤中挖出的屍體，當明白附近有一個已知、全新的死亡事件時，竟會表現得如此潔癖，如此滿懷敵意。他在穿衣服時不停神經質的瞥視著天花板——而且動作有些笨拙，尤其在莉莉嬸嬸的面前，房間又如此狹小。

他皺眉聽著莉莉嬸嬸回述事情的經過。他說，「這實在很低俗，」不清楚他是指所謂羅馬像娼妓這句話，還是指某個人的心臟就在這幢房子裡，跳了最後一下就停止了，就這樣停止了。

「你可以在今晚離開前上樓去看她，如果你想的話，」莉莉嬸嬸對他說。從他臉上的表情你會認爲那對他來說是一種折磨；他看來倒像是寧願從屋頂上跳下樓去。

「晚安，亞瑟，」夏綠蒂說，站在門口。

他試著把她拉到外面走廊上和他一道。他要吻她，但她往後縮了縮，變得冷淡，而且很正經的像個女主人似的對他說，「我希望你旅途平安。」

「跟我一起去。出城到河谷區去。」

「走吧，否則你會錯過火車。」

「妳的老家。西部，所有那些城鎮。妳說過那是妳的老家。」

「我現在和我嬸嬸在一起。」

「不，跟我走。妳一定知道妳是想的。妳嬸嬸在這裡有這麼多的朋友，沒有妳她也會沒事的。」

「你是一個晚上之內第二個要求我一起走的人。」

「妳對第一個說不，因爲妳可以對第二個說好。」

「我不認爲如此，」夏綠蒂說，同時傷感地對著他微笑。

然後關上了門。

她想像著他在外面的黑暗中，在雪地裡。她想像著搭火車的旅途。結著霜的車窗，固定的節奏，哨子的聲音，鐵的車輪，透過窗上的霜的刮痕，看到車外面被月光映照的深色樹林，看起來像黑色、陰沉的骷髏架子。她想像著遠處的山巒，和小小的車站——骯髒的柱子上有著可怕的、汚穢的、廢棄的燈，到處都是積雪。

仍然知道它們的名字感覺很好。鍛鐵碼頭。華秋塞。亞倫堡。東德比、德比河。費菲爾德。黑石結，喬治生小姐以前在那兒。北黑石、黑石。橡樹村，亞瑟正要到那兒去。契特登。畢基婁磨坊村，那是她以前的家，到喬治生小姐那兒之前。

摩頓瀑布。昆菲爾德。西部村。牆峽鎮，有一個雄偉壯麗的瀑布，如果未滿十三歲是不允許到那裡去的；它是十三歲的生日禮物——純然、生猛的水的力量——但是妳必須與一大堆的老師和僕人在一起，他們把妳看管得緊緊的，每一秒鐘，這眞使人煩惱，而且他們說會用一根繩子把妳像隻野獸似的綁起來，如果敢試著接近瀑布的話，接近到轟隆的水聲強烈的進入妳的頭部，讓妳感覺像要永遠聾了似的，而且認爲就算是聾了也值得；冰冷有力的水花也使妳覺得如果縱身躍入峽谷，掙脫開所有的約束，妳會輕的如同一片羽毛，被那些水托高了起來，推到半空裡；然後就可以一路飛翔。

然後是蘭橋，在這條線路上的末端有個小湖，她就在那兒弄翻一艘小船，如果不是因爲水太淺，她可能就淹死了。

她試著去想像她緊靠著亞瑟坐在火車座位上，她的手握住他的。她的頭靠在他肩膀上。她的大腿貼著他的大腿。「一對新婚夫婦，」其他的乘客也許會這樣說。

「他是我僱用的，」她會這樣回答。她無法想像自己在亞瑟身邊。

她添加了些煤到爐火裡去。她不知道這層樓的洗手間在哪裡。也不在出去找尋它的情緒裡。她在房間裡用的小壺中解決了問題，盡可能悄無聲息的。

她用一條莉莉孀孀甩開的毛毯把她蓋好。並把她和亞瑟剩下的晚餐清理乾淨。把包裝紙捏成球團丟到爐火裡去。她梳理好頭髮，把它們散下來。在差不多清晨四點的時候，她走出門到外面的走廊上。

她從二樓樓台往下望。樓梯間和樓下大廳的油燈是亮著的——燈燄很低且閃閃爍爍，但的確是亮著的。一個噪音吸引了夏綠蒂的注意：沉重、鼻音低鳴的鼾聲，一開始聽起來有如一扇門被吹開，而絞鍊斷掉了。

莫克西里，他的斗篷像一條毛毯裹著他，嘴巴張得開開的，睡在一把扶手椅上。他一定是從某一間起居間裡，把椅子拖到外面的走廊上來的。

他是個外表皺巴巴、髒兮兮的守衛，而且你會好奇他在守衛著什麼，在寂靜之中，門都是鎖好上閂的。但是接著你想起來了：死亡。

斗篷從他身上滑開了一些，裡面並非日常的衣服，而是某種藍色的什麼露了出來。抓在一隻手中的是一頂藍色小帽，彷彿在睡夢中黏貼在莫克西里的手指頭上。

那是北軍的制服。他正是那種年紀。這幾乎使妳希望自己是個男子，而且是一名士兵，只爲了在死亡登場上演時，有那樣的服裝可以穿，而不是在身上披著一碼碼的黑布，像一個女人必須做的那樣。夏綠蒂的婆婆有大約一英畝面積那麼多的黑色襯布，折疊好收藏在一個櫃子裡，是爲了她確定有一天必要訂製的那些寡婦穿的黑衣服所準備的。所有四十歲以上的女人都有一些。白色的，如果妳是新娘子，黑色的，當妳成了寡婦，似乎這兩者其中沒什麼值得提的。

爲什麼死亡要以夜空的顏色來宣揚呢？「升起色彩吧！在血液勇敢、眞實奔流的脈搏停止時，沒有卑鄙的存在。」

也許不是「脈搏」而是「心臟」。她想不起來這句子是從哪裡來的。某齣歷史劇：理查？約翰？亨利？某個由一名希斯扮演的老國王，不合時宜的在一個美國的市政廳裡上演著，就像是一個裙撐裝在一個年輕又精力旺盛的美國小姐尾骨後面。

不論如何，這是個很棒的句子。也許歷史是有它的用處。如果有人的血液曾經勇敢又眞實的奔流，那是貝瑞妮絲・辛格頓。

夏綠蒂轉過身，躡手躡腳的爬上兩層樓，到辛格頓小姐住的那層樓去。當她接近樓梯頂端的時候，差一點摔跤，聽見自己低沉小聲地叫了出來。她一直全神貫注盯著那些階梯，以致沒有看見哈瑞・艾爾肯，直到來到了他面前。他坐在最上面一層的樓梯上，雙手扶著頭，膝蓋拱得高高的。他穿著一套奶油色的麻質西裝和白色襯衫，沒有打領帶。在微弱的光線中，他看起來像一縷遊魂。

「哈囉，夏綠蒂，妳要做什麼？」

「你嚇到我了！」

「但是一個人難道不是期待被嚇著的嗎？像這樣在死寂的夜裡遊蕩著？」

她喘過氣來。「我來看辛格頓小姐。」

他朝所有那幾扇門的方向揮舞著手臂，她房間的門全都緊緊關著。「一群人在那裡。他們不浪費一丁點時間。全都在裝扮她。妳知道她會有一個海葬儀式嗎？」

夏綠蒂腦中浮現一個場景，一群穿黑西裝的人抬著一具棺木，裡面躺著辛格頓小姐，他們把它從某個山崖上丟下去，一個像雛鴿灣夏季別莊那邊的懸崖。這應該不是他指的意思。

哈瑞移開一點，讓她坐在他旁邊。海葬？「他們要把她放進水裡去？」

「她的丈夫是一名海軍上將，還是什麼極接近這個的階級。他在哈瓦那的那艘聲名狼藉的軍艦上。」

「他們告訴過我。那艘爆炸的軍艦。他們說他是指揮官。」

「不是。那會使這整件事比較能夠忍受，我猜想。他當時不應該在那裡。他在調查事情，他們提供他搭乘這艘船，要在指定的日子與另外一個人碰面。貝瑞承受不了這件悲劇。她大部分時間已經都是住在這兒了。所以我們找來一名律師，而她在遺囑中加上要海軍來為她舉行葬禮，並且安葬在海裡的意願，如此她才可以與他團聚，一般來說，平民百姓是不允許這樣做的，不過她為了安排上會遇到的一切麻煩已經事先付錢給海軍了，何況他們也因為那艘軍艦而覺得自責。此外，她丈夫生前是位很有權勢的人。」

「你曾經見過他嗎？」

「噢，當然。貝瑞的海盜。他們總是如此稱呼他。他名字叫安德魯，是海軍裡最幽默、最有活力的人。他看起來確實像一名海盜，妳要知道。有那樣的大鬍子，和一個巨人般的壯碩軀幹，很短的腿，像是被壓彎了成弓型的形狀。他可以像最低層級的水手那樣罵髒話。一個好人，死掉了。」

「辛格頓小姐必須要送去哈瓦那嗎？」

「不，」哈瑞說。「我想他們會在這裡處理，從在查爾士頓那兒的海軍造船廠把她送出去。莉莉在哪裡？」

「在我的床上。」

「她一早得去醫院繼續工作，否則病房中會一片混亂，甚至比他們現有的狀況還要糟糕。」

「我會確定她不久以後就會起床。我見到你的妻子，」夏綠蒂說。

「我聽說了。」

此刻關於這個議題，似乎沒有什麼其他需要說的。「有人可以到造船廠去看著船駛出嗎？」

「不是直接的，我會這麼猜想。她有一幢房子，很宏偉的一幢，就在波都因廣場邊上，除了僕人之外，已經空盪盪的有兩年了。妳知道，那是她正式的住宅。我們將把她送到那邊去，海軍就可以依照規定接走她。何況，那是他們知道的地址。沒有任何理由去把事情弄混。而且是海軍方面會得到那幢房子，海盜先生特別關心這一點，雖然我懷疑如果他能活到現在，看到在可憐的古巴出了什麼事的話，他可能會改變這個主意。」

「莫克西里參加過內戰嗎？」

「當過中士還是什麼的。得過勳章，所有那些東西。」

「我在樓下看見他。他穿著一套北軍制服。」

「是嗎？」哈瑞似乎很開心。「很美好的心意。我知道他一直想要訂製一套仿製品，而我認爲他眞是毫無道理的感情用事。不過他很疼愛這位女士。老天爺，我也是一樣。」

「爲什麼是一套仿製品？」

「我親愛的希斯太太，也許當妳達到某個年紀，妳雙十年華時的衣裝仍然對妳很合適。他現在比他在從軍時老了二十年。美中不足的是，現在的料子比起當年打仗時是要好的多了。」

「我沒有考慮到那個。」

一扇門打開了。一個灰髮、矮小、圓滾滾的女人從辛格頓小姐那兒走了出來，一隻臂膀下面有一堆滿滿鼓出來的待洗衣物。從她打量夏綠蒂的神情中，這一定是那位總管家，福斯太太。而且她眞是一個粗魯又酸溜溜的老傢伙。「哈瑞，爲什麼這位女士溜出了房間，這是違反所有規則的。」

「我相信，福斯太太，她想去那裡致意。」

「她可以像所有其他人一樣去波都因廣場。在海軍來帶走她以前，會有一個告別式的。這是不是那位把警察帶來，而且給可憐的莉莉惹了很多麻煩的希斯太太啊？」

「我未曾，」夏綠蒂說，「做過任何這樣的事。」

「她穿好衣服了嗎？」哈瑞說。福斯太太像軍人般行禮如儀的點了一下頭。

「那些圖畫怎麼樣了？」哈瑞說。「告訴我妳沒有動它們。」

福斯太太並不關心那些圖畫。「那是屬於你的管轄部門。」

「她把它們全部留給我了，妳知道，」哈瑞對夏綠蒂說。「我並不認爲自己貪得無厭，現在這樣談起這個。我已經認得這些畫許多年了。」

夏綠蒂覺得好奇。「你會怎樣處理它們？」

「把它們掛到牆上去，而且把那些我掛在那裡的所有乏味、讓人頭昏的、不是她的作品的畫都拿下來。」

「也許它們該送進一個美術館去。」

「也許它們以後會去，我想。最終的結果。我自己的死亡不是主題，我也不要去想它。但是我要告訴妳，當莫克西里做好那套衣服，看來最像是爲了其他某個人的離開而準備的。特別是我的離開。」

他站起身來，呻吟著，並向夏綠蒂伸出手。「來吧。這是我的旅館，我可以做我喜歡的事。」

夏綠蒂梳整自己頭髮，撫平在身上搖晃著的葛森太太寬大洋裝上的褶痕。福斯太太不贊成這些動作。

「妳要看到的是一具屍體，希斯太太，」她說。「不是周四下午某個人的畫室。」

「妳歇一下吧，」哈瑞說，替夏綠蒂辯護。他們從福斯太太出來的那扇門走進房間裡去。

這個寬大開敞的空間被燭光照亮，並沒有太多的蠟燭，卻恰好足夠爲每一樣東西都敷上一層黃色的光芒。椅子在遠遠的那一端擺放著。那面曾經分隔開辛格頓小姐臥室的屏風已經搬開了。

坐在圍繞床邊的椅子上的是璧翠蒙的僕人們：小幽妮絲與喬琪娜；另外幾位夏綠蒂以前沒見過的女僕；泰倫斯；一位年輕、面孔粗魯的金髮男子；兩位深色鬈髮、英俊奪目的青年男子，一定就是那兩個義大利人了；她在浴室遇到的長臉女人，因爲道路積雪，她得繼續待在旅館中，不過現在路況已經好多了，還有一位用深藍色的纏頭巾裹紮著頭的女人，她一定是那位鋼琴家，因爲她的手指在辛格頓小姐躺著的床上輕敲著，像是在爲她演奏樂曲，而且不是一首悲傷的曲子：那些手指以一種快速、興高采烈的方式移動著。

夏綠蒂悄聲地問哈瑞，「她的椅子到哪裡去了？」

「在雪地裡，他們把它從窗口丟出去了。」

「椅子太大了呀！」

「他們先把它拆開了。她不像是希望那把椅子和她一起葬到水裡面去。」

沒有人抬頭看哈瑞與夏綠蒂。沒有人在睡覺。安靜的，用一種壓低、含糊的聲音，他們在玩某種遊戲，某種字母遊戲，是夏綠蒂的公婆痛恨的幾種之一，他們說那是給外行的人玩的。

「我們現在在哪一個字母上？」長臉的女人問。

「P，」某個人說。而泰倫斯說，「葡萄牙的舊稱是什麼？」

「露西塔尼亞，」哈瑞喊出聲。然後他說：「夸特諾海灣在哪裡？」

「伊斯崔亞！」兩個義大利人異口同聲地說。夏綠蒂想知道是哪一位把蛋糕扔出窗外。

「瑞多運河在哪？」女鋼琴家問。一位女僕開口。

「加拿大。」她臉紅起來。「我是安大略人。」

「南中國海的東邊接著什麼？」金頭髮的男人說，泰倫斯說，「我們上星期問過這個了，」

而金頭髮的說，「我那時不在這裡。」長臉的女人說，「福爾摩沙海峽，那時我也不在這兒。」

「辛格頓小姐，」哈瑞小聲地對夏綠蒂說，「對地名遊戲有癮，而且當她被問題難倒時，會說海盜先生知道地球上每一個角落，他會把答案在她耳邊悄悄告訴她，而我打賭他眞的這麼做了，因爲每一次她就接著能夠說出正確的答案來。」

「我們該慚愧沒有用威士忌來配著玩這個遊戲，」泰倫斯說。

「那不是一件正確的事，」喬琪娜說，「對守靈夜來說。」

「反正我們也已經把酒喝完了，」泰倫斯說。

另一名看起來很可能是愛爾蘭人的女僕，說：「我們玩到T了嗎？」是的。「那，崔里在哪裡？」

每個人都假裝覺得這個問題太難了，但是那無關緊要。你可以看得出來，她只是想要把它說出來，而她再說了一次：「崔里。」淚水在她眼中，她再說，「我後來才想到，這應該很令人覺得發麻，因爲她突然就這樣的去了。但是她活著的時候並不悚然，所以現在離開了，自然也不會變成那樣。」

「她會喜歡這樣的，不悚然，」女鋼琴家說。一個義大利人想要知道「悚然」這個詞的確切意思，小幽妮絲說，「像是當你想到有小蟲子在你身上爬著，或是其他某種醜陋的東西。或者用別的字來說，就是她的模樣的反義。」

「她很美，她是『迷人的』，」另一個義大利人說。他用不著解釋那個詞的意思，因爲他的雙手在空中做著手勢，用某種方法提示著，「像是立在一座噴泉中央、一座十分美好的雕像。」

「你確定我們沒有酒了嗎？」金髮的男子說。

「如果我們還有，我會坐在這裡把它解決掉，」泰倫斯說。

「我有格拉巴酒，」一位義大利人說。

泰倫斯的臉孔亮起來。「在哪裡？」

「在我的房間裡，」鋼琴家說，「而且他和我不會跟任何人分享它。」

「不要看我，」哈瑞說。「酒吧已經關了。」

夏綠蒂只是站在那裡。辛格頓小姐的屍首看起來就像是辛格頓小姐，和她那天晚上一模一樣，當時她突如其來地取消了和夏綠蒂的約會，闔上眼睡著了。她只是以躺著代替坐著的姿勢在那裡；在床罩上面，她穿著一件紫紅相間的緞子長袍，胸襯與袖子上全是細緻的褶邊。在她操作自如的那隻手的手指頭上，還有油彩的污點。

也許清潔她的人故意留下那些油彩顏料的痕漬。那幅冰封花園的畫在哪裡？

夏綠蒂環視四周。她在此處的那個晚上，地板上到處堆著靠牆擺著的畫作，全都是背面朝外的。但現在有些被轉了過來。她看見幾幅水彩畫，硬線條的暗色小船在一個結了冰的海灣裡，還有一幅也是水彩的，一只破舊的男鞋側面翻倒在一個垃圾箱附近。

讓她視線集中的是三幅大型油畫，就掛在睡房區域外面的牆面上。雖然每個人一直問她是否看過她爲哈瑞和他的妻子所畫的畫像，卻沒有人提到白蘭琪小姐，但她也在那兒。

不同於所有其他的畫作，這兒每一幅的底端都寫上了標題，細小、黑色、手寫的大寫字母。「筋疲力竭的哈瑞。」她把他放在一張沙發上，理所當然的穿著一套淡色的西裝，手足伸開，說是在午睡不如說是不省人事，他的嘴是鬆弛的，嘴唇有一些軟弱的感覺，臉孔看來那麼疲倦，好似再多的睡眠也無法讓他完全恢復。沙發旁邊的桌上的一杯水裡放的是一副假牙。畫面中的一切看起來是那麼眞實，你會認爲如果把手靠近他的唇邊，就可以感覺到他的呼吸。

在她所看過的辛格頓小姐的畫作裡，這是第一次她用某種方式暗示了眞實在動作著的內容。水杯中的假牙細節清晰，描繪寫實，似乎只要桌子振動或者搖晃起來，它們就會開始卡噠卡噠作響。

哈瑞注意到她在注視著些什麼。她到現在才知道他嘴裡的牙是人造的。她想知道它們是否會造成痛楚，它們是否合適。提及它似乎不是件正確的事，她沒提，不過她記得派蒂太太——蘿薇娜——在信上寫過他因爲齒齦腐朽而受苦。她得要爲他烹調些特別的食物。

「我要把我的畫像藏起來，」他說。

「我認爲它十分精彩。」

「妳喜歡我妻子的那一張嗎？」

「露西在看書」是它的標題。艾爾肯太太坐在夏綠蒂享用著那個又大又可口的肉餡派時的同一張靠著門的桌子邊。

一本書打開攤在她面前。她的頸子微微彎向書本，像一隻天鵝似的，而且她肌膚的那種蒼白色澤，以及絲質衣裳上羽毛般的潔白縐紗，也使人聯想到天鵝的樣貌，而那看來像是看著一個映照在月亮上的女人面容，當還是個孩子時，總認爲月亮上會出現人的臉孔。你可以由那對眼睛中澄清冷淡的表情，看得出來她並沒有在讀那本書。

「她好美，而她是這麼、這麼的悲傷，」夏綠蒂說。「但辛格頓小姐是怎麼見到她的？」

「莫克西里把她抱過去的。」

「白蘭琪小姐沒有提到辛格頓小姐曾經在那兒作客。」

「她不會的。她十分重視維護個人隱私。」

哈瑞對那幅「白蘭琪小姐打盹兒」的畫，沒有說上什麼。那就是她，完全正確無誤：褐色、難以理解的、堅韌倔強的。

她坐在一張繩編的靠背椅上，手交握放在大腿上，背部筆直，腳平擺在地毯上，就是那張隔壁現在用著的同一張地毯。沉睡著的她和平日一樣嚴謹木然，但然後你注意到她的一隻眼睛打開了一點點。那裡有一點金褐色的閃光，所以你知道那不是一隻被睡眠所覆蓋遮閉的眼睛。你知道它是在全然、絕對的警覺狀態中。

另外一件活生生的事物！

她捕捉住妳了，夏綠蒂想著，好似她的字句可以飄浮到隔壁，傳到白蘭琪小姐的耳朵裡去。

「但是我想這樣說是不會錯的，妳不致被掛在任何一間客房的牆上。」然後她對哈瑞說，「我想看看她畫的那一幅花園，冰雪暴侵襲下的。」

「我從來沒有看過。」

「所有的花都被霜雪覆蓋著。」

泰倫斯聽到了她的話。他豎起頭來，悄聲說，「妳記得妳那些酥塔，或是不管是什麼，那些妳帶給她的東西的下場嗎？」

夏綠蒂看著他。「你是在嘲弄我嗎？」

他嚴肅地搖著頭。

「她把它燒了嗎？她燒掉它了？我要它呀！」

這對現在的情況來說不太適合。她不管。但是還是放低聲音。「我告訴過亞瑟，我想問她是否可以向她買那一幅畫。」

「他轉告她了。」

「而她把它放進火裡？」

「我得親自把她的輪椅推到壁爐旁邊。」

「但是我要它呀。」

「她不認爲，」泰倫斯說：「那是幅好畫。」

「它是的！它是最好的一幅！」

夏綠蒂跑到最大的一個壁爐前，那裡的火已經快要熄了，她彷彿要跪下去，在仍有餘火的灰燼中挖掘。哈瑞拉住她的手臂。「她燒毀過很多幅，」他說。「我很確定她有自己的理由。」「畫面上的冰太平板了，」鋼琴家說。「她這樣對我說過，我自己也看過它，我必須說她講得對。那些薄冰是敗筆。花苞上的冰比那些在水裡、船邊的冰塊還難捉摸。她丟棄它，把它稱爲習作。」

丟棄它！獨一無二的一件！唯一爲她所愛慕的一件！她崇拜它，她要把它放在房間裡，要它是她夜間入睡前最後一件凝望的東西，而在晨間睜開眼時，第一件映入她眼簾的東西。她知道在地板上跺腳，是一個三四歲的孩子才會做的事，但是她也不想管了。毀掉那幅畫是一件犯罪行爲。既傷風拜俗。又罪大惡極。

我要怎樣在腦海中想像著它，她悲痛地想著，當我僅只看過它一次？

而事實上，它已經從她記憶中褪色了：它的澄澈、靜穆、冰冷的寂靜感，怪異的閃光，永遠的沉默。她抽搐著，開始哭泣：爲了那幅畫，爲了那個畫家，爲了一切可怕、封住的、鎖起來的、凍結住的不動的東西。

然後她想，我有哪個房間可以把它掛上？

不是在她的病房裡；她永遠也不會再在那裡度過一個晚上了。不是在她的臥房裡，那間位於海斯臥房的隔壁，中間被一整個沙漠隔開的房間。她可以想像，如果她把這幅冰封花園的畫作帶回家，婆婆會怎麼說。「夏綠蒂，妳不覺得妳已經擁有足夠多的動彈不得的東西了嗎？」

門上響起扣門聲。莫克西里隱約的身影出現在門外邊，他脫下了斗篷，身上穿的是全新的布料與光鮮的舊式制服。帽子仍握在手裡。你會想對他行禮。「靈車來了，很靜悄悄的，要上波都因廣場那兒去。他們說會在天亮前把一切都辦妥。」

「從後門？」哈瑞說。

「從後門。」

哈瑞說，「我得要求所有的女士都回到自己房間裡去。」

沒有人問原因，或是要與他爭論。夏綠蒂是第一個離開的。她跑下兩層樓到二樓去，但當踩到底層時，她發現自己啜泣得很厲害，淚水模糊了視線，她就那樣倒坐在階梯上，把頭埋進手臂裡。

詛咒這家旅館！它所做的一切就是惹她哭泣。詛咒它碎成碎片！

她就那樣坐在那兒，肝腸寸斷，哭了又哭，直到靈車上的人員請她讓開一條路。她用葛森太太的衣裳邊緣抹著眼睛，讓自己能夠看清路面，然後她以甚至更大聲的方式，哭泣著回到房間裡，全然不理會被人聽到，或者會吵醒什麼人。死亡在這幢建築裡。這是被允許的。

她爬上床，到她溫暖的嬸嬸身邊。她這才知道自己有多冷。哈瑞一定在夏季西裝裡面穿上了沉重的、羊毛質料的男用內衣。她沒有。女士是不如此穿著的，如果海斯發現她習慣穿著他一件式的長內衣——連身衫，他們如此稱呼它——出去騎馬，他會在冬季出門去別處旅行時，把它們藏起來，或者他會乾脆帶走它們。

莉莉嬸嬸在睡夢中被驚醒。「早上了嗎？」

「還早著呢，」夏綠蒂悄聲地說。

「得上醫院去。」

「妳會的。現在還是半夜。繼續睡吧。」她喜歡嬸嬸像個聽話的孩子翻過身去的樣子。夏綠蒂把罩毯拉高，挨近她。

海斯。有一大堆關於她的事情，海斯從來都不知道。當他在喬治生小姐那裡發現她時——那是他的說法，「我發現了妳，」好像她是在某處樹林裡，躲藏在葉片樹叢下的一朵小蘑菇——他似乎認為直至那一刻，她才開始存在於人間。

喬治生小姐告訴過他關於她的兩件事：她是一名孤兒，這點並不是真的；還有，她像個男人般地騎馬。

喬治生小姐把所有她的女學生稱作孤兒。她喜歡這裡面通俗劇一般的意味。「我的孤兒們，獨自在世間，只爲了上主和我小小的學校。」她甚至這樣形容在星期日有父母親來探望、且把她們接出去過節的女孩子們。

夏綠蒂停止哭泣。不管她是否願意，想到喬治生小姐使她振作了起來。喬治生小姐相信一個無法堅強起來的女孩，可能擁有像是果凍做成的脊骨。而一個脊骨沒力的女孩，她會說，是永遠也無法騎馬的，因爲她會立刻從馬鞍上滑下來。

每一個學校裡的女孩都一定有一兩樣她極爲關切的事物，這樣老師才能夠有方式做威脅將那些東西拿走。那是喬治生小姐管教哲學的基礎：允許某種熱情的存在，以作爲要脅。

那份熱情貫注在哪裡並不重要。它可以是糖果、衣裳、雜誌、書本（只對少數幾個人來說，而她們其實從來不曾舉止失當），或是穀倉那邊的寵物鴨子（「如果妳不好好學拉丁文，我們就要把呱呱太太拿來做晚餐，」）或是游泳、爬樹（這是可以被寬容的），或是速度與馬兒。

那就好像是夏綠蒂還有一個中間的名字一樣。夏綠蒂・速度與馬兒・坎普。

喬治生小姐親口告訴過夏綠蒂，當她一明白希斯家的海斯對她有興趣時——她就是這麼說的，「有興趣」——她就覺得有必要告訴他，「她不像女孩家那樣騎馬，而是像一名男子那樣騎，而且我不預估她會做改變，我們已經努力試過很久了。」

可憐的海斯，他一定對喬治生小姐的話大感訝異，就好像她說的是夏綠蒂曾經搶過銀行一樣，喬治生小姐對海斯當時的反應非常讚賞。他認爲如果學校的規定允許這樣，那就是這樣了；

他還進一步指出，女士們已經開始不用側坐的方式騎那種新式腳踏車了，否則她們的裙子會被輪輻夾住。爲什麼不能擴展到騎馬上，至少在鄉下？

「我讚賞你的自由思想，」喬治生小姐這樣告訴他。她對海斯著迷；每個人都對他著迷。但是他從來沒有一次問起過，是否有一位在喬治生小姐學校時期之前就存在的夏綠蒂·坎普，一位之前就有一段自己的人生的夏綠蒂·坎普，有著父親、母親同住在一幢房子裡。至少要滿五歲，學校才可以收留妳。

他難道沒有四處轉頭看一看，那裡並沒有小嬰兒；並不是一家托兒所嗎？喬治生小姐不會謊稱她去了一家孤兒院，找到了一些小女娃娃，把她們帶到學校裡來。她不會那樣編造故事情節。

嗯，夏綠蒂想著，對大部分的人來說，如果你在樹林中發現了一朵蘑菇，你不會去問它是怎麼會長在那裡的，或者它到底是怎麼長大的，或者爲什麼它這麼堅決地坐在柄上，頭上戴著一把小小的褐色雨傘，或是一頂小小的淺褐色針箍。你問的是，我可以吃它嗎？

在她的婚禮上，一個盛大又鋪張、設計過後的成品，在家中的草坪上舉行，那是六月下旬，到處是張開的白色帳篷，和一個管弦樂團，還有幾哩路之內，到處都有著從每間溫室裡出來的鮮花；有三十四位客人是從學校來的：老師、僕人、女學生和喬治生小姐本人，加上半打左右由新罕布夏的小馬學校來的賓客。

每一個人都與希斯家族的成員打著招呼，不過當時有超過兩百位的客人。畢竟這是家中幼子的結婚典禮，這一位年齡三十的希斯，比其他所有人加起來，在職業生涯和收入上都來得更成功；他是他們的一枚徽章、他們的獎盃。「海斯非常優雅地娶了一位鄉下學校的孤女。」那一定是他們說的話。當他們捉著她的手臂，說剛才和她的家人談過話，就在那邊的那位美麗的女士，那個好教養的女孩時，她並沒有去糾正他們。

他從來沒有、從未問過她任何事情。他們沒有一個人曾經問過。亞瑟問過。「告訴我妳是哪裡人。」亞瑟並不像是根據璧翠蒙的待客程序，來問她這個問題。他問她，是因爲他想知道。

莉莉嬸嬸翻轉著身子，喃喃地說著夢話。夏綠蒂滑下床來。她知道自己不可能入睡。她把最後剩下的煤添進火堆裡去，看著餘燼再度燃起，然後把衣物集中在一起：她的錢包、外套、艾佛瑞特・葛森的大羊毛手套。

莉莉嬸嬸從那邊對她大聲說，「妳現在打算要做什麼，夏綠蒂？妳預備帶給我比妳已經給我製造的更多頭痛事？」

「在妳睡覺的時候，我去看了辛格頓小姐。」

「噢，」莉莉嬸嬸說，口氣柔和起來。「上面怎麼樣了？」

「沒事。靈車來了。」

「妳現在是預備出發和她一起去海邊嗎？」

「我不是個，」夏綠蒂說，「歇斯底里的人。每個人都以爲我在妳的公寓裡，眞的嗎？」

莉莉嬸嬸撐著坐起身來。她的眼睛通紅，頭髮是一堆糾纏著的亂絲。「妳應該感謝上帝，照顧我房子的女人就如同純金一樣可貴。看起來很像是她把妳藏在後面的房間，那裡我一向只用來儲放雜物。」

「有任何人去那裡找我嗎？」

「有的，夏綠蒂。每一次都被回絕了。」

「海斯？」

「妳的公公。妳的兩位大伯。我不知道是否還有其他的人。」

「那就讓他們以爲我還在那裡好了。」

「妳要去哪裡？」

「搭火車。」

「告訴我是哪裡，否則我會——」

夏綠蒂對著她微笑。「禁止我到馬廐那兒去？那是喬治生小姐每次都會做的事。我學校的校長。她說如果我不守規矩，脊椎就會變成果凍，然後我就永遠別再想騎在馬背上了。」

莉莉嬸嬸整個人都清醒了。此刻她不關心脊椎，也不關心喬治生小姐。

「我要抓住妳的手跟我一起到醫院裡去。我要帶妳去住院部，去那個專門收容身上有東西爛掉、沒有別的地方可去的人們的區域。半小時以後，妳會驚訝得就好像妳的靈魂被徹底搜索過一遍。」

「那是妳在對我說關於嗎啡的種種時，曾經用過的方式，但是我不記得妳眞正說了些什麼。」

「那是因爲當我對妳說話時，妳那時候正處在服用過嗎啡的影響作用下。」

「我戒掉了。我康復了。妳爲什麼告訴我，我有某種腦部疾病。」

「腦子、細菌、脊椎，全都是一樣的東西。我怎麼稱呼它有什麼差別？」

「這聽起來很不像一位醫生會說的話。」

「我剛剛才睡醒，我不覺得自己是個醫生。我整夜都做著可怕的夢。而且我的朋友死了。亞瑟在哪裡？」

「在他的解剖課課堂上。」

「妳是要去找亞瑟嗎？夏綠蒂，看著我。告訴我妳不會這樣做。」

「我不會的。我寫過一封信給契斯特伯父。他很快就會收到。我要求他幫忙我處理一些事情。」

「現在我不需要聽這些。搭火車到哪裡去？」

「我要去看望我的母親和父親。」

莉莉嬸嬸沉默了下來。她不知道有這樣的一對父母存在著。她抬頭看著夏綠蒂一段很長的時間，謹慎的，然後說，「妳會需要一些錢。」

「我有一些。我有很多。」

「妳會去多久？」

「我不知道。一天。」

「當妳回來時，夏綠蒂——妳會回來嗎？」

「噢，是的，我必須回來。」

「妳會回到哪裡來？」

夏綠蒂並沒有計畫到這麼遠的階段。「可能我會回到這裡來，」她說。然而莉莉嬸嬸倒回枕頭上呻吟起來。可憐的莉莉嬸嬸。

14

《每日信使報》位於畢基婁磨坊鎮裡唯一一幢辦公建築的一樓，一個男孩在前面的房間裡，正忙著編寫一家奶酪店的廣告字樣。

「請給我奶酪，」他喃喃唸著。這份報紙的發行區域包括整個黑石河谷。

男孩差不多十五歲，乾淨的容貌，一臉熱切的表情，是那種夏綠蒂的小姑會稱作「水嫩」的類型，譬如這麼說，「看看那邊的那個水嫩的男孩，妳忍得住不上前去把他吞下肚嗎？」

他拿著一本筆記本和一隻粗鉛筆。在那裡踱過來踱過去，他的眼睛盯著筆記本打開的那一頁。「請給我奶酪，奶酪，奶酪。」很明顯這是除了跑腿的差事和一般的服務外，第一件派給他的正式任務。

這是一間被遺棄的房間，凍的要命，有四處散置的老桌子和一張前櫃檯。唯一一位另外的《每日信使報》人員，是一個和莉莉嬸嬸差不多年紀的女人，蠟黃色的臉孔，不快樂的表情，她把自己用大衣和圍巾紮成一大捆，坐在一張桌子前面。她正試著要接通一通電話，而看起來她十分厭惡做這件事。電話一直沒辦法接通。

女人踢了小炭爐一腳；它看起來曾經歷過比較光鮮的日子。現在炭爐一直冒煙而且幾乎完全沒用。天花板和較高處的牆面都被它燻得骯髒，窗子也是，看起來還像是從來沒有清洗過一樣。

「對不起，我想要找一些消息，」夏綠蒂說，女人抬眼看看，把夏綠蒂從上到下打量著，還露出一種擺明著的表情，表示她與所看到的這一切無關。

「我正在打電話。」但是沒有任何事發生。女人只是拿著話筒而已。

「待著，我會過來招呼妳，一等我試過這個以後，」男孩說。爲了當眾誦讀，他清了清嗓子。他的聲音正處在變聲的階段，因此前一分鐘是刺耳的尖聲，下一分鐘是成熟的男高音。「寫好了，艾克哈特小姐。很好的句子，來聽聽看。」

「你弄好插圖了嗎？」艾克哈特小姐說。

「幾乎。」

「他們要它附上插畫。他們已經要過了。一個小時以前他們就要了。你沒弄好的話，他們會責怪誰？」

「我是一個擅於文字的人，」男孩說。「不過不用爲一張圖操心，我可以畫出來的。」

「我，他們責怪的是我。是我讓你進來這裡做事的。你想當一個記者？還差得遠了，遠著呢。」

「我可以形容它。只花我半秒鐘就可以畫好了。」

「是什麼詞兒？」

「到底是什麼詞兒？」

男孩鼓起了胸膛。「一個小孩兒。一個男孩兒，九歲、十歲，央求著奶酪。」

「拜託，請給我奶酪。對毛蟲是好信息，對蜜蜂是壞信息。」

「就這樣？」

「就這樣。」

「臭蟲子們與賣奶酪之間有什麼關係？」

「那不是臭蟲子。這是間接的趨近手法。在城裡，他們就是這樣做的，妳必須用一個角度去誘惑他們。」

「圖畫畫面是怎樣的？」

「一個小男孩，像我剛才說的。一個後院、大陽台、和善的人。夏季。赤足。一大塊奶酪在一隻手裡。一隻小毛蟲爬行在一隻腳上，另外一隻正要蛻變成蝴蝶。那個男孩就是在注視著它。蜜蜂飛在空中，靠近他的頭，一隻很大的蜜蜂。想要把他狠狠刺一下。他拿著奶酪。它是一個防衛。它是一個盾牌。蜜蜂無機可乘。當你在吃奶酪時，好事就會發生。」

「你應該是要吸引一位已婚、照顧整個家庭的婦女客戶。」

「我要引起她的孩子們的興趣。」

「孩子們不看報紙。」

「那只是種說法罷了。他們可以從她肩膀上方看。他們會要求有奶酪三明治，雖然以前從來不曾喜歡它。他們覺得被奉承，因為有人在他們的層次上下功夫。他們能瞭解它。它是個故事，妳看。有一位英雄在裡面。」男孩子看著夏綠蒂。「妳的看法呢？」

「我想要找在市場街那家鞋店的相關資料，」夏綠蒂說。

「到那裡去。它開著的。」艾克哈特小姐看來是放棄了打電話。「我希望他們從來沒有發明這個玩意，我希望他們停止發明那些應該讓事情變得簡單，但它們只是讓每件事都更瘋狂的玩意兒。」

「那是因為雪，還有風的緣故，」男孩說。

「整個早上，從這個東西裡，我聽到的就全是這些。」

「在鞋店那裡，我沒有找到我想要的消息，」夏綠蒂說。「它原來是一幢房子，本來屬於一家姓坎普的家庭。」

「我的廣告，」男孩說。

「我想，」艾克哈特小姐說，「就用我們已經用了一整個月的那一張。」

「那是一塊有兩條細腿和一張嘴的楔形切達奶酪，」男孩沮喪地說。「一塊會走路會說話的楔形玩意。」他到櫃檯這頭來，把手肘架到檯面上，正站在夏綠蒂的面前。「妳知道它說的是什麼嗎？它說：『倫道‧奧奇佛有全美國最好的奶酪，我直接從一頭乳牛那兒得來的消息。』有一頭乳牛在一旁的角落裡。這難道不是妳曾經聽過的最糟糕的嗎？」

「不是，它不是的，」夏綠蒂說。「但是也許你應該試著用一些簡單一點的。」

「妳在報社工作？」

「不是。我需要有人告訴我原來住在鞋店那邊的那些人發生了什麼事。一定有些在這裡的人會知道的。」

「亞提會知道，」艾克哈特小姐說。

「誰是亞提？」

「他是鞋店的老板。」

「他不在那兒，」夏綠蒂說。「我見到一個女人，她說她只在那裡工作了幾個星期。她告訴我老板到紐約去看新的設計款式了。」

「那正是他做的事。」

「鞋店那女人不想和我說話。」

「妳是去那裡買鞋的嗎?」

「我在打聽一些消息。」

艾克哈特小姐看了夏綠蒂一眼,那眼光中包含的意思似乎在說,「在妳和我之間我們兩人都知道,像妳這樣的人是永遠不會去那裡買鞋的。」她從桌子旁邊站起來,轉過身背對著夏綠蒂,漫步走向房間後面的走廊,像閃著信號般,她的姿態怒氣沖沖地展示著輕蔑,「走開。」

夏綠蒂希望她仍然借用著瑪寶・葛森的外套和衣服,她現在穿著的並不是那一套。她離開在璧翠蒙的房間前,換上了自己的衣裳。她完全明瞭她身上穿的比艾克哈特小姐的衣服要昂貴許多。她想說,「我不責怪妳用那樣的眼光看我。」但這只會使一切變得更加糟糕。

「等一等,請妳,」夏綠蒂說。女人沒有再往前跨步。

「也許亞提是上紐約去了,但是那裡從來沒有新款式的,不要相信那些話,」男孩說。

「我的問題是,」夏綠蒂耐心地說,「我一直在寄錢,用郵寄支票,一年一次到那個地址去,將近有十年了。我也固定收到通知,告訴我支票兌成現金了。我剛剛搭火車過來,那是一條很遠的路,花了很長的時間,不是一趟令人開心的旅程,而我必須全程再坐一趟,這令我心情非常不好。現在我發現我要找的竟然不在那裡。我想知道爲什麼我一直在付錢給一堆鞋子,而且我相信,如果有什麼在私底下躲躲藏藏地進行的話,只是如果的話,它極可能成爲妳報紙上的有趣故事。」

「我去找博克來，」艾克哈特小姐說，在走廊那端消失了身影。

「我的天，」男孩說。「盜用、侵占款項。」他的眼睛好像預見未來報紙上的標題而發亮起來；他的激昂與熱烈使夏綠蒂想到狄奇，往日的狄奇，不是做警察的狄奇，而是製革工廠裡的那個小男孩。

博克原來是一個圓滾滾、急躁、快要全禿的近退休年紀的男人。他聞起來有油墨和雪茄的氣味，而且鬍子刮得十分乾淨，不像其他大部分的他這個年齡的人。他的臉孔沒有什麼皺紋，又短又胖，看來可以說還算是年輕，但是你有這種感覺，在任何一秒鐘，他會被他的年紀突如其來地擊倒，違背自己的意願而變得十分衰老，全部鬆垮下來，滿面皺紋，不斷呻吟，而身體裡面的每一根骨頭都在抱怨。他此刻散發出一種令人興奮的張力，而且自己似乎知道這一點，他希望因為自己對抗衰老的戰鬥，而贏得別人的稱讚。而夏綠蒂是很樂意這麼做的，她給了他一個明亮的微笑，並不完全是勉強出來的，男孩在博克走向櫃檯前的夏綠蒂時，不情不願的讓開了路。

如果夏綠蒂期望從這個人那裡得到同情，那麼她是失望了。他迅速建立自己絕對的氣勢，然後是對鞋店亞提可靠性的證明，他是他的朋友，玩槍的夥伴；他們四十或四十五年以來，每年秋天都一起出外到林子裡或湖邊打獵。鹿、雁子、野雞、火雞、鴨子，堆滿在他們的儲藏間裡面，而且他們還為慈善活動盡一份力，提供整噸的獵物，如果把這些年的全部加起來，還有給在契特登的低能兒收容所，與在橡樹村的醫院的那些。女士可以詢問這些地方，看看這個關於寄錢的問題是怎麼回事？

他沒有問夏綠蒂的名字，對她來說這正合心意。反正她也會給一個捏造的假名。

這地區在地理性上保持完整，好似它是一個單獨存有的州，而且它的保守、與外界關係隔絕，是衆所周知的事，不過不遠的地方，還是有希斯家族的一個分支，住在此區域比較大而且繁榮的多的一些鎮中的其中一個。他們擁有唯一的一家銀行，還在雷諾克斯外面一點的地方，擁有一幢避暑的大房子，那可能是波士頓以西所有人都知道的地方。他們稱它爲宮殿，因爲它約莫就是那般模樣；看來像是一個一千層的結婚蛋糕，爲了所有的奧林帕斯神祇與所有的法國國王們加在一起的一群人所特別製作的。在她公公的書房中，有一幅這幢房子的畫像，他說他留著那張畫只是爲了提醒自己，所有那些他曾設法避開的骯髒、粗俗的小徑，靠著遠離開波克夏的誘惑，而貼近波士頓，在他的簡單、比較起來像個修道院般的小房子裡，如此形容彷彿房子只是一個盒子似的。夏綠蒂的公婆和這支希斯家族沒有什麼來往，但海斯的姊姊們和她們的丈夫，總是去那裡度周末。

她不能稱自己爲希斯，也不能稱自己爲坎普，因爲誰知道在私人隱私上面，這會提供了什麼樣的暗示。

「不具名，」她也許會這樣說。當提到姓名的時候，博克似乎滿意於稱呼她爲「女士。」

她寄錢的目的是爲了什麼?如果不是慈善用途的話?

「現在鞋店的位置，以前是一家姓坎普的家庭住著，」夏綠蒂說。「我——我代表某位關心他們的人。一份往日的關心，延續這麼多年。」

「像是一位贊助者?」博克的興趣減輕了。他似乎只在意他的朋友不會受人詆毀。

「差不多是那樣的，」夏綠蒂說。

「他們控告了什麼人嗎?我們知道一家人把一間紙漿廠告上民事法庭，說工廠把酸還是什麼東西放進了他們的小溪裡，因而拿到一筆金額很大的賠償金，他們變成了投資人。把所有錢放到工廠裡，現在他們發財了。」

「這個不是像那樣的事情。」

「妳在找坎普一家?」

「我是的。」

男孩走到一張桌子旁邊，蹙眉看著他的筆記本。他寫下一些字，把它們劃掉，又再寫一些。

「亞提的一個女兒嫁給一位坎普。葛蘿莉亞的丈夫的名字是塞魯斯，塞魯斯・坎普，做的是伐木的工作，一個大個子的男人。亞提從來沒有說到過有支票寄去他店裡的事。」

「沒關係，」夏綠蒂說。「塞魯斯的父母是誰?」

「不知道。」

「我怎麼樣可以找到葛蘿莉亞？」

「目前沒辦法。她和亞提一起去紐約了。他把她帶出來，讓她見識一下令人眼花撩亂的大都市。眞是一個好女孩。只是不常出門。」

「我在哪裡可以找到塞魯斯？」

「沒辦法。他出去到林子裡了，他總是在那邊。」

「有任何其他的兄弟姊妹嗎？」

「亞提有九個孩子，六男三女，每一個都活得好好的。」

「奶酪，」男孩說，坐在一張破爛的舊椅子上面，雖然他體重很輕，那張椅子依舊嘎吱嘎吱地響。他大聲唸出在筆記簿上寫的字，好像他是獨自一人在房間裡，試讀著那些廣告詞。「奶酪在我的吐司上，奶酪在我的烤肉上。奶酪在我的洋芋上，奶酪在我的豌豆上。奶酪在我的用餌人上，奶酪在我的膝蓋頭上。」

博克轉回頭說。「你弄出搭配它的圖畫了嗎？」

「給我兩分鐘。」

「什麼是用餌人？」

「呃，釣魚，」男孩說。「一個傢伙在釣魚，午餐袋子裡都是奶酪。」

「把他畫得年輕點。一個男孩子，」博克說。「畫成十二歲左右。他媽媽替他準備午餐袋裡的點心。我要甩掉那塊楔形、上面一張嘴的玩意。午餐袋上要寫著倫道・奧奇佛，全美最棒的奶酪。我想他也許會採用的。」

「是的，先生！」男孩叫起來。

「塞魯斯和葛蘿莉亞有小孩嗎？」夏綠蒂說。

「她無法生育，」博克說，態度平常地像是在談一畝地似的。

「塞魯斯有姊妹或兄弟嗎？」

「有一個姊妹在外邊的一個農莊上，在威爾外面。很漂亮的地方，威爾。不，等一等。她死了。白喉。單身未婚。登過她的訃聞，半個段落，噢，有八個、十個月以前。妳要把它找出來嗎？」

「是的，麻煩了。」

「那要花妳一點錢。」

夏綠蒂打開她的皮包，隨即改變主意把它啪一聲地扣起來。「我會很高興付錢，在你給我我要的東西以後。我也很想知道是否有其他和坎普家有關的消息。」

「沒有了。費用是兩塊錢。」

「這是正確的嗎？」夏綠蒂說。「我認爲這價錢非常高。」

「消息總是珍貴的。」

「但是我不會讓你打劫我，我可以付給你二十五分錢。」

「五十分。」

「三十分。」

「拿來吧，」博克說，嘆了一口氣。

夏綠蒂以往從未討價還價過；她很小心地隱藏起這個勝利所帶來的小小驚愕。她在錢包裡找出正確金額的零錢，博克很快的把它們放進口袋中。

找出一張訃聞的程序是這樣的：博克吼叫著艾克哈特小姐的名字，艾克哈特小姐回吼著問他要什麼，而他更大聲吼著說，他要翻查舊的報紙資料，然後她出來到前面問他，有點同情心吧，她很忙，哪一方面的資料？

「死亡事件。姓坎普的女人。在外邊農莊工作的。夏天，也許春末，去年。」

艾克哈特小姐手上拿著一個裝了什麼熱東西的馬克杯；她用它來暖和手指頭的意思，大過要喝裡面裝著的東西。她眼光朝下看著地板，好像那些過期的舊報紙就存放在那裡一樣，就在她腳旁邊，而過了一會兒，她說，「碧姬，四十三歲，未婚。我記得原因是那時那兒流行的白喉。」

「她雙親的姓名是什麼？」夏綠蒂說。

艾克哈特小姐參考著她的記憶。「坎普先生與太太的女兒，地址是在此處，市場街九十八號。這是全部登出來的東西了。」

「那是鞋店的地址，」博克說。他給夏綠蒂一個滿意、事情處理完畢的表情，你會認爲她走進這間辦公室，只是爲了要找出亞提的地址。

「謝謝妳來訪，」他告訴她。轉身走到男孩桌邊去。「把那個東西給我，那張圖爛透了。我會叫他們在樓上弄它。」他把筆記本搶過去，男孩在他身後跑著跟著出去了。夏綠蒂把皮包掛回手臂上。

「妳打算現在回去搭火車？」

她對艾克哈特小姐點頭。

「要我對亞提提一下妳曾經來過？」

「也許我會寫一封信給他。」

「覺得有一點沮喪，沒有找到妳想要的？」

「我會沒事的。」

「喝杯茶嗎？在妳走以前？」

「不了，謝謝妳。」她可以想像那味道會像什麼，在這樣一個地方。她往門口走去，把手放在門把上，艾克哈特小姐突然喊出——似乎突如其來的想聊天——「冷的眞厲害。凍得死人。當我們擺脫掉那些雪時，曾經暖和起來一點，但是現在是更慘了一些，妳不覺得嗎？」

「謝謝妳的幫忙，再見，」夏綠蒂說。

「好像沒有任何慈悲心，外面的那種冷，對那個當妳在這裡的時間時都站在外面的人行道上面的人來說。那不是一位我以前曾經見過的人。順便提一下，我會說那是某個跟著妳的人，如果妳不知道有這回事的話。當然這兒沒有其他人知道，因爲我猜想也許妳不太願意張揚。」

夏綠蒂站住不動。一股寒意襲了上來，從她在那個可怕的鞋店，甚至更早從踏下火車的那一刻，踩在故鄉的土地上——好吧，在它的雪堆上——維持著的沉著、耐心、不動聲色與自我節制的外在表演，突然間在她體內溶解成像凍子一樣的軟塊。她的聲音在顫抖著。「妳知道有人在監視我？」

「清楚得一如我看到我的手是接在我的手臂上，」艾克哈特小姐說。「妳需要從後門出去嗎？」

報社的前門是實心木的；它並沒有像在大部分辦公室會看到的有一半面積是鑲玻璃的。滑稽的是，妳想爲此心懷感激。

從外面是看不到她的。她緊貼著門。她希望它頂得住，像是在對它說：頂住，木頭，請求你。她知道什麼事會發生。它可能會化爲碎片，像是她抵達旅館那晚的那面牆一樣。像是那冰封的花園的畫作在火中，油彩發出嘶嘶聲，產生了火花。像是她自己的身體在最初開始生病的時候。像是她和丈夫共同度過的生活，所有這些。像那個堅固、水晶菱線般清楚的認知，在她體內像是一個額外的、活生生的器官，讓她以爲她可以信任他，像信任日出日落，恆常久遠。

妳依靠著某樣東西，機會多半會是它讓開了。一個抖動，然後是一個安靜的內爆，然後是一個安靜的崩潰。

然後是什麼？在上帝才知道是哪兒的地方醒來，有博克這樣的人在那裡，要更多的錢，及那個男孩寫下更多的關於奶酪的小曲子？她記得在廣場邊上那棵樹積滿雪的枝子，海斯藏身在那後面，親吻那個女人。她記得那樹枝很可能會折斷，壓到他們頭上。她重新在腦海中想像了一次，就像是它確實曾經發生過。她覺得強壯有力了一點。她對自己說，「我希望我是白蘭琪小姐。我希望我是一棵大樹。」

這扇門沒有任何動靜，就只是維持一扇門的樣子。「妳能形容那個人的外貌給我聽嗎？」夏綠蒂說。

艾克哈特小姐沒有浪費一個字在形容詞上。她把馬克杯放在桌子上，直直的、仁慈的看著夏綠蒂。她臉上的線條是完全放鬆的。「他是個警察。」

「一個警察，」夏綠蒂重複著。那麼。「他看起來像是來自附近這一帶嗎？」

「不像。如果他是，我會認出他來的。他是城裡來的。全寫在他身上了，可憐的人。我願意打賭他入行並不久。像我剛才說的，我們有一條從後面出去的路。」

「我不需要。因爲這個警告，我欠妳人情。」夏綠蒂再次打開她的錢包。她走回櫃檯那兒，放了兩塊錢在上面。「謝謝妳尋找那些訃聞上的老資料。」

「妳付過錢了，」艾克哈特小姐說。

「妳自己收下它。」

艾克哈特小姐的眼睛亮起來。「我不能夠。」

「妳一定要。我確定妳的薪水是不能令人滿意的。妳可以去買一些鞋子。」

「靴子會比較好。」

「那就去買些靴子。再一次感謝妳。」

當夏綠蒂打開門時，狄奇就恰恰選在這一刻衝了進來，不知道是要擒住夏綠蒂，還是要和她對質，或只是要在那個冒煙又無用的爐子旁邊，暖和一下凍僵的身體。她已經準備好了面對他。他那麼匆忙魯莽的衝進來，看到他搖搖擺擺地掙扎著保持平衡，眞是令人發噱，他就像一個第一次溜冰的人。

夏綠蒂高聲笑起來。狄奇。

她的腦子沸騰起泡，靈魂離地飛翔。那不是因爲他的出現，她非常瞭解這一點。那更是一個和缺席有關的狀況。他並非某個人，這才是此處重要的事。

並非海斯。第二次了，並非海斯。她瞭解她一度想像是他站在外面，就像是他神奇似的從她那裡接受到某種信號，離這麼多哩之外，像他們說的某些特別種類的鳥所能夠做到的一樣。

她期望過他是一隻鳥。她期望他會高飛穿過這寒冷、明朗的冬日長空，而他會在那裡，她的丈夫：「夏綠蒂，我們回家去吧。」

然後她不會再管坎普的事。她會對自己說，她眞是昏了頭，一路尋找到這兒來（但是她絕對會給鞋店寫一封信）。不到四小時之後，她會回到那堅實的、又大又溫暖的家，希斯的房子，不是養病的房間，而是樓上走廊末端她眞正的臥室裡，那裡有著她自己的更衣室及浴室。洗個澡，躺在她的床上。海斯在門邊，穿著他的居家長袍，有著良好的幽默心情。「夏綠蒂，我親愛的，妳離開大約一周多。妳玩得高興嗎？」就像她是那個旅行回來的人一般，而不是他。

不是海斯。如果丈夫有一天回到家，而妻子並不在那兒，他們不是應該出去尋找妻子？而且第二天她也不在，而且接下來一天，再一天，又一天，一天，她都不在？他所有曾經試過尋找她的方式，就是去跟著她的馬兒回去麵包店？還有寫給她一封信，一封信，唸起來就像一個洞般地空空如也？他會等待她來找他。那就是他所寫的。

她想像著海斯在葛森家。好葛森，幫她掩飾一切，他們欠她的情已經全還清了。「噢，我們送夏綠蒂到了電車站那裡，我們就只做了這個。」海斯回到家，筋疲力盡。跟蹤馬兒——一定是那一匹母馬；公馬甚至會咬他——絕對是一項嚴酷的折磨。在他的房間裡一起和他的姊姊們喝一杯雪利酒。最後寫上一封信：「我親愛的夏綠蒂，」或是隨便寫的什麼東西。

等待妳找我過去。這是她唯一記得的部分。那是唯一的關鍵部分。丟到火裡去燒掉了。他會等著，他說。

這也眞是滑稽。她實在忍不住，仰起頭又笑了起來，不是像那些還沒有堅定的核心自我的年輕女孩們小聲般的咯咯地笑，而是洪亮、嘴大大地張開，連肩膀也晃動著的大笑。喬治生小姐對那咯咯的傻笑很不以爲然，因爲它們聽來像是唧唧出聲的小老鼠。

妳不可能嫁給一個男人這麼多年，而不懂得他的意思，尤其當他對妳說一些有密碼隱含在裡面的話時；妳甚至不需要停下來去思索出一個方式把它解譯出來。像是橫越過沙漠一樣。它們的意思十分明白，因爲妳了解那些密碼。妳是不會不知道那些的，即使妳盼望自己不知道。

如果她讓莉莉嬸嬸讀了那封信，也將會是件滑稽的事。莉莉嬸嬸並不以那種方式瞭解海斯。她會把「我等著妳找我去」這句話解釋成一個甜蜜、令人尊敬的姿態。他從頭到腳都是位不折不扣的紳士。讓他的妻子來做下一步動作。體貼、聰明、慷慨。

海斯是不會等待什麼的。海斯不是站在那裡等待的人。在某個談交易的當口，某個他想拿到一些股分的工廠，某些他想生產的腳踏車、爐子或是馬車，還是他想買下什麼大東西時，當他說「我會等著這個，」意思是「把這筆交易，還是工廠，還是腳踏車、爐子、馬車，還是大傢伙拿去，而且幫我一個忙，把它們丟到地獄去，因爲我不相信等待。」

所有與他打過交道的人——如果那個人多瞭解他一點點——一定懂得當海斯那樣說話時，代表的是什麼意思，當運送貨物或是什麼耽誤了時間，或是一筆款項延遲時，「你是要我去等著它嗎？」

她自己就親耳聽過許多次，在他書房的會議中——總是有穿著西裝、商人模樣的男子不斷地到他們住的鎮上來。從門那一邊傳來模糊不清的說話聲。之後很長時間的靜默。然後是海斯開口，像宣讀一份公告般：「如果我告訴你，我會眼睜睜等著事情如此發生，我是在表示它不值得去拿到手。」

他並不像他的母親，她相信有一位上帝好整以暇地四處走動，挨次回應別人的祈禱。差不多就是那樣，她永遠瞭解他這一點。在喬治生小姐那兒，他馬上轉回來找她，而喬治生小姐也很快做出反應，在一開頭時告訴他關於她的年齡。「坎普小姐這樣的年輕，這個學校是她唯一認得的地方，所以至少等到她畢業離開到新職位上時，再追求她吧？」

「我不相信等待。等待這件事是給那些沒有什麼更好的事可以做的人的。」從一方面說，妳大可讚賞這句話。喬治生小姐當然讚美過它。那十分誠實。一個象徵。代表一個男人知道自己的欲求所在，而且知道如何去滿足它們。一位瞭解他自己心意的男人。

也許有一些是在她這裡磨擦掉了。也許她應該為此感謝他。

而現在在這裡的是狄奇，站直了，重新恢復了他的儀態，在這樣一間醜陋破舊的報社辦公室裡。她把手伸出去給他。她想知道在她此後的人生裡，是否總是會依照此時切切實實發生的原樣記著它。

「我會等待妳找我去。」從她看見這個句子寫在紙上時，它便嵌入了她的腦海中。她一定在等著它浮到表面上來，讓它自己被發現。如果不是因爲那確實是她丈夫的筆跡，她會認爲那是別人以他的名字寫下的。某個不懂得其中隱含的密碼的人。

她希望她會記住它，像某一份在腦中建檔的文件，像是艾克哈特小姐式的舊報紙堆中的資料搜尋。她希望在五年、十年、二十年，和許多、許多年以後，她還是可以再拿出這份記憶，原封未動又堅實，說道，「我很困惑於要如何去想及我丈夫，不過當我明瞭到，當我眞正、確定瞭解到他對我的想法時，我仰頭大笑了。」

「哈囉，夏綠蒂，」狄奇說。

她捏緊他的雙手，雖然有著厚厚的手套，但是她可以感覺到手套裡面的寒冷。畢竟，她的自我是某樣她可以依靠的確切之物。而那並非她未曾練習過去克服錯綜複雜的狀況。

「哈囉，狄奇。你知道嗎，我剛剛才想到你，還對我自己說，『我想知道我是否還會再見到他，』而你就出現了，像是回答了我的問題。」

狄奇並不在一個開玩笑的心情中。他對艾克哈特小姐說，「在這條街的盡頭有一家飲茶店剛剛拉上了它的百葉窗。那是否意味著他們今天要打烊了？」

「他們在上午做生意，差不多算是某種規律，」艾克哈特小姐回答，她的下巴往外伸，眼睛也瞇了起來。她機警、小心的如同一場審訊一般。

「它現在是停止營業了嗎？」

「如果你過去敲敲窗子，而且手中拿著幾個零錢，像是當作入場費用的話，它會再開門的。」

「謝謝妳，」狄奇說。

就這樣，夏綠蒂急步走出去到外面街上，踏在結冰的人行道上，驚訝於那冰凍的冷空氣。狄奇沒有碰她，沒有將他的手臂伸出，或把一只戴了手套的手放在她的手肘上，像是在導引她的路一樣，他用自己的速度快步走著，沒有像一般男人與女士走路時，那樣放慢步伐。小跑步的感覺眞棒，就是要保持著能夠跟得上他的速度。

店主人一定認出了狄奇的身分；不需要拿出錢來，他就把門打開了。那是個窄小的地方，光線暗淡，有煤煙，空氣中還有陳年的煮菜油氣味——油膩膩的又令人難以忍受——與陳舊的煙草味，以及被客人的鞋子帶進來的雪，融化成泥漿又乾涸了以後的陰濕味道。夏綠蒂和狄奇一起在最靠近火爐爐床的一張桌子旁坐下。店主人是一位陰鬱、蒼白、兩頰蓄著厚厚髭鬚的男人，全身找不到一絲友善待客的意味，或者這也許只是他在招呼警察時所用的方式。

沒有菜單；除了碎蛋三明治和馬鈴薯糕與燉蕃茄以外，也沒有其他的菜式剩下來了。我們就要那些，他們告訴男人。狄奇表現得就如同他與夏綠蒂已經有好幾年經常一起上餐廳用餐似的。爐火裡已經全只是燃燒過的炭了，但是店主人並沒有去處理，因此狄奇消失到後面去，回來的時候拿著一桶煤，親自把火再燃旺起來。

也沒有侍者。店主人拿來茶和牛奶，帶著惡意地把它們放在桌上。狄奇的情緒像是有一圈不佳的氣氛如光圈般環繞在他頭上，混合進已經在那裡的莫名物質。夏綠蒂觀察到他不直接與她目光相接的方式，沒有一次這樣做。他知道，她想。他知道那家旅館的事。

似乎他跟蹤她，這並沒有使她覺得驚訝。她倒著兩個人的茶，像一位優秀的女主人。他們會維持禮貌？他們會讓事情維持在適宜狀態？還是狄奇在演戲？去揣摩他並不困難，他會先讓自己暖和起來，然後在胃裡裝一些食物，帶著舊日孩子氣的熱切態度轉向她，他的眼眸閃亮著：夏綠蒂，我知道一切了，我知道妳經歷了什麼。也許像是她丈夫的一個替代品。我懂，我懂，我懂。

好似她懷有極大的罪惡感。好似她無法立刻用同樣的話回嘴。她坐直了一點。那是很有質感的茶，口感強烈。當她想到艾克哈特小姐時，感覺到一陣心緒波動。我很抱歉，曾經誤判妳，而在先前對妳有一些不好的意見，艾克哈特小姐，她想著。

他們要繼續保持禮貌下去。他們會讓事情保持在適宜的狀態。這就像是他們那第一次的約談，不過這一回，他們有一堆新近獲得的知識在身後，而且桌上的食物不是蘿薇娜・派蒂做的。

他們坐在小桌子的兩邊注視著彼此。碎蛋三明治很乾，麵包也不是眞正的新鮮，蕃茄裡有太多糖，馬鈴薯糕根本不成其爲糕；它們是用昨天或者是上星期剩下的薯泥炸成一團團的，除了豬油與老洋蔥絲以外，就沒有其他的材料了，但是她很餓——又餓了，雖然她在火車上已經吃了一大頓早餐——也不想要那麼愛挑剔。

夏綠蒂先採取動作。「你為什麼在這裡，狄奇？」

「我在工作。」

「噢，波士頓警察習慣於派人到他們的，那個什麼之外……」她不知道用來定義「城市邊界」的正確字眼。

「管轄區域，」狄奇說。不知道為什麼，不過她已經感覺到，這回他不會試著要愚弄她，給她設下陷阱，也不會間接迂迴地套問她；他會與她談事實，不需要動用密碼，而是明白又清楚的，「事實上，這是我休假的日子。但是在休假時接下由平民百姓那兒來的特殊任務並非很不尋常，在一個人的空閒時間額外工作，特別像我這種階級的人，我並不害臊的告訴妳，收入真的不高。」

「我是一樁特殊任務嗎？」

「妳是的。」

「你跟蹤我，因為有人付錢給你要你這麼做？」

「其實這非常的簡單，夏綠蒂。在火車的餐車裡，我就坐在旁邊一張桌子上，在妳的左邊。我坐在那邊拿著份報紙擋住臉，但我不停放下它。妳從來沒有注意到。」

她甚至不記得自己在餐車上吃了什麼。她根本沒有注意到任何別的東西。火車嘎嘎前行，搖著、晃著，動作與噪音全都模糊成一片，組成了背景的一部分，遮蓋掉了，一點也不顯眼。

她的心思被其他事占據。就像是在心中，她離開白日明亮清楚的光線，而到了某個別的地方，一個暗影重重的地方，在那裡她四處張望，有點困難但並非不可能。

關於她的父母親，她幾乎沒有任何記憶了。她父親寬厚的肩膀，穿著一件磨損的棉質工作襯衫，在桌邊弓身埋頭在盤子前吃飯：他結實的背部，肩部的脊骨，後頸子上的頭髮，火燄般的金紅色，而有什麼人在說，「妳遺傳了妳父親的髮色，」好像它還不夠明顯似的。她的父親在劈著木塊，把木頭劈裂開，他的襯衫袖子捲了起來，他粗壯有力的胳膊。斧頭的聲音。他頭上小帽的背面整個被汗水浸得濕透。

她母親在浣滌衣服的大木盆邊。她頭上戴著一個髮網，某種褐色的網子，褐色的髮網罩在褐色的頭髮上，但是妳可以分得出來哪些是她的頭髮，哪些不是。在大木盆邊彎著身體，整個人聞起來有著肥皀水的味道。她穿著沉重灰色圍裙的背影。罩衫式樣的圍裙，從頭部套上去，帶子應該在腰上繫好在背後綁緊，但卻總是鬆垮垮地晃盪著。髮絲也時常從髮網中鬆脫出來。衣裳的邊和襬都磨壞了，總是破破爛爛的，也沒有縫補。在大木盆邊坐在小凳上弓著身。鞋子底也總是沒有縫補好。她的襪子透過鞋上的破洞露了出來，襪子上也有洞及脫開的線。她腳跟上的皮膚是磨破了的。

從背後，是她看見他們的唯一方式。那像是站在一間房間裡，有兩位妳在尋找的人始終背對著妳，然後妳說，「請轉過身子來，」但是他們沒有轉過來。

至於她的哥哥和姊姊，她只記得這些：她躺在一張又平又窄的床上——一張床墊，老舊的馬毛，寒冷，很靠近冷極了的石頭地板：不是一張床，而是放在地板上的一張床墊。她躺在另外兩個正在睡覺的人中間，他們比她大些，兩個人都背朝著她。她是平躺著的。望著頂上的天花板，四周的陰影。如果她手臂的位子在一個恰好的距離，在他們身體之間那道狹廊裡移動的好的話，她就可以躺好，手掌抵著他們兩個人入睡，手就放在他們的肩膀後面，像是有個東西扶著，而他們並不會向她低吼抱怨，或是把她推開；他們早已經進入睡鄉了。

關於她的家：黑黝黝的，陽光從牆上的裂縫透進來，用以取暖的火總是太過微弱；濕氣簡直像是具有肉眼可見的形體般從牆面上跳下，穿透過衣服，滲透進你的骨頭裡面去。多塵土的前院。外面的街道聞得到馬糞的味道。吵雜的車輪聲。人群。移動。很多馬兒，嘈雜的聲音。外面。外面總是要比裡面好。一個聲音響起。「我們有興趣收容最年幼的。」那是喬治生小姐？喬治生小姐到過那間房子嗎？

不是這樣的，那是一位瘦削的女士，穿著一件深褐色的斗篷，還帶著一頂深褐色的老式軟帽。

她手中拿著一疊紙。脆薄、白色的紙。溫和。一位溫和的女士，輕聲細語的，不粗暴也不嚴厲。仁慈的眼神。她嘴唇的線條很柔和，一點都不僵硬。看著她。「妳是一個多漂亮的女娃娃啊。」

出門了。穿過那小小的院落。塵土很多。回頭看。向前看，一部馬車，坐到一部馬車裡！有著高輪子在後面，矮一點的輪子在前面，精彩動人極了。

一個雙人座，加上車頂。皮質坐墊。她以前從來沒有坐過的。女士。「妳喜歡它嗎？」噢，是的。「妳知道它叫做什麼？它是單馬雙人座的篷車。」慢慢地唸了出來。

那就像是在這之前，她從未曾學過一個詞。單馬雙人座的篷車。那是她曾經像個小小孩一樣學習的第一個詞。她記得這些。坐在馬車中，離開了。她還不瞭解她會花費長長的一串晝與夜——就快到了——哭泣不休；就是不停止地哭，覺得永遠不會哭盡那些淚水般的哭泣；她會永遠濕漉漉，哭兮兮的；它們永遠不會乾涸。

但是它們停止了。三明治的碟子空了。狄奇剛剛把最後幾口馬鈴薯吃掉。店主人過來把茶壺收走，重新注滿水後再拿回來，還有更多的牛奶。似乎他們沒有說話已經過了許久。這並不會使人不舒服。沒有別的客人進到這家店裡來。它是打烊了。但是也沒有人強迫他們離開，或甚至只是催促他們。這就是與一名警察在一起的福利。

終於，夏綠蒂開口了，「我要你告訴我是誰僱你來的，狄奇。」

「嗯，我也很想說，但是我沒有透露消息的自由。」

過多的禮貌。夏綠蒂在茶裡調拌進牛奶，猛力地拿起茶匙就像她要越過桌子用它來打在他頭上一樣，她是非常可能就如此做了。「狄奇！如果你不告訴我的話，我會——我會——你知道我會怎麼做嗎？我要到那個可怕的製革廠去，就在今天，而且我要告訴他們，當那個撐開獸皮的什麼鬼玩意從牆上鬆開，掉下來壓在你身上還差一點把你壓死，並不是個意外事件；是你自己把它從牆上弄鬆掉的。」

他回答的方式就是對她露齒而笑。他爲那件事覺得驕傲！這是事實！那麼多年以前，而他自傲的像是它是昨天才剛剛發生的事。

「那麼讓我們同意替對方保守祕密，夏綠蒂，好嗎？」

「爲了往日的友誼？」

「是的。」

「是誰僱你的？」

「旅館那邊。」

「哈瑞？」

「我反正就在那兒。他們本來要差遣那位主要的男僕，那位不知道倒底是什麼職位的男僕和妳一起離開，像是跟蹤一樣，一方面是要照顧妳。但是他得去照應靈車那邊的另一樁差事。」

「他是不是穿著一件北軍的制服？」

「是的。」

「那是莫克西里。你是又在監視那家旅館嗎？狄奇？」

「那正好是在我剛剛要結束値勤的時候。有人通知說那裡有一部靈車。如果在淩晨時分，一部靈車要從一幢算是公共建築物的地方裝上些什麼時，波士頓警察局理應過去一看究竟的。」

「那是一位辛格頓小姐過世了。」

「我們知道。」

「她丈夫是一位戰爭英雄。在與西班牙的那次戰爭。不是內戰，是西班牙。古巴，」夏綠蒂說。

「我們知道。」

「哈瑞付給你多少錢？」

「很多。」

「你是要告訴我，那不是一筆，你知道的，那東西。」

「賄賂？」再一次露出牙齒，得意的笑容。「我是一個不會被賄賂的人。我是一個有工作在身的人。」

「那麼你是怎麼告訴防堵罪行協會的那些人的？」

「我不告訴他們任何事。我不是爲他們工作，我爲波士頓市工作。我在調查一項來自市民的指控。有人會問我注意到的、觀察到的事。我說出事實。我看到女士們住進旅館，成爲旅館的客人，然後再遷出離開。鄰居並未投訴。沒有發生擾亂治安的事。沒有銀行、債權人或供應者的欠款。在公共區沒有賭博行爲。沒有不正常的酒類物資的消耗。它與其他的報告十分吻合。」

「其他的報告，」夏綠蒂說。

「噢，當然。每隔幾年左右，就有另一份。」

「當哈瑞給你那些你不願告訴我到底多少的錢的時候，是否有跟你提到他認爲我可能的目的地？」

「我的孩子們上學需要錢，」狄奇說。他並非在採取防衛姿態，而是在陳述一件事實。

「我以爲他們還是小娃娃。」

「我在考慮將來。亞瑟是誰？」

啊，在他所知之事裡的一個缺口，還是很大的一個！「一位死去的英國國王，」夏綠蒂說。

「很可能是位編造出來的人物，不是歷史上曾經出現的眞實人物。」

「艾爾肯先生提到他希望我能傳達一個口信。『希斯太太，有關亞瑟請妳三思。運用妳的理智。』那是如果妳在橡樹村下車的話，我所要傳達的話，但是妳並沒有。那是所有的口信內容。我的差事只是要緊跟著妳。艾爾肯先生是一位城裡的文明人。他以爲當一個人離開波士頓的那一刻時，就自然因爲那些超過個人能力控制的力量而苦惱。他十分確定妳會被打劫、攻擊、綁架、暴露在野蠻人的爪牙下。」

「你認爲呢，狄奇？」

「我一直以為妳要去看一眼以前的學校，妳知道。我以為妳變得感情用事起來。」

「喬治生小姐過世至少六年了。不會是學校。我永遠也不會那樣做。」

「妳沒有在感情用事。」

「沒有，」夏綠蒂說。

「那麼為什麼，」狄奇慢慢地說著，「妳在尋找妳的父親與母親？為什麼妳一直在寄錢給他們？」

「狄奇！你窺伺我！」

「嗯，那是我的工作。」

「你怎麼知道的？」

「一個印刷部門的人員走出來瞧瞧熱鬧，而我正在外邊。給了他五毛錢，幫我到裡面去打聽狀況。妳要我去找出他們的所在地嗎？」

「我有一個在做伐木工人的哥哥，在林子裡砍樹，」夏綠蒂說。「還有一位死在一個農莊裡的姊姊，她是小姑獨處。」

「妳要我去找妳的父母嗎？夏綠蒂？」

「不要。要。不要。」她喝著杯子裡的茶。她把空杯子放下。再把杯子拿起來，就像它仍是滿的，準備要喝那些她以為還在那兒的茶。然後她說，「要。」

「在這裡等我，」狄奇說。

「你是什麼意思，等在這裡？自己一個人？和那個嚇人的店主人在一起？不可能的事。你要到哪裡去？」

「自然是警察局。」

「你認為他們是罪犯？」

「我認為所有的人都是罪犯，夏綠蒂，我是個警察。但是，不，不是特別這麼認為。局裡會有地址，他們總是有的。也許不是寫在那裡，但在某個人的腦袋裡，也許是一位巡邏的警員，那裡會有一個地址，還有相關的居民。這個鎮並不大。」

「雖然如此還是有這麼多個排列著的小屋。你注意到那一堆堆的小屋子，在火車站外的後方？它們甚至不在真正的街道上。它們像是被堆放在一起的火柴盒。」

「那是磨坊房子。」

「那是貧民窟。」

「我以為妳沒有注意到任何東西。」

「我注意到那個。」

「因為妳認為他們在那兒？」

「是的。」

「那麼，我們有事可以繼續了，」狄奇神情開朗的說，而夏綠蒂說，「當我坐火車回波士頓時，你是會和我坐在一起，還是會變回你的私家偵探身分，只是祕密地尾隨著我？」

「我可以與妳坐在一起。」

「你妻子知道你在哪裡嗎？」

「噢，知道。我打電話到療養院去。那裡離房子很近。他們去找她來接聽，她問是否是個光明正大、檯面上的工作？而我向她保證這一點，她希望我能夠回去，趕上下次的值勤時段。她是一名正在接受訓練的實習護士，妳知道，相信例行事務。而且她對酬金感到高興。還有她希望當我事情結束離開這兒時，能夠回去那個製革廠，把它給炸掉或是做點什麼別的。」

「她知道關於那個牆上的螺絲釘的事嗎？」

「一個人婚姻關係中的夥伴，不需要知道另一個人過往生命裡，那些個無關緊要的細節。」

「她聽起來很好。」

「也許有一天妳會見到她。」

「還有你的寶貝們。我會喜歡那樣的，狄奇。」

「我也會一樣高興。」

「狄奇？」

「什麼事？」

「謝謝你沒有詢問我更多關於旅館的問題，即使那對你來說在這個時候會是不合規範的，畢竟哈瑞是你的僱主。」

「妳不用客氣。」

「還要謝謝你沒有問我有關我和我丈夫的事。」

「對那個妳也不用客氣。」

他們站起身來，穿上大衣。店主人出現了。

「一塊錢，」他說，手伸了出來。狄奇去掏他的口袋，但是夏綠蒂已經打開了皮包。她以前從來沒有在一家餐廳付過錢。她遞出去一張紙鈔，狄奇則在桌上放了五分錢的硬幣。

他們走到外面。狄奇似乎知道警察局在哪裡。「我們可以走過去。路不遠。」街道和人行道都是空盪盪的；天氣實在太冷了，沒有人要在外面閒逛。「我忘記了這裡可以有多冷，」狄奇說。這一回，他把手臂朝她伸過去，而她挽住了他。

在一排店鋪的末端，他們轉到另一條街上。警察局在街的最遠處。警察局對面是一家小小的、亮著燈的服裝店，狄奇向它指了指。他要她到那家店裡去等他辦完事。

對了，她需要一些新衣裳。他在警察局門口前離開，看著她過馬路到對街去。他先走進警察局；而她想先看看櫥窗裡的展示，好知道他們有哪一類的貨品。如果東西像鞋店那邊那般的貨色，她在那兒一定覺得沮喪萬分。她把大衣的領子豎起，把臉埋在裡面。她仍然戴著艾佛瑞特・葛森的露指羊毛手套，但是它們並非很有用。

在服裝店裡面，一位穿著老舊羊毛外套的女顧客，拿著一件花色鮮明的寬鬆女用罩衫，把它翻來覆去地研究著。那不是一件很吸引人的衣服，不過也不至於太可怕。

突然間夏綠蒂查覺到有人站在身後。也許是因爲狄奇告訴了她那些哈瑞想像出來會發生在她身上的災禍，在這個接近鐵道終點的偏遠小地方，遠遠超出了在哈瑞腦海中的文明邊界，她發現自己在顫抖，在衣服裡一直順著背部往下。她忘記了她是在一所警察局的完整視野下。她幾乎沒有要轉身看一眼。她有這樣的念頭，如果她猛然衝進這家店裡，不到兩分鐘後，就會爲了她莫名其妙的恐懼而譏笑自己。也許只是她幻想出這一切。她並不是一個懦弱的人。她轉過身。

海斯。

「午安，夏綠蒂，」他溫和地說。他把眼光從她身上轉開，好讓她有時間在他面前隱藏起被他驚擾所帶來的巨大反應。她感激他這麼做。

然後他對她點頭招呼，微笑著像是他在今天早上才剛剛離開她，好像他們曾經一塊兒吃早餐，或甚至曾共進午餐。

海斯。紅通通的臉，並不全是因爲寒冷的天氣，穿著他漂亮講究的、沉重的灰色英國式樣的長大衣，有雙排灰珍珠扣子。他細緻的皮手套。黑色的保暖又防水的靴子。結在他喉嚨部位的圍巾，是去年十一月她買給他的有條紋花樣的那條圍巾。

條紋花樣的那一條！栗色與藍色相間的條紋，柔軟的喀什米爾毛料，比起他其他所有任一件衣物大約多彩一百倍，那是買下它的唯一重要原因。之前她從未看他用過它。在他打開它的包裝後，這條圍巾就馬上消失到某個抽屜裡去了。她把它包裝得像件禮物。那天並不是他的生日。不是什麼特別的日子。他討厭它。他全家都討厭它。

他戴著圓頂窄邊禮帽。深灰色的那一頂，專門訂製的。她幾乎要大聲謝謝他，沒有用手指輕捏著帽沿，傾斜一點向她致意。他不認爲應該向自己的妻子這樣打招呼，除非妻子是有另一個人陪伴，或是和一群人在一起。現在這裡沒有別人。

密碼。每一件事，每一件事都被賦與密碼。

她沒有提到那第一次使用的圍巾，雖然她知道他想要她提出來。他的呼吸在他們中間產生了小小的白色雲氣。他在緊張。她知道。她比他善於隱藏。她沒有一張遇上最微小的感情波動，就會變成粉紅色的臉龐。

在服裝店的旁邊是一家電器用品商店，有著整個鎮裡最乾淨的櫥窗。在櫥窗裡展示出來的是電池、蜂鳴器、照明裝置、各式各樣設計精巧的小東西，和那些每個人都說是多麼有用的附有電池的電皮帶。這是穿戴在最外層的衣物下面。他們說它對背痛、脊椎不適、肌肉痙攣、女性月事不順，和一般神經上的毛病都十分有幫助。海斯的兩個姊姊使用它。當夏綠蒂臥病在床時，莉莉嬸嬸曾說過她會親自引進一種祕密又凶惡的病毒到整個屋子裡，如果有人嘗試要用無論什麼種類的電擊法在夏綠蒂的身上，而且她才不要去理會別人說的有關電池裡的能量對於麻痺的四肢多有益處的這些話。如果上帝要人類被電力所震動，莉莉嬸嬸說，上帝會把被閃電擊中設計爲一件好事。每個人都還記得發生在海斯母親的私人女僕身上的事，就在那棵樹的殘幹下面——閃電擊中的樹——所以這個威脅是很有效果的。夏綠蒂的小姑們有段時間停止使用她們的電皮帶，但是卻不停想念那微微刺痛的感官刺激，她們這麼說，所以又把它戴回去了。

電器店在一條小巷的旁邊。在小巷的盡頭連接上大街的地方，有一輛僱來的雪橇車，有著兩匹安靜、斑點花紋、帶著眼罩的馬兒，還有一位用衣物裹著緊緊的車夫。座位上鋪著滿滿的毛皮墊子。

車夫的一隻手拿著一個銀製的細頸酒瓶，另一隻手拿著一根鞭子。他呆滯地握著這兩樣東西，像是他兩隻手臂的延伸物，而夏綠蒂想著，如果他試著用那根鞭子打向那兩匹馬兒的話，她就會跑過去解開牠們的鞍具，拍打著牠們的後臀，叫牠們跑。

海斯說，「妳是在購物嗎？夏綠蒂？」

「事實上，是的，我在購物。我正想要走進去。」

「那麼我可以留在這裡直到妳出來嗎？我僱了一輛雪橇。」

「我看得見。」

「我提供妳搭個便車。」

「我自己已經安排好一輛車了。」

「那位警察。剛剛走進警察局的那一位。」

「他和我從波士頓一起來的。」

「從莉莉嬸嬸的公寓。」

「是的。」

有一種特別的漆，當把它塗在一些會腐壞的東西上時，可以使它們堅硬起來，像是加上一層硬殼，一種無色的、保持彈性的覆蓋物。那幾名愛爾蘭女僕有一罐又一罐的這種玩意兒。她們總是在爲自己和夏綠蒂的公公，把一些東西塗上這種漆，像是貝殼、花苞、秋季的紅葉、鳥蛋、鳥巢，與死於貓的爪牙之下的鳥類犧牲者的殘骸碎片。在院子裡的小屋裡，有一個架子上全是如小樹枝般零落的鳥爪、細小的鳥喙、羽毛、鳥翅骨脆薄的骨軸。全是上了漆的。保持彈性狀態的。

夏綠蒂想像著也有一層漆包裹著她，覆蓋著每一吋肌膚，從頭頂直到腳底。如果海斯脫下他的手套，撫摸她的臉頰的話，她想他只會接觸到表面的裝飾物質的。如果他用指頭敲敲她的前額，他會聽見那兒傳來的回音。他有時會那麼做。從一趟旅行回來，他會一直等著找到她單獨在某一間房裡時，他會走向她，敲敲她的前額：我回家了，夏綠蒂，妳呢？那是表達「橫越過沙漠」的另一種方式，但只限在旅行完回家以後。

但是當然他沒有碰觸她。當然他並沒有脫掉他的手套。

「我很願意和妳談一下，」他說。

透明漆。外層的裝飾。不，是比那更厲害的什麼。玻璃。很厚的。她想像自己在一個罐子裡，有某種程度的開口，所以她的聲音可以爲他所聽見。穩定的聲音。她爲自己感到驕傲。

「我也很願意和你談一下。爲什麼我們不安排一個時間？」

「時間？」

「一個約會，」夏綠蒂說。馬兒們開始不耐煩了。車夫手中的酒瓶打開了，他從瓶口喝著裡面的東西。鞭子沒有移動。街的那一邊，狄奇從警察局的台階上走了下來。她看得見他。海斯看不見。

不管是因爲什麼原因，狄奇瞭解到應該往回走。他倒退著走上階梯，笨拙且歪斜地，但是沒有跌跤。他只動著嘴唇，無聲問著，「那是妳的丈夫嗎？」但她可以看得出來，他自己已經十分確定答案了。

然後她知道他從一個窗口向外面張望著。她不介意，一點也不。她想，被監視、被跟蹤，都已經快成爲習慣了。她已經很慣於如此。海斯到底知道了些什麼了？

他知道一些事，那是無庸置疑的。她已經讓自己快要喘不過氣來了，因爲努力著讓自己不要激動起來，像噴泉般地用無數的質問、指控淹沒他，一次傾倒出來在這冰冷的白色空氣裡。更厚的玻璃！

原來在服裝店裡看著那件上衣的女顧客，空著手走出來了。我想知道他們有沒有我的尺寸，夏綠蒂想著。也許她會買一件比她現在需要的要更大上一些的衣裳。她逐漸喜歡上了瑪寶・葛森衣服的寬鬆自在。而且不論如何，她在想，我唯一在做的事就是不停地吃；只單單在這一星期，也許就長胖了五磅。

「妳是在告訴我，妳要我現在走開，而且像妳所說的，在晚一點的某個時間定一個約會？」

「你不會需要用走的，你有一部雪橇。」

「我從車站那邊把它僱來的。」

「你是否在我坐的那班火車上，今天早上的那一班？海斯，你是在跟蹤我嗎？」

「我不知道妳搭的是哪一班火車。今天一大早我就在這裡了。妳看見銀行旁邊的那家旅館嗎？藍頂旅館，這是它的名字。那地方不壞。他們說往西邊的那些山在黎明破曉時會轉變成藍色的，但我想在冬天這是不會發生的。我昨天晚上睡在那裡。」

她沒有看見任何旅館，也沒有看見任何銀行。昨天晚上睡在那裡，有誰陪伴？

不要問問題！更厚、更厚的玻璃，可能存在的最厚的玻璃！

「旅館裡有隱密的餐間。我可以去訂一間。我覺得它很合適。」

「你是說今天，海斯？」

「我當然是指今天。」

夏綠蒂搖搖頭。他終於正視著她，很長、很長的一段時間，像是要看透那些透明的外殼。她知道他給了她的回應加了很多分，很多很多的分數。而她認爲她必須給予回報，所以她用一個表情讓他知道，她並不認爲他或多或少讓人覺得討厭，而到目前爲止，這很像是她一直看待他的方式。

這是談生意，她想。

「我想我們要等待一會兒，」她說，「而且約在一個完全中立的地點，你知道。」

「這個鎭是中立的。」

「對我不是的。」

「這兒可眞冷，」他說。

「下雪的時候，它會比較暖和一點，」她說。

「那麼在哪裡會面，夏綠蒂，什麼時間？」

「波士頓，也許。」她低下頭，思索著。看來不像能夠邀請他去哈瑞那裡碰面。

他沒有與她爭論。他說，「好。波士頓。那垂蒙特紋章怎麼樣？」

「它被一場火燒掉了，海斯，四五年以前。」

「我忘記了。」

在她說出口之前，她並不知道自己會這樣說。「艾塞克斯，」她說。她沒有看他。她不願意看。她覺得如果他不記得那地點代表的意義的話，對她會是件難以忍受的事。她想，他不是唯一一個對密碼很懂得一些的人。

她看著他。他記得。「是那個我們沒去成的旅館，同樣的一晚我們也沒看成那齣一個傢伙試著要用鋸木廠的鋸刀，殺掉另一個傢伙的舞台劇？」他莊重、職業性的說著。

我們沒有看成舞台劇的那一晚。不是我們最早知道妳病得有多麼嚴重的那一晚。

生意經。

「噢，」夏綠蒂說。「是那同樣的一家嗎？我忘記了。」

「我應該會喜歡看那齣戲的。」

「你不會的，海斯。」

他任由她那樣說。他說，「什麼時間？」

「你的行程表是怎樣的？」

「我得去阿爾巴尼兩天。」

「更多的自行車？」

「是的，還有汽車，」他說。

「你在建立分部，擴大業務了。」

「是的。」

「那麼三天以後，」她說。

「幾點？」

「我沒有什麼要特別挑選的。」

「五點？」

「五點。」

「我應該要安排訂下一間私人餐室嗎？」

「請如此做。」

狄奇又走下台階來了，這回他走過街來，走向他們。海斯轉過身。兩個男人沒有握手，只是對看了一陣，以並不算是不友善的方式，而是男人之間的某種相互打量，當他們無人有興趣交談，但又不把對方視作威脅時的方式。也許他們能相處得相當不錯，夏綠蒂想著。

昨晚上睡在這裡，爲什麼？

海斯向著狄奇的方向點了下頭，和他打了招呼。「那麼我就回去坐我的雪橇了，」他禮貌的說。他把手舉起放在帽沿上。「再見，夏綠蒂。」

「再見。」

「我打聽到了，」狄奇說，就在海斯轉身走開的下一秒鐘。海斯並沒有回頭。

「打聽到什麼？」

狄奇完全是個直腦袋。「地點。」

「噢。」

「來吧。」

結果她還是不能有一件新衣服。也許她會再回去那兒一趟。狄奇又一次強迫她離開，又逼又催，完全就是個警察的樣兒。他們匆忙走向與海斯的雪橇車相反的方向。她聽見車夫對馬兒喊出命令。沒有動到鞭子。她聽見牠們的鈴鐺發出叮叮噹噹的聲響，只有幾個鈴鐺，但是在這個又寒又冷又清亮的空氣裡，聽起來既清脆又響亮。

15

他們離開畢基婁磨坊村中心的商店和街道，走向下一個村落。她知道他們在往東邊走：他們面對著的天空滿是灰茫茫的暮色。背對著太陽走去，並不是一件感覺很好的事。

一列火車的哨音在遠處響起。一列她沒有坐上去的火車。

一片雪白的荒蕪大地。小小的房舍散布四處，它們縮擠成一堆，黑黝黝的，門窗緊閉，看起來像是它們正承受著痙攣及疲倦。有些煙囪噴出濃厚的燒炭黑煙。而另外一些煙囪噴出濃厚的燒木頭灰煙。厚雪上凝結著冰層，又密又實，你可以在上面一路走著而不會陷下去。

一群孩子，大部分是男生，穿著過於單薄的衣裳，經過他們身邊走回鎮上。其中有些人有小橇，但大部分只是將弄平了的紙板盒子，或是大木桶的木條等做替代品。他們不像在公園裡又笑又吵鬧、自信喧譁的波士頓孩子。一種令人覺得悚然的靜默與他們如影隨形。他們是冷冰冰的。也或許他們的直覺告訴他們狄奇是什麼人。他們幾乎不看他第二眼。

一陣嚎叫聲從在北邊延展出去的樹林的方向傳過來；這聲音攫住了她的心。狼！

「狄奇！狼！」

「是狗群，」他興致高昂地喊出來。

狄奇似乎和他的另一個自我接上線，展現了一種迥異的性格特質：一名無畏的、興奮的冒險家。一名被任務狂熱地占據了心智的人。他也似乎免除了對睡眠的正常需求。他帶著她往哪裡去？這是一項犯罪行爲，違反一個人的本意，在外面這種天寒地凍裡。她願意用所有一切來換取一匹馬兒。

「我要一匹馬！」夏綠蒂大喊著，覺得自己像是在戰場上的理查國王一般，雖然這並非一場在爭奪統治英國權力的戰爭，而且理查的人格扭曲、邪惡，有著滲入大量毒質的靈魂，而且記錄上有太多他的私人罪行，包括在倫敦塔殺死了那些小王子們，以及處置掉自己的妻子，沒有人會爲他付出一絲同情，最後只剩下一景，他落下馬來，蹣跚四處走著，淪爲一個哀鳴的人。

在夏綠蒂生病時，城鎮劇團曾經表演過「理查三世」。海斯曾起意想把她搬去看戲，但他的母親認爲那看起來會很不恰當，好像夏綠蒂，一位蒼白的女士置身觀眾席上，綁住在椅子上好使她直立起來，會轉移掉所有注意力，就像是一位在劫難逃的無辜公主；而且無論如何，希斯家不希望有人會認爲他們窩藏了一個得了恐怖的小兒痲痺症的病人。海斯沒有與他的母親爭論這件事，不過他感覺到必須要在這戲在台上演出的那兩個晚上，離家出門做一趟旅行。

她的公公扮演這齣戲的靈魂人物。每個人都說他演得精彩萬分。她覺得自己瞭解理查勝過其他那些國王，因爲公公是在她的門口前練習台詞的。她是他的教練，激勵他詮釋出來那些病態的機智，如刀刃般銳利的言語交鋒，與狡猾的觀察力。

有一點是眞的，在所有歷史劇裡，所有這些王室成員的角色中，最邪惡狠毒的角色擁有著最棒的台詞，就如同在舊約中的撒旦有著最獨特有趣的形象，你會想要這樣去類比。作爲上帝或者一名天使並不是什麼有趣的差事，因爲祂們所做的一切都是可預測的，而且是單純的爲了成就善意美事，這是很值得嘉獎，但是卻沒有什麼樂子可言。

「善，」有其等級、調性的差別。這是事實。

有複雜人格的人永遠不會使你覺得無聊。聖經中最不會使人覺得無聊的是哪一位呢？夏綠蒂這樣告訴她的公公，而他看著她，因爲驚訝而眼睛眨得好厲害，似乎就在前一刻才瞭解到，他躺在病床上的兒媳婦的腦袋裡還是有內容的，她有時也用得上它。她擁有意見、理論。

他聽從她的話（在準備角色演出的大部分時間裡，也只有那一次是如此）。他同意她所說的，邪惡具有與生俱來的較高趣味的這種說法，而且他眨著眼睛，很理查式地對她說，「但是讓我們把它當成是一個我們倆之間的祕密。」

他允許她替他設計些有趣的點子，好讓他的理查在舞台上看來扭曲，不同於一般。他不想在襯衫裡塞上一個枕頭，變成一位明顯的駝背者，那是他在其他演出中所看見的理查，而像莎士比亞所要的：一個畸形的身體對應著畸形的靈魂。所以他賦與他所扮演的理查一種側邊傾斜的姿態，彷彿下一刻就要跌倒，這也許是夏綠蒂每次在一陣麻痺過去後站在床邊的模樣，啓發了他的靈感。他一點都不需要用上扮成一名駝子所需要的道具。

亞瑟。她第一次見到亞瑟的時候，他穿著綠外套，小小的椅墊塞在背後。她以爲他是個殘疾。他告訴她他是在裝樣子。他要辛格頓小姐把他畫成一個花園裡忙碌工作的小侏儒，放進畫面上那被冰霜覆蓋的園中。亞瑟侏儒。她可以那樣想著他嗎，把他縮小？每一次當她在腦海中想著他時，就把他縮小一點點，直到在想像中他小到可以站在她的手掌上，像一個陶瓷做成的小偶？那一定會把事情變得簡單些。

泰倫斯：「他在研究畸形人。」

亞瑟：「妳是個特別的女人。」

蘿薇娜・派蒂：「亞瑟・品！你和這位女士在一起做什麼！你離這女士遠一點！你不要糾纏這位女士！」

亞瑟：「禮貌代表著勢利眼，夏綠蒂，讓我們不要做勢利的人。」

莉莉嬸嬸：「看著我。告訴我妳不是去找亞瑟。」

亞瑟：「妳可以用妳的唇。妳可以用妳的嘴。」

哈瑞，藉著狄奇傳話，如果她在橡樹村下車的話：「多思考一下，關於亞瑟這個人，希斯太太。」

亞瑟：「跟我一起來。」

亞瑟：「當我母親從我身邊永遠走開的那一晚，我翻轉過身，馬上又睡著了。我那時十一歲。然後每件事都解體了。」

亞瑟：「過來靠我近一點。」

亞瑟，從她肩膀上看著她寫信給契斯特伯父，要他幫忙找一位平克頓的私家偵探：「妳爲什麼要寫這樣一封信？」

亞瑟：「我很高興妳看不見我臉上的表情。」

亞瑟：「當我撫摸妳這裡，像這樣，妳是不是覺得自己盼望我永遠、永遠都不要停下來？」

停，夏綠蒂想。他並非縮得很小。他並非花園裡的侏儒園丁。

「狄奇！」他遠遠地走在她前面；你會以爲他穿著一雙雪屐。「你到底要帶我上哪裡去？」

「沒有太遠了。」他轉過頭很快地給了她一個帶著鼓勵意味的笑容。

「讓我們找一些馬兒。」

「妳需要活動一下筋骨，」他喊回來，像個醫生的口吻。

「如果我凍死倒在地上，就再也不需要活動了。」

空氣就如同尖銳的冰錐般讓人覺得刺痛。她的眼睛一直漫溢著淚水。她覺得連眼睛裡面都結上冰了。還覺得如果她碰碰自己的鼻子，鼻子就會掉下來。她想到蓋在海斯僱來的雪橇上的那些溫暖的毛皮。那是哪一家旅館？什麼頂的。

藍色的日出。很久很久以前的事。她覺得是在一趟放逐之旅中。到底是爲什麼要睡在那家旅館裡？

她整個人開始混亂起來。這不就是當人即將凍死前會發生的狀況？海斯知道些什麼。他知道些什麼。他不知道與亞瑟有關的事。他不知道璧翠蒙內部作業的事。或者他知道那些內部作業，但是不知道她住在那裡。或是他知道她住在那裡，但是不知道她參加過那些內部作業。

他是要在他們會面時詰問她，那是他要這麼做的原因，一場談生意般的會面，什麼事情都用這種方式？「好吧，夏綠蒂，我獲知妳並沒有像日出日落那樣理所當然地忠實於我。而且獲知在妳不忠的行爲下，妳其實是在一個渡假般的心情裡。妳十分快樂。」

他知道所有這一切了。

不，他什麼都不知道。

等一下，是她想到先訂個約會再碰面的這個主意的。延遲那不可能避免的事。「因爲通姦的理由，我要求與妳離婚。」他會這樣說。不，她會比他先說。

她忘記進一步約定他們該單獨碰面。

也許他會帶一名因爲生意而有來往的律師來，或是一個、兩個、三個希斯家族的人一起來，或者他會帶他的姊姊、她們的丈夫、他的哥哥、他們的妻子、他的母親、他的父親，整整一旅姓希斯的親屬，而她只有一個人在那裡，似乎可以要求契斯特伯父過來撐她的場面；但是他也姓希斯，他會說，「這是利益的衝突，」雖然他曾經發誓要當她的朋友。

就在這一刻，夏綠蒂想著，海斯正寫著一份那種一個人寫來打發掉妻子的文件草稿，那是他本來就已經開始在做的一件事，難道不是嗎？感情上。肉體上。那個在廣場邊上的女人。或者他已經寫好了那些文件；他就把它們放在雪橇上。

那麼那條條紋花樣的圍巾又怎麼說呢？噢，那個，那是個——海斯是怎麼形容的？當你去參加一項生意上的會談時，在那些與之協議的人腦海中，先植入一些錯誤的資訊？詭計。必須的詭計。當他發現她是獨自一人時，不輕點他的帽沿向她打招呼？那也是同樣的用意。就像他在說著，「妳仍然是我的妻子，不過也不會太久了。」

她根本不應該起了約他在艾塞克斯旅館見面的念頭。大錯特錯！感情用事！玻璃上的一個大裂縫，很大的一個！

鋸木廠的舞台劇。大鋸子的鋸齒。滿場觀眾的狂熱感染力。在她丈夫有興致觀賞的戲劇類型中，這可沒有什麼文雅的成分。莎士比亞並不是一位文雅的作家。那些在市政廳舞台上演出的歷史劇——即使是理查——都演得太文雅了。那茱麗葉呢？克麗奧佩特拉呢？在陽台上站著，沐浴在月光中，因爲妳要妳的新情人到床上來，這其中沒有任何文雅之處。或是那隻刺入茱麗葉胸膛的匕首：她自己的手抓著它，像是一項判決。

而一籃子的毒蛇拿到妳面前，好讓妳可以用來謀殺自己的這種安排，其中也毫無文雅之處。毒蛇咬中的到底是克麗奧佩特拉身體的哪一部分？也許是她胸上的某一處。她的乳房，哪一邊的？在她的情人曾經用嘴去親吻的地方？毒殺那些他遺留在那裡的痕跡？

在鋸木廠的舞台劇以後，他們本來預備在旅館裡吃晚飯。還要擺上海斯喜歡的那種酒。她部分計畫好要說的話，而另一部分，她覺得順其自然的發生也不錯。在適當的時刻。「我要我們能夠擁有自己的房子。我希望我們不要住在那大家庭裡，我要去購買家具。」

然後，她就平躺在她的病床上了。

她那時應該同意立刻與海斯談。不應該把狀況弄成要讓他等待得長久。

她應該退讓。不論現在在哪裡，他都會是暖和的。他不會在這一片不毛之地中間走著，走向黑暗，在足足一哩高的悲慘爛糊的雪堆上。水泡肯定會出現在她的每一隻腳趾頭、腳跟和腳掌上。她血管中的血液開始遲緩下來，好似被冰塊給堵塞住了。在那間飲茶店裡吃下去的食物，屯積在她的胃裡很不舒服。豬油。豬油讓她作嘔，覺得消化不良。她感到在身體中間部位一陣痙攣。像是有人給了她一拳。又一拳，再一拳。她胃部的左側下方。不是食物的問題。也不是因爲勉力在冰屑夾摻的雪地上行走引起的。是她每個月的時間快到了。痙攣在血來之前的一兩天就會開始。再幾個小時以後，一些初始階段的紅點就會出現了。

一種可怕的淒涼感突然襲上她的心頭。她察覺到在她內心深處曾經（祕密地，不顧曾做過更好的一些判斷）開始懷抱著可能受孕了的希望。受孕。而這一次，它可能成功，它可以保留下來。而每一件事都會美麗又單純。

夏綠蒂：「哈囉，亞瑟，我有一些事要告訴你。很棒的事情。你和我快要有一個孩子了。」

亞瑟：「太好了！我們去找哈瑞替我們辦一場慶祝餐會！」

夏綠蒂：「我想現在你必須去完成你的學業。」

亞瑟：「妳絕對正確！我們將永遠廝守在一起！」

嘎扎，嘎扎，嘎扎。天空變暗了。她每一根骨頭都在哆嗦著。連呼吸一下都會引起疼痛。

她對自己說，「我好空虛。做的每一件事都導致錯誤的結果。」

突然狄奇轉過身來，交換著腳跳躍著。「這裡！」他大喊著。「就是這個地點！」

他們來到鄰村一個偏僻的社區前面，如果你可以用「社區」這個名詞來稱呼它的話。

他們接近了一個低矮、粗木、平屋頂的建築物，它位於冬天的荒原邊緣，和一堆成排的屋子之間——組成迷宮似的——數量龐雜的小屋子，看起來像是在大池谷地區那兒的小平房，但是全部擠壓在一起，缺少了漂亮的大池谷地區的小湖，以及它的草地與樹林的自然調劑。而且這兒也沒有一個地區裡的中央焦點，像是葛森麵包店在大池谷地區起著的作用，像是酵母的核心。

這幢建築物一定曾經屬於一所教會。在門的上方有一個褪了色的、斑駁的標記寫著「公理教會聚會所」。窗戶很少——只有兩扇，在門的兩邊各有一扇——而玻璃上全是霧氣，看不見裡面。裡面的光線是亮晃晃的：很多的瓦斯燈，而沒有一盞是吝於添用燃油的。

看不見教堂主體的任何記號，只有在往東的方向，在一個小小的丘陵地的頂處，有一些石頭以長方型的形狀堆起來，看來可能曾經是教堂的基地。是的，它是的：看起來像是一堆碎石的東西，其實是五六個的教堂長凳疊放在一起，倒放下來，像是長凳子朝後翻倒著。在黯淡的光線中，它們看起來很詭異；上面有被火燒灼過的痕跡。

教堂是被燒毀了。特殊的是石頭堆和長凳上都沒有積雪：有人在負責清理它們，像是在墓園中的墓地管理人一樣，或是那只是簡單、無合理解釋的某種現象，沒有雪落在小丘陵上，似乎上帝選中它去免除掉這些麻煩，祂從天上降臨，就在那個地點，用一隻巨大的手保護著它，像一把雨傘。

眼前這幢建築物的屋頂上也是沒有積雪的。

從建築物裡傳出來的聲音不像是教堂會有的聲音。是一種模糊、粗啞的噪音，一種不連續的音波。你可以分辨出這地方擠滿了人群。牆壁上也似乎在滲透出熱度與汗氣。通往大門口的小徑給踐踏得很厲害，雪被壓低到了去年土的表層高度：一條路面爲凍泥蓋滿的小徑。沒有馬兒、沒有雪橇、沒有任何乘具。在建築物裡面的人都是走路來的。

「我們到火車站去吧，狄奇，」夏綠蒂說。

「不要告訴我妳覺得緊張。」

「我這時候是最不可能感覺緊張了。我準備好要去搭火車，如此而已。最後一班往東邊去的是七點鐘的車。我們不需要回到畢奇姆去，我們可以順著鐵道走。下個火車站離這裡不遠。」

「畢奇姆！」狄奇說。他就像是一個在尋寶的小男孩，要緊捉住他夢想中的寶藏箱子。你會以爲他在找的那對雙親是他自己的父母親。他簡直把這回事看作是他私人的事了。「我記得。這是本地人稱呼此地的方式。畢奇姆！妳用了這個老名字。」

「我沒有。我說的是畢基婁磨坊，」夏綠蒂說。她的牙齒冷的喀答喀答上下敲擊著。身體也冷的發顫。

「還記得那個以前一直在這裡的又臭又醜的小製紙廠，每個人卻都假裝它不在這兒？就像如果妳只說『姆』而不是『磨坊』，它就不在那裡？而『畢奇』似乎包含太多感情在裡面了？」

「我記得你的臭製革廠。」

「我也記得。我們進去吧。」

他用一隻手推開門，另一隻手抓住她的臂膀。一位紳士會站在一邊禮讓她先走進去，但這不是顧到這種體貼周到的好時刻。他比她先走進去，像是把自己當作一面掩護她的盾牌，一位好警察，把她推到他的背後。

門裡的噪音像一面疾風對他們迎面襲來。最初這兒像是正在舉行某種節慶歡聚、婚禮或是重要的派對。但是並沒有人盛裝打扮。沒有人看來像是在慶祝任何事。也沒有看見任何裝飾物品。這裡反而有種日常的氣氛。

幾十組的對話在同時進行著。呼喊聲、咆哮聲、哈哈大笑聲、尖銳的笑聲、咭咭的笑聲，老年人、年輕人、在老年與年輕中間的人、小嬰孩、兒童，許多兒童。丟在一進門處的地板上是那些小橇與扁平的紙板，就是屬於早先時候從他們身旁經過的孩子們。

騷動。很多人在跑來跑去。每個人都在某種動作之中，即使是只用到他們的嘴、或是舉起他們的手，在吃著、喝著，與做著大的、戲劇化的動作。各式大小不一的桌子、椅子。在占據了大半面牆的一座壁爐裡，火猛烈地燒著。很好的煙囱。棒極了的通風。

低矮的屋梁。屋裡瀰漫著混合了啤酒、雪茄、煙草、煮菜油、豬油、甜食、濕衣裳、嬰兒髒尿布、動物毛皮的氣味。一隻狗睡在一張桌子下。幾隻貓在爐火旁邊。熱。溫度。歡愉享樂。陶醉興奮。在一邊有一塊空下來的地方，像是一個舞池。沒有音樂。

五十人、六十或一百，難以計算。各式各樣的臉孔。沒有人特別注意到夏綠蒂與狄奇。有大約八九人在那塊空下來的地方，安排著一種圍欄般的設計與安置。爲了某一種遊戲嗎？靠近邊緣的人把他們的桌子往後拉，還搬動著椅子，好讓空間更大些。

幾塊原木板在地板上側立著安置起來，橫擺著，像是準備讓什麼東西通過的溝槽，兩兩之間的距離也經過仔細的測量。木板內面整條槽道用白棉布墊子做成的緩衝器排列起來，看起來像是黏上去，或是用釘子釘起來的。布墊子很不乾淨，不過它柔軟、緩衝的效果是很明顯的。每一塊長條木板在兩邊末端用看來是切出來的木塊支撐起來。木塊上還切割出小溝，所以長木板的末端可以正好嵌進溝裡去。四條這樣的溝槽開始浮現，每一條差不多是三十碼長。

「看起來像是他們在那邊安置了一些通道，」狄奇說，靠近夏綠蒂，好讓她聽見他說的話。他表現得像是這個地方的專家。「爲了某種賽跑活動。」

「什麼東西的賽跑？」

「不知道。小體積的東西。但是如果我猜想得不錯的話，這裡馬上會有非常鄭重其事的卯上一注的行爲。」

「你的意思是賭博。這合法嗎？」

「我並非，」狄奇說，「在值勤中。妳有四處看看嗎？有看到妳的母親和父親嗎？有打算好要對他們說些什麼嗎？」

他是在取笑她？不是的，他很一本正經。

「你怎麼知道他們在這裡，狄奇？」

「每個人都在這裡。這是每個人在一天結束時來的地方。一天的結束時分在此地開始得很早，他們告訴我。特別是在死氣沉沉的冬季。妳難道不認爲這十分讓人興奮？我想知道他們是否供應麥酒。我打賭他們有的。我在考慮是否應該去拿一些麥酒過來。我想知道哪兩位是妳的雙親！快點，夏綠蒂，把他們指出來。」

他似乎以爲一種根植在她身體裡的本能會閃爍起來，而她會被導引著，像是那些人訓練出來的鴿子般飛出去，然後恰恰回轉到牠們離開之處的同一個位置上。或者那些上古樣貌、體型巨大的爬蟲類，大池谷地區的母烏龜，她們四處爬動著，常常漫遊到數哩外的地方，但是總是會回到大池谷地區的池邊去生蛋。即使是你捉到了其中一隻，把她放在馬車背後，一路載到天國的邊界去，人們說她還是會往回走，不顧路程的距離與危險，就像她私有領域上的一切雜亂，全是神聖不可侵犯之物，而且印刻在她那小小的烏龜腦袋裡。

也許只要她靜靜地站在那裡，他們就會看見她。她期待些什麼？她沒有在期待任何事。也或許……

一個又高又壯的男人穿著一件老舊的羊皮外套，正在測試嵌進小溝的長木板條，好確定它們都在妥當的位置上，穩定地咬合著。他的頭髮是橘紅色的，不是平順的梳到後面去的那種髮質，而是鬈曲、野性的。他朝她的方向凝視著。給了她很當一回事的、警覺性的一瞥：是局內人貫注在局外人身上的凝視。他只有四十歲左右。一個笑容。他好像正說著，女士，妳的頭髮顏色可美了。她已經脫下了她的帽子，也解開了外套上的扣子，對他們來說，這間房間太熱了。她覺得自己彷彿是一件展示品。

另一邊的角落出現了兩位穿制服的警察，匆忙地向門邊走去，好像他們收到了某種信號。狄奇正四處張望著，尋找一位侍者或是吧台，要弄清楚在這兒是如何服務客人是件挺困難的事。

「打架！」有人在叫著。「外面有人在打架！打架！」

狄奇立刻警覺起來。兩位警察正從旁邊經過，狄奇很快地用警察的用語與他們交談，表明他的身分；他們需要幫助嗎？他們需要。

他要把她單獨一個人丟在這裡？「狄奇，一分鐘以前，你才說過你不是在執行勤務，」夏綠蒂說。

「我現在是了！」

從外面傳來喊叫聲，很響亮，一群暴民。某樣東西撞擊著門的另一面。聽起來像是名男子的沉重身體猛撞上它，好似他是被甩過來的。

兩位警察和狄奇花了好一會兒功夫才走出去。似乎沒有人認為有什麼不尋常的事正在發生。

夏綠蒂的背部抵著一面牆，而且試著想把自己變成一片扁平的木牆面。也許她還應該在身上掛著一塊牌子：「如果你姓坎普的話，請與我談談。」

她對把東西理出頭緒這回事總是十分笨拙。為剪貼簿收集的圖片和小紀念品、她自己的首飾、從海灘收集來的貝殼、書本——其實那不論是什麼東西並沒有分別：對於某類東西歸哪裡，她會搞得亂糟糟，到最後一籌莫展，只好找來女僕幫忙。她的公公覺得這真是使人發狂。他曾經指著許多鳥兒棲息的一棵樹，告訴她去欣賞那隻嬌小的、有黃色羽毛的鶯；牠不是很完美的一個小東西嗎？所有的鳥兒看起來都一樣；她會看見黃色出現在每一隻鳥的身上。但是她可以去嘗試。就像是當妳方才才離開一個明亮的處所時，眼睛要花上幾分鐘才可以適應一片黑暗。

她決定要靠年紀與算術來辨認面孔。她離開家幾乎是二十四年以前的事。所以從她最後一次看見他們，再加上二十四年到她雙親的年齡上。他們當時年紀多大，二十四年以前？夠老了。他們的臉孔看起來是什麼樣子，二十四年以前？

愚蠢的問題。他們的臉孔就像是還未畫上臉孔的面具。他們轉向另外一個方向，與她隔得遠遠的。

圍繞著那安置好的比賽跑道的人群變得更多，更吵鬧了。有人舉起一個金屬製的午餐提桶到空中，用一個看來像是榔頭的東西敲打著：一會兒之後，整個建築物中，所有的嘈雜聲逐漸沉靜下來。

現在在跑道的末端——終點線——擺放出來一些別的物品。像是從一個巨大的沙發椅上偷來的四個大型的柔軟絨布墊子，被放在長形木條板的邊緣，而在每一個墊子上擺放著琳琅滿目、光閃閃、不值錢的小玩意：玩具球、拼布娃娃、烹飪調匙、小型的木製小馬，被漆成橘色、紫色和綠色。

狄奇——他在哪裡，外面的騷動聽起來也已經平息下來了——關於賭博的說法是對的。在一片安靜中，你可以聽得見銅板叮噹作響。

賭注下好了，一切準備好了。無法看出來到底由哪裡，以及是誰在主持一切。不過這裡是有一套運作著的系統，錯綜複雜的系統，夏綠蒂想著。看來似乎沒有任何用文字寫出來的規則條例。夏綠蒂突然想到，不管外面發生的是什麼事，它也許是一種故意的安排，是一種聲東擊西的技倆。「把警察從這房子裡清理出去，」也許是這套系統中的一部分。離那些跑道最遠的人站在椅子上，看起來似乎他們會跌下來，但是並沒有發生。

夏綠蒂忘記了她的使命。四位年輕的女子，剛剛度過青春期，或者也許還在青春期，從後面某處出現了。她們抱著幾個全部是大約一歲大的嬰兒。

四位母親。她們的嬰兒——女孩、男孩，無法斷定——全穿著小小的罩衫，每一個嬰孩的背後都用針別著一張紙片，上面有一個號碼。

不論哪個地方哪個年代，怎麼也想不到竟會是這些嬰孩，夏綠蒂想，而除了嬰孩，全世界上還有什麼會在這裡比他們更精力旺盛，更狂野地消耗著嬰孩的快樂與慾望，當墊子上那些色彩繽紛的小玩具映入眼簾時。他們在那些跑道上站定且衝步向前時，其他人不需要去告訴他們該怎麼做。

四個靠近起跑線、不停地把他們的身體重心從一隻腳換到另一隻的男人，很顯然就是嬰孩們的父親。一個戴著黑色方頂高帽子，上面用白色油彩寫著「裁判」的字樣，挺直了背站在一張靠近終點線的高腳凳上，標示出自己的位置。每一位最挨近跑道的人都剛剛好坐著，或是蜷曲著身體，不致阻擋別人視線：夏綠蒂本來一直用腳尖踮站著，但無法保持這姿勢太久，而且她一生從未在公共場合站在一張椅子上過。她明白自己對這個行爲甚至是根本排除在考慮之外的。

那幾位母親把她們的嬰孩放在起跑線邊，兩臂交叉在嬰孩身體前面，像控制他們的韁繩般，等待著某個信號。一個男人走上前，接近夏綠蒂的身邊。她看見一件大衣的黑色羊毛質料的袖子，在腰部上方貼縫上比較亮的布料。還有一雙厚重的黑色羊毛手套，在手掌部分則有加縫的皮料。馬匹的氣味。一個馬夫。當她轉過頭，她看見這個男人的臉是海斯的臉。

這不是她眼睛的惡作劇。她並沒有如此徹底地想到他，以至於在陌生人的身上看見他。她並不是心生幻覺；那種酷寒並沒有凍壞她的腦子，雖然這種種可能性都在短短的瞬間掠過她的腦海。

他和別人交換了大衣。海斯拿了雪橇駕駛的大衣和手套。夏綠蒂凝視著他。他似乎對自己的行爲很滿意。他認爲一件當地人的外衣會使他融入周遭環境？他也許是這樣認爲。他也許眞的是這樣想的。

「我希望你把你的大衣給了那位出租雪橇的駕駛了，海斯。我希望你沒有把他半裸著留在酷寒中。」

「我借給了他。他不能夠一直留著它。我已經付給他足夠多的錢，」他小聲說著。「四號，他們告訴我是最被看好的。」他彎腰向她靠近，就好像每個人仍在喊叫，好似噪音級數仍在增加當中，而非減弱。她可以感覺到他的呼吸吹拂在她的髮絲上。

「你無法分辨他們是男孩還是女孩，」夏綠蒂說。

「四號是個女孩。上個月她得到第二名，我聽到他們說，而且她在她祖父的穀倉中好好地練習了一番，他們在那兒為她安置了一個跑道，就像這裡的一樣。」

「你下了任何賭注在她身上，海斯？」

「我不，」他說，「賭博，妳知道的。」

「那麼，你會如何說明你到底在此處做什麼？」

「那多半算是一種直覺。」

「我要你停止跟蹤我的行動。」

「我不是在用妳以為我在用的方式跟蹤妳。我是自個兒出來到了這個小村子裡。妳看到我的時候表現得十分驚訝。妳難道沒有想到，夏綠蒂，這個世界上的這一個角落會是我來尋找妳的地方？」

「你應該到莉莉嬸嬸那兒去找我。」

「我想到的是，」他說，「如果妳在莉莉嬸嬸那邊落腳歇息，那只是路途中一個階段，直等到前方的路變爲坦途爲止。」

「我想，」她說，因爲她的腦子就是不能夠——或是不願意——眞正瞭解他話裡的涵義，「我要你停止跟蹤我。我是不會仁慈的，如果你再繼續跟著我的話。」

「我到妳的學校去過了，」他說。「昨天。」

「喬治生小姐過世了，我永遠不會回去沒有她在的那個地方。你不知道這一點嗎？」

「我是去尋找消息。如果妳問我學校周圍半徑，噢，五十哩之內的城鎮，我打賭我可以全部叫得出來它們的名字。」

「如果你不停止跟蹤我的話，我要取消我們的會面。」

「我不需要停止做一件我根本沒有做的事，除非妳的『跟蹤』指的是『尋找』的意思，或者妳是指去一個我認爲妳會出現的地方。」

「我不在乎你如何稱呼它。」

「但是妳看起來是在乎的，夏綠蒂。」

「我不。」

「妳是的。」

「海斯，讓我們保持禮貌。」

信號就在那時響起，宣布賽跑開始：一個孩子玩的錫哨子，被高凳上的裁判吹響。圍觀人群的歡呼與加油聲，顯而易見是十分愼重的：這是一群自制的觀眾，享受著好似在抑制叫喊的感覺，以避免驚擾到那些小小的賽跑選手。兩名嬰孩立刻就被自己的小腳絆倒了，然後一切得從頭再來，因爲有人（看不到的，隱匿人群中間的破壞者）拋擲出一個小小的、鮮紅色的陀螺到三號選手的跑道上，嬰孩立刻坐到地上，爬向那個東西。

當陀螺被拿走時，嬰孩哭泣起來。討論。嗡嗡浮動的語音，高起來又低下去，然後三號的父親把那個攻擊物品放到三號的墊子上，那是裁判給予許可的。哭泣聲停下了。你可以知道這個嬰孩將會贏得勝利，因爲他或她的終點線上，現在有著最多的玩具了。

「四號，雖然有那些優勢和練習，這回還是沒有什麼機會，」夏綠蒂禮貌地說著。

「我傾向贊成妳的意見，不過結果決定於她要追求什麼。」

哨音再次響起，而這一回沒有人再壓抑著不去大聲加油了，你得替那些嬰孩的耳膜擔心。一號很快跌倒，重重地摔在地板上，開始哭了起來。二號和四號盡全力跑著，但是二號踉蹌了一下，往後撲通一聲屁股著地，就坐在那兒了，放棄了，帶著一副傷心又困惑的表情。四號看來是表現最好的，但接著就在快要跑到墊子那邊時，她突然轉過身，向另一端跑回去。她想做的就只是跑步而已，而且誰需要被那些光閃閃的小玩具哄騙呢？她的雙親看起來是心碎欲絕。

四號明顯是最優異的，不過勝利者是三號，大家爲他狂熱地恣意歡呼。三號撲倒在他的戰利品中，帶著開心的歡笑聲，凌駕了其他的聲音。但是又被輸了比賽的一號與二號的哭聲壓過，他們兩個被父母抱起來，帶到墊子那邊去。四號仍然只是來回的跑著，每當有人試著要去捉她時，她就像一隻全身抹滿油的小胖豬一樣地滑開。

夏綠蒂想，我懷疑那個小嬰孩是否與我有任何關聯。

然後她對她丈夫說——在他的耳朵旁邊，他俯身靠著她更近了——「三號，男孩或是女孩，長大後將會進入商界，」而他說，「妳父親的名字叫做塞魯斯．約翰．坎普，妳母親的名字是海倫，原本的閨名是海倫．羅蘭生。他們正坐在最靠近爐火的那張小方桌邊吃他們的晚餐。」

裁判喊著，「現在輪到兩歲組。把兩歲組的帶過來！」

如同在賽馬場的一天。新的玩具被擺放在大墊子上：這次每樣東西看起來都是可以用來咀嚼的。一歲組的那些被他們的母親一把抱起來，而他們都急著想要再回到跑道上去，不斷地扭動、嚎叫著。是什麼讓夏綠蒂抬起她的腳，再重重地踩在丈夫的腳趾頭上，她並不知道；不過很確定的是，這對她來說感覺眞好。

他用力咬緊牙根。而且並沒有顯露出什麼表情，當她冰冷地說著，「這不公平，海斯。你偵察我的生活？你偵察我的生活而且不告訴我？」

「但是，夏綠蒂，我只是現在才如此做。」

「從以前！」

「但是以前我不知道任何事。我只是今天才剛剛成功地把一切都追蹤出來。」

「追蹤我。」

「只是要找到妳。當我知悉妳父母的事情時，就想到妳會到他們這裡來。」

「我不認識他們。」

「我很抱歉，」他說。

「你應該的。」

「如果我早知道這些年來，妳一直在寄錢給他們，我會加進去一些的，夏綠蒂。」

「你也知道這件事了？」

「那家鞋店，」他說。她想用力地踩他的另一隻腳。不過她沒有這麼做。

新的一組選手帶出場了。一個全新的鼓噪層次。就像兩歲的這一組承諾過就是那些嬰孩自己都夢想不到的精彩活動。夏綠蒂沒有看著那些跑道。她凝視著那爐火邊的小方桌。

坐在那張桌邊的一男一女側面對著她。她沒有懷疑丈夫告訴她的話，但即使她想要懷疑——他確定嗎，他眞正確定，而如果他確定，怎麼確定的？——提出問題也不會得到任何幫助。海斯剛剛離開了。她看見那穿著出租雪橇車夫大衣的背影正打開門走出去。她沒有去追他或是叫住他。

那一男一女正在安靜地結束著他們的晚餐。女人用圍裙的邊緣擦拭著嘴。男人手中拿著半片麵包。他撕下麵包片吃著，把中間柔軟的部分遞給女人，她對他微笑著搖頭表示不要，所以他就把它丟進自己的嘴裡去了。他們坐在那裡像是兩個單獨在孤島上的人——一座靜默的島嶼，在那裡沒有任何東西移動，沒有任何事情發生。

設若他們從來沒有接到過她這麼些年來寄給他們的錢呢？設若那家鞋店的人偷了錢？或是那個嫁給樵夫的他的女兒，那個伐木工人？

夏綠蒂將手探進她的皮包裡，期待著一些銅板剩下。她還有，但是想都沒有想要去數它們；早先傍晚經過她和狄奇身邊的那群男孩子中間的一個，那時拿著個小橇的現在正好走過，他舉著一個拳頭，顯然是在追逐著另一個男孩。

夏綠蒂捉住那個舉起來的拳頭。骯髒的臉蛋。汚黃的牙齒，上排的兩顆門牙掉了。掛著鼻涕。她把銅板給他看。

他的眼睛立刻張大了。「如果你完全照著我告訴你的去做，我把這些都給你。」

他表情莊重的點著頭。任何事。「你看見那一會兒之前從大門走出去的男人，一位陌生人？」

「一個有錢的傢伙穿著一件窮傢伙的外衣？」

「就是那一位。他請求我幫他去做一件祕密的差事，但是我發現自己太害羞了。」

「我會做的，小姐。」

夏綠蒂小心翼翼地指著爐火邊的那張桌子。「你知道那個男人與那個女人的名字?」

「坎普。」

「就是他們。告訴他們，一位紳士想要知道那個一年一次寄到他們的舊地址去的郵件是否一切正常。如果是，他爲今年的遲誤道歉，但是它還是會寄過來的。」

他一溜煙走開了。他非常機靈，很有技巧；他不想讓他的朋友發現他在忙著什麼事情。他側過身，不引人注意地走著，當來到了那張桌子前，假裝看來像是鞋帶鬆開了，而他得停下來去把鞋帶繫緊。

當男孩和他們說話時，她無法辨識出他們臉上的表情。他們也是很有技巧的。

他們一定差不多有六十歲了。看起來要老的多，很多。男人的鬍子是橘色與灰色夾雜著的；頭頂幾乎全禿了，除了在後腦勺上也是橘色與灰色夾雜著的一條邊，從左耳到右耳，像是那本她在喬治生小姐學校中念過的「羅賓漢」故事中，那位修士的畫像。而不是那位她以前一向用來想像他模樣的諾丁漢的警長。

男孩轉回到夏綠蒂身邊，伸出他的手。他讓自己看起來像是意外地撞到她，或是在試著偷她的錢包。他從嘴角快速地說著，「他們有固定收到那些郵件，非常謝謝妳，那位紳士想要跟他們說說話嗎?如果答案是否定的，我就不用回去告訴他們。」

「不用了，」夏綠蒂說。銅板剛放到他手掌上的那一刻，他就跑掉了，似乎害怕她會試著把它們拿回來一樣。

男人與女人並沒有顯出因爲這個侵擾而覺得緊張或被干擾的樣子，但那也許是他們希望在鄰居之間保有他們的隱私。他們環顧四周，好像完全願意面對將要降臨在他們眼前的事。沉著冷靜地。像是他們凌駕一切感覺。像是這就是他們想要的方式。

但即使是如此，夏綠蒂認爲她偵測到他們倆一絲絲放鬆下來的心情，當沒有人出現來繼續打擾他們的時候。

男人的面孔瘦弱、蒼白，幾乎算是皮包骨——不是因爲生病，只是十分憔悴。不是一張鄙陋的臉。哀傷。他對女人說了什麼，她點點頭，而他站起身來走到那些跑道旁邊去，輕敲著一個男人的肩膀。手伸進他自己的口袋裡。手拿了出來。他在下賭注給某一個兩歲的小選手。

女人是白髮，有小塊的灰色面積。一張哀傷的臉。不是一個怨天尤人的臉龐，或是那種內心酸苦、成天抱怨咒罵的容貌。夏綠蒂察覺到自己以爲一定會看到哀苦、酸腐的、令人不快的性情標記。女人的臉孔上有深刻的皺紋，很蒼老。比男人的臉更紅，就好像她比他更常待在戶外。一個圓滾滾的下巴。小小的鼻子、小小的眼睛。他們用那些錢做了些什麼，除了在嬰兒身上下注外？那些錢夠用嗎？

從來沒有一個字。那是她自己的錯；她不能怪其他任何人。那是把錢寄去一個地址，而不是人，沒有特別指明是誰。他們穿著的衣服應該是用那些錢買的。他們不算穿得差：不錯的、合宜的衣裳，像是西爾斯的等級。沒有磨損的地方，沒有肉眼看得見的破爛。

第一次附了張小紙條，僅有那唯一的一次，給坎普先生與坎普太太。沒有提到她自己。沒有連結。「一位從你們村子裡同地區來，知悉你們舊日困苦的男子，繼承了一筆財產，而希望借著提供給你們一些固定的小額幫助，來牢記他家園的老鄉們。」

她把自己想像成了歐文伯父，過世了的歐文伯父，那位法斯塔夫。歐文伯父總是在寄錢給別人。她知道這回事，因爲在她和海斯婚後不久，他問她是否願意讓他捐款給她的學校，或是她待過的孤兒院，或是兩者，而她說只要捐給學校就好了；他爲餐廳新的煮菜爐子付了帳，而且爲兩個新到的女孩子設立了學費基金，以匿名的方式直接提供款項，那一定曾經讓喬治生小姐（在私底下）發暈。

她還沒有對海斯聊到歐文。或是關於錯過了葬禮的事。嗯，如果她照著人人要她做的留在病房裡的話，無論如何是會錯過它的。

她提醒自己要記得提到這個，在他們見面的時候。它可能會是一個很好的開場。

「我爲歐文伯父傷心，海斯。」

「我也是，夏綠蒂。」

「我喜歡他。」

「我也是，雖然以前從未這樣說過。」

他們有著的共同點。海斯總是說這是開始一場會議的最佳方式。這比就只是在他對面坐下，直接說出過於怒號或過於強烈的言詞要來得好上很多，比如，「我要求契斯特伯父僱一名偵探去查出那個女人是誰，你知道我的意思是什麼，那位你想在公共場合親吻的女人，我打擾了你們，你的帽子還掉了下來。」或是，「我猜想你要和我離婚，雖然希斯家族裡的人是不離婚的。」

海斯說是她父親的那個男人下了賭注。他走回那張桌子，走回海斯說是她母親的女人身邊。

在跑道邊發生一場大騷亂。一個亡命之徒型的兩歲大幼兒擺脫了約束，並且突發奇想要把這些分隔跑道的東西給砸掉。幾個木塊推散開了，幾片長木條板子也倒下了。一群惡徒般的大一點的孩子——四歲的、五歲的——一定是因爲個子太大不能參加比賽而滿心不悅，就衝了過來幫忙。一群無政府主義的暴民！

裁判吹了一聲響亮、拉長的哨音，把場面穩定下來。這個壞行徑的兩歲孩子應該被取消資格嗎？來來回回的爭辯。跑道重新安置起來。那個幼兒被允許留下來繼續比賽。

哨音一響，比賽開始。似乎是一個暗示，如同他們早就計畫好了一般，六號與七號立刻搆著他們之間的隔板，開始對對方搖頭晃腦起來。八號一定曾經在某個節慶場合或學校的庭院裡，看過單腳競跑的比賽：他舉起左腿，握住那隻腳開始跳躍，直到在半路上絆倒、摔向大墊子以前，沒有人能夠阻止他，他表現出相當不錯的高難度動作。

五號是勝利者，因爲其他三位的脫序演出。五號有一頭金色鬈髮，垂在背上遮住號碼的上端。他是一個胖嘟嘟、極端圓潤的孩子，高興地搖搖擺擺走在跑道上，像一隻小肥鵝。當抵達終點線時，他把大墊子的一邊拉起，頭先鑽進了墊子底下，似乎要永遠待在那裡了，肥胖的粉紅小腿伸在外面。

這次比賽令人失望。整個建築物中浮動著洩氣的情緒，而且可以意識到大家在說，好吧，現在除了喝酒外，沒什麼可做的了，所以讓我們開懷暢飲吧。

不過把賭注下在那個胖孩子身上的人，一定賺進了大把鈔票。也許就只有那孩子的父母。夏綠蒂想，我打賭海斯說是我父親的那個人，並沒有下注在五號身上。我打賭他選擇的是那個跳來跳去的孩子。

娛樂項目結束了。爐火邊小桌上的男人與女人並沒有改變。他們感覺到有人在凝視著他們嗎?他們也許爲那位匿名者沒有出現而覺得滿意。他們不會在尋找著一名女子。

夏綠蒂不能確知他們的眼光是否遇上了她的——越過整個寬敞的房間，穿過這麼多人——或者她是否僅僅是他們中間的一位陌生人，恰好站在一個他們正在凝神遠眺的位置上。「那裡有一位陌生的女士，站在後面牆邊上，」他們可能會這樣想。也許他們晚一點會對彼此提到：「你看到站在後面牆邊上的那位穿著很高雅、紅銅色秀髮的陌生女士了嗎?」

或者他們不會說「紅銅色」，而會說「橘色」，或者他們會說「橘紅色」，也許他們還會說「吸引人的」，還是「聰明靈巧的長相」，或是「看上去很健康」。

或者他們只會討論著那男孩傳給他們的口信：「他想要知道是否一切正確無誤，他是來檢查的，你對這個有什麼想法？」

「夏綠蒂！」狄奇過來了，臉紅紅的、喘著氣，像那些二歲組的小選手，剛剛由起跑線往跑道衝出時一樣地快樂。「夏綠蒂，我剛才追一個人，追了一哩路，我相信他帶著一把刀。」

「他怎麼樣了？」

「天色太暗。他跑進樹林裡溜掉了。」

「我們現在去趕火車，」夏綠蒂說。

「但是我想要看賽跑。我打賭他們在賽雞。靠近山邊的一個鎮裡，他們養一種專門為賽跑用的雞，餵給牠們特別的飼料。」

「你錯過了那些比賽。」

「那麼我要喝一杯麥酒。本地的警察要請客。還有我要找到妳的雙親，向他們問好。」

她捉住他的手臂。「他們不在這裡。我各處都看過了。他們給你的是不正確的消息。」

「讓我們去找出他們住的地方。」

「那不是我想要做的事。你得要跟著我，狄奇，因為哈瑞是這麼說的，而且這是你的差事。我們要回到波士頓去。我們現在就走。」

16

幽妮絲心情煩亂又焦躁，把水從盥洗盆中濺了出來，把煤塊掉在地板上。一個人如何能整整睡上兩天兩夜，醒過來還活得好好的，看起來身體功能正常，毫無腦部的永久損傷？

夏綠蒂向她重複保證。「我已經有一種腦病了，不像是會再得上另外一種。我可不可以要一個托盤，上面擺著對現在這個時段來說，最正確的不論是哪一餐飯？」

正好差不多是午餐時刻，而老天爺又再度降下雪了，不像之前那次這麼的糟，但是更猛又更濕：幽妮絲說，從天上落下來的雪像是那種煮過頭的麥片，讓妳想要放聲哭泣。外面，不是個美好的一天。

「怎麼了，幽妮絲？」

「我好爲妳擔心。」

「我沒事。很餓，但是沒事。」

「妳想要洗個澡嗎？」

「我要吃東西。」

她回到二樓來，但是在一間不同的房間，比上次那間大。有著一張美麗的、黑紅相間的中國地毯。窗上的百葉簾漆上一種深層次的藍。牆是白色的，沒有裝飾，牆面上有最近圖畫被移走所遺留下來的痕跡。夏綠蒂想到辛格頓小姐。

「海軍把辛格頓小姐接走了嗎，幽妮絲？」

「是的，已經接走了，昨天。」

「大家都去她家送她嗎？」

「滿滿的人，那眞是可愛。所有的女僕和我都在波都因廣場那兒待了片刻。」

「可憐的辛格頓小姐。我不知道她的房間會被如何安排。」

「它會再被隔成正常大小的幾個房間。」

「妳很緊張不安，幽妮絲。那是因爲看到過世了的人的緣故嗎？」

「故去的人不像我爲之服務的活人這麼困擾我？」

「爲什麼妳不就直接告訴我到底有什麼不對。」

「沒有什麼不對。」

「那麼妳可以爲我用托盤端一些吃的東西來嗎？」

不行，她無法爲她送來食物，抱歉。廚房裡還沒有一位新的廚師，喬琪娜忙昏了頭。她因爲派蒂太太這樣抛棄她而說了許多最可怕的話。喬琪娜取消了送餐飲到房間裡的服務。她關閉了對外開放的飲茶間，一直到新的廚子抵達爲止——一位男士，一位法國人，坐船到這兒來，這將要花上他許多、許多的時間。喬琪娜有一點在罷工的意思。

「妳可以從哪裡替我弄一個三明治來嗎？或是一點甜餅？或是一整條的麵包，相信我，我能夠把它整條吃下去？」

不能在房間用餐。如果妳打破規則，就越過了罷工設下的界限。但是飲茶間只是對外面的人關閉。夏綠蒂可以下樓到那兒去，吃她要吃的東西，只要那是冷肉三明治的話，這是目前在菜單上僅有的東西。

可憐的幽妮絲在一種很不好的狀況裡。她無法隱藏它。那不會只是因爲下雪，也不是因爲辛格頓小姐，也不只是因爲要在夏綠蒂的身邊徘徊，一下來一下去的這麼多個小時，不知道是否應該叫醒她，還要在整段時間裡持續提高警覺，注意夏綠蒂的部分心智會不會永遠失落在某個未知的靈魂深淵裡、某種睡眠王國中流沙一般的洞裡，還有那也不可能只是因爲廚房中的問題。

夏綠蒂坐了起來，把蓋被往下推。她只穿著長襯裙睡覺。小女僕精神焦慮地站在一旁，咬著自己的下嘴唇。

「別告訴我，」夏綠蒂說，「有人等著看我穿上那件可憎的衣服。」它平放在窗邊的小椅子上，等著她。

那實際上是一整套衣服。長的、枯燥的灰色調羊毛裙子在材料上豐富有餘：它是那一種層層疊疊、又捲又折的大幅裙擺的式樣，她的小姑們常穿，家中的愛爾蘭女僕把它們叫做掃帚裙。當妳走過一段人行道，不管穿的是跟有多高的鞋子，都會把妳走過的路面上的所有東西都捲掃起來——垃圾、泥巴、灰塵、濕泥漿、融雪稀泥，所有可厭的、無法形容分辨的東西——而羊毛料會使一切都黏附在上面，當妳回到家時，人人都會退避三舍，即使是全世界標準最低的貓兒，也拒絕過來依偎在那樣的裙擺邊。上衣甚至更糟糕些：發亮的光面緞料子，深綠色的，像是濕漉漉浸透了的、黏在一起的草，有淺褐和金黃色的鑽石型花樣以直行排列著，很小的白色扣子——它們眞是太多了——還有一個高的離譜的領子，它不只是可以遮住她的頸子，還可以一路蓋到眼睛上面去。另外在袖口上有淺褐色的蕾絲邊。外套掛在門背後，灰色羊毛料的一塊東西，像其他的部分一樣嶄新，但是完全缺乏線條，就像會被人踢來踢去的一個盒子般不起眼。

「我覺得它眞是完美極了，太太。醫生把它送過來的，是她派了一名護士到外面特別爲妳買的。」

「醫生，」夏綠蒂說，「要我看起來像是穿著別人在春季掃除時，蓋在家具上的東西。她有送來一些穿在裡面的內衣嗎？」

有的。在五斗櫃上的是厚的長褲，一件白色的襯裙，沒有鑲邊的長內褲，一件白色法蘭絨料的內衣背心，只需要從頭上套下去就好了，沒有扣子，還有一件緊身衣的外罩衫，也是法蘭絨料，這可以當作第二層、短一點的連身襯裙。沒有緊身馬甲。

「至少會感覺十分暖和。莉莉嬸嬸在這兒嗎？」

「在醫院裡。昨天早上，在碼頭那邊有一場火災，很嚴重的。我們不期待會很快再見到她出現在這裡。」

「我自己的衣服在哪裡？」

「在洗呢。這一套又講究、又高貴。花了一大筆錢買的。」

「那麼妳應該是那位擁有它的人，」夏綠蒂說。「我確定它會很合身，如果不的話，我確定妳會想出方法來修改它。」

「噢，太太，我不能。我永遠也不能的。醫生會把我的頭切下來。」

「這是件禮物，」夏綠蒂說。

「噢，太太。」

「如果妳不接受它作爲禮物，我會告訴我嬸嬸，妳從我這裡偷走了這套衣裳，那會帶給妳各式各樣的麻煩的。不過妳得先把我自己的衣服拿來，妳才可以拿走它。」

「好的。我就馬上下樓去拿它們，噢，謝謝妳，太太！」然後幽妮絲用手遮住臉，哭了出來，而夏綠蒂想著，在這些房間裡，確實是有太多哭哭啼啼的場面了。也許哈瑞應該開始把眼淚收集在桶子裡，以備下一次水管被凍住時使用。

她走到小女僕身邊去，手放在她的肩膀上，讓啜泣著、顫抖著的她在床上坐下來，誰管哈瑞是否有一條規定是女僕不能坐在客房的家具上。夏綠蒂在她的身邊坐了下來。

一聲敲門聲。它和幽妮絲崩潰而開始哭泣的時間如此接近，妳不可避免地會想到是否有誰在外面走廊上貼著門，用一隻耳朵偷聽著裡面的動靜。門沒有上閂。敲門的人沒有等著被人請進房間。

「早安，夏綠蒂，」亞瑟說。「我回來了。」

他看起來剛剛洗過澡，刮過臉，打扮妥當。不喧譁的衣服，不是那件鮮綠色的外套。褐色蘇格蘭粗呢料西裝，褐色的背心，暗色的領結。他凝視著她。他所有的一切在對她說，「叫這個女僕離開，好讓我們單獨相處，然後我要過來親吻妳。」

她先把眼光掉轉開。沒有機會可以說一個字。幽妮絲從她的手指縫偷看，而當看到是誰在那兒以後，轉過身橫趴在床上，她抽泣得那樣厲害，使整張床都在振動著。

「這看起來像是驚風症，」亞瑟說。

「亞瑟，在這個時候，請你走開。」

「妳應該讓我看護她。我已經差不多是一個醫生了。」

「不，你是個學生，」夏綠蒂說。

「像哈姆雷特，」他說。他的笑容有一點太微弱，有一點過於勉強。他臉上有一種表情使夏綠蒂突然間心情沉重起來，就像她一整個早晨都在外面站在半融的雪堆中。他就像幽妮絲一樣緊張，她想。而且像幽妮絲一樣在擔心。

門外有一個聲音。「裡面一切都好嗎，希斯太太？」

這人是個天才。他就像是一個天才。「謝謝你，莫克西里，都好，既然亞瑟・品先生現在正要離開。」

「我就在外面這裡，」莫克西里的聲音傳過來。

「是的，我可以聽見你。你想你可以爲我的方便安排一件事嗎？」

「只要告訴我那是什麼。」

「我要我的衣裳。他們說被拿去清洗了。幽妮絲覺得自己太受天氣的影響，十分不舒服，不能替我去將它們取回。如果我可以穿戴整齊，那可就太好了。」

「給我五分鐘時間就好。」

亞瑟倒退著向門邊走去，保持著那個怪異的微笑表情。他在給她機會改變主意。她試著回給他一個微笑，但她的臉感覺太過僵硬了。

「他走了，幽妮絲。現在坐起來擦乾妳的眼睛。而且快點告訴我到底是怎麼回事，因爲如果我不能很快吃到飯的話，將會比妳現在更不快樂。妳也不能整天躺在這裡胡說八道。」

小女僕照著她的話去做，用著圍裙內緣抹著眼睛。她平靜下來到能夠開口講話的程度。「妳向來對我很親切，太太，而我不值得妳這樣對待。」

然後是一陣新的淚眼汪汪，更多的啜泣。她一會把臉藏在圍裙裡，一會抬頭朝上瞧著屋頂，似乎期待它掉在她身上一樣，這期間幽妮絲吐出了幾個字「品先生」，帶著一種絞緊了聲音的嚶嚶啜泣，夏綠蒂的內心陡地變得冰冷，就像她又回到和狄奇一起在酷寒、漫長的路上的時刻。

接著是一個深呼吸，和一陣身體的顫抖，隨後句子吐露出來。幽妮絲的聲音現在是平板的。她悲慘又痛苦。「是那封我沒有寄走的信，希斯太太。」

「妳是指寄去布魯克萊的那封？」

「就是那一封。」

「妳把那封信交給別的什麼人去寄了？」

「不是的，太太。我把它收在我的口袋裡，現在就在我這裡。」

是眞的。她笨拙的搜尋著它，把它拿出來交給夏綠蒂。

寄給住在布魯克萊的契斯特・希斯。沒有開封。看起來磨損了一些，皺巴巴的。幽妮絲說。

「我不期望妳會原諒我。我不值得的。但是我就是不能對這件事保持沉默，不再能夠了。它仍然完整無缺，但是我希望這一回妳可以自己去寄掉它，不要信任我。」

在夏綠蒂手上的信感覺起來像一塊磚石一般沉重。她無法思考該如何處理它，而既然她已經開始一種把信件丟進璧翠蒙的爐火中的行爲模式，便走到一堆煤塊那裡去，將它丟下去，並沒有看著它著火燒起來。不會有契斯特伯父那兒來的援手！不會有平克頓的私家偵探！

「我要知道妳爲什麼這樣做，」夏綠蒂說。

「是品先生。當我上樓來這兒，妳把信交給我的時候，他給我一個信號叫我不要寄走它。」

「但是他那時是和我在一起的，他一直沒有離開房間。」

「他不需要離開。」

「但是他沒有開口說任何話。我沒有聽見他說話。我會記得的。」

「他不需要開口說話。他可以用表情送出信號，祕密地表達出他要我怎麼做。」

夏綠蒂嘆了一口氣，一聲幽長的、沉重的歎息。她把莉莉嬸嬸送來的衣裳從椅子上拿了起來，思考著，有那麼一秒鐘的瞬間，她想要把它丟到可憐的幽妮絲身上去；但隨後她溫和地把它放到床上，放到她的身旁，然後再走回椅子上坐下。「妳仍然可以保有這套衣裳，幽妮絲，而且不要告訴我妳不配擁有它，因爲我恨這種說法，我眞的恨，當女僕這麼說話的時候。」

鼻子抽搐著，更多的飮泣。夏綠蒂說，「告訴我關於品先生的事。」

「我不能。」

「妳是天主教徒嗎，幽妮絲？」

「是。」

「那麼假裝把我當作是一位神父，而現在是告解的時間。」

這樣說似乎有幫助。小女僕點著頭，拍拍自己的胸口，像是要緩和心跳。「他全部告訴過妳的事是眞的，」她說，「那些發生在以前的事。只是他把它顚倒了過來，可以這麼說。」

「妳知道他告訴我的事？」

「噢，是的。」

「他對我說謊？」

「不確實是這樣的，大部分不是，除非妳把他是那個經歷過那些事的人的這部分算作是謊話的話。」

「那麼是誰，」夏綠蒂慢慢地說，「是眞正的那一個人？」

「那個人是我，太太。」

妳以爲妳準備好迎接任何事。妳以爲妳可以穩定地承受住某個人給妳的消息，一個妳並不想聽的消息。好笑的是當她在那個小村子和她丈夫照面時，她想像出來的塗滿了全身上下的透明漆發揮了功用，或多或少的像是一道十分合宜的盾牌。此刻這兒沒有那種東西。夏綠蒂覺得自己渺小、無力，而且過於暴露，不只是因爲她穿著一件又輕又薄的內衣的緣故。

莉莉嬸嬸曾經說過什麼來著，當她威脅著說要拖著夏綠蒂和她一起上住院病房去，讓她見識一下在醫院裡是什麼光景？妳會感覺到靈魂被徹底搜索過一遍。

「請不要讓我失去我的職位，」幽妮絲說，以一個細微的聲音。「請不要對艾爾肯先生說起要把我趕走。」

「我不會做這樣的事。」

五分鐘過去了嗎？莫克西里回來了。他沒有敲門，而是清了清他的喉嚨發出聲音，像是在試著壓止住咳嗽一般。夏綠蒂把門打開一條縫。她想要把自己用一條毛毯裹起來，但是所有的毯子都在床上，壓在幽妮絲身體下。

「我希望妳能夠接受道歉，因爲所有的衣服都還太濕了，無法穿上身，」莫克西里在走廊上說，小心地不朝裡面看。「但是女士中間有一位是爲一家製作衣裳的公司擔任採購的工作。她十分樂意從樣品中拿出一件來。」

從門縫中伸進來莫克西里的手臂，遞給她另一件新衣服。「非常謝謝你，莫克西里。」

「希望它是妳的尺寸。」

「它會很合適的。」

她本來預測它會比她嬸嬸給的那一件更駭人。但是它還不到前面那一件的一半糟糕。穿在她身上會有一點鬆，不過不會過分寬大。袖子很醜陋，更糟的是這件衣裳是紅色的——一種單一、純粹、深沉的栗子紅，像是深濃的紅酒顏色。上一次她懷孕的時候曾對自己發過誓，永遠不再穿任何不同深淺色調的紅色。當經歷過她所經歷過的以後，一個人怎麼可能會再想穿上紅色的衣物？也許她算是腦筋不正常會自動把紅衣服和血聯想在一塊，但經歷過戰爭的男人也許會有相同的感受。

這不是一個可以挑三揀四的時候。她需要在面對這個顏色時，重新鍛鍊自己的反應，另外她不要多想這衣服配上她的髮色是如此不協調的這個事實，因爲它讓她看起來像是一棵楓樹，搖晃著滿頭的秋葉，還是一個熱起來的、閃著紅光的火鉗，在頂端有著鮮亮的橘紅色光芒。

「這件衣服還可以嗎，希斯太太？」

「它精美絕倫。」

夏綠蒂的手臂上掛著這件衣裳，找到她的錢包拿出五塊錢。這曾經很困擾她，這麼多天以前葛森給她的錢——借給她的——大多數是小面額的紙幣。但是此刻她對此很高興。遞給莫克西里的這個過度的數額似乎是更遠爲奢侈了。他拒絕收下它。

「它是免費的，」他說。「艾爾肯先生特別交待過了，爲了希斯太太，感謝她在與警察談話這件事上的幫忙，免費的。」

「這不是要爲衣裳付的錢。」

「謝謝妳這麼想，不過不能收，」莫克西里說。

「這不是給你的。請把這個拿給喬琪娜。告訴她這是我對她罷工行爲的贊助。一項私人的贊助。」

「如果妳堅持的話。但是只是這些票子中間的一張就足夠使她非常感謝妳，比足夠還綽綽有餘，希斯太太。」

「也許如此，」夏綠蒂說，「但是五張錢幣會是讓人難以忘懷的。還有告訴她如果不介意的話，能否包起一些無論如何她在為午餐供應所準備的三明治，把它立刻送上來給我，請求她。這不會越過界限，因為那不是在一個托盤裡。那不是一餐飯。那是包在餐巾裡的三明治。」

「她可能會熱心幫忙的。」莫克西里拿走了錢。夏綠蒂聽見他在走廊上一面走遠了，一面咯咯輕笑著。我將會想念他的，她想。

幽妮絲坐在床邊，兩腳緊緊併攏，雙手放在大腿上，像個在教室裡被叫去牆角面壁的孩子。

「妳喜歡它嗎？」夏綠蒂說。

更多的擤鼻子的聲音。「它不如那件那麼漂亮，但是也算是夠好看了。」

「我要洗一下臉，然後著裝打扮，」夏綠蒂說。

她並不是在表示要幽妮絲跳下床來過來幫她的忙，但是也沒有叫她不要這麼做。夏綠蒂脫下長襯裙，檢查著上面有沒有因為月事而出現的紅色斑點。沒有，但是她知道會有一些出現的，很快就會。最可能的就是當她穿好衣服的時候，身體立刻受到啓示般地開始流起血來。

她明白她得花一陣時間才能在腦子裡分辨開來「紅衣裳」與「那些血」。很體貼，瑪寶・葛森沒有明說地在她的提袋中裝進了一些布，特別爲此準備的。夏綠蒂爲此讚嘆著。她自己是絕對不會顧及到這件事的。

小女僕一次一件的把新的衣物遞給她，然後幫忙穿上那件外衣。背後有整排的扣子。幽妮絲扣著扣子的手指是顫抖的，但是總算是扣好了。她似乎很高興能在告解到一半的時候，有一個短暫的休息。

外衣穿在夏綠蒂的身上，看來並不像是屬於一位體型大的多的女人而因此過於寬鬆。衣料是輕軟的毛料。腰部完全沒有紮緊起來。它看來是非常恰當的貼在她的腰線上。胸衣的部分設計得很簡單，沒有褶子來遮掩胸形。裙子後擺也沒有用上多餘的布料做出隆起的部分。一種精細的突起的黑線，像是斜紋布一樣的圖案織進領線中，領口低低的，因此喉頭沒有被遮起。

夏綠蒂覺得，袖子眞的應該再簡單一些。手肘以上的部分是緞質的，而且大大的鼓出來，打了褶子，圓膨膨的像是有人把熱氣灌進去了一樣。

「非常時髦，袖子的上半部，」幽妮絲觀察到。「汽球，他們這樣稱呼它。這是所有的女士正在穿的式樣。」

「我不相信女人應該把汽球穿在身上。這些袖子看起來整個是腫脹的。」但是下半部沒有任何問題。袖緣上沒有任何鑲邊，只有兩排扣子。

「妳看上去好美。它眞是適合妳，」幽妮絲說。

夏綠蒂找到她的髮刷。她走回到椅子邊。坐回去。慢條斯理地梳著秀髮。把它們在頸子後面攏了起來。捲成一個鬆鬆的髮結。伸手到放著她的髮夾的五斗櫃去。夾上髮夾。她的手很穩定。幽妮絲回到床邊，以一種和片刻前一模一樣的姿勢坐在那裡。

「我可以問妳一些問題嗎？」夏綠蒂說。

「請啊，太太，請妳發問。」

「妳母親是一位學校教員嗎？」

「她是的，比那個位置還大，就像妳所聽說的。」

「妳父親是在哈特佛爲西爾斯・洛巴克工作？」

「像妳聽說的一樣。」

「他很胖嗎？」

「他很胖。」

「在他過世以後，他們給妳一個終身的折扣帳戶，讓妳購買出品目錄上的東西？」

「是的。他們極度偏愛我父親。」

「而妳是否曾經，」夏綠蒂安靜地說，「從出品目錄上爲品先生買過東西？」

「我曾經買過。但是他不喜歡讓別人知道，所以把標籤拿掉了。在他的學校裡，人們看不上這個公司的出品。」

「品先生是哈佛的學生嗎？」

「噢，他是的，他當了好多年那兒的學生了。」

「那麼妳和品先生這麼親近的理由是什麼呢，幽妮絲？」

她眼睛朝下看著自己的腳。「我情願不要回答這個問題，請妳諒解。」

「妳告訴過我妳是多大年紀？」

「十六。」

「品先生年紀要大上一些。」

「噢，但是感覺上不是那樣的。」

「妳愛上他了嗎？」

更多的眼淚如泉水般湧上來。小溪一樣地流下她的臉頰。「拜託，這是不允許的。這個規定艾爾肯先生對我們定得特別清楚。曾經有一個女僕和一個男孩要好起來，不是大學生，而是一個從多佛那邊的農莊上來的。艾爾肯先生因爲此事激動起來，他們被丟到街上去，沒有領到薪水以作爲處罰，而那實在是可怕。」

「沒有人會把妳丟出去，」夏綠蒂說。「妳的母親是在妳還是一個小女孩時，在一個半夜離家出走的嗎？」

「她走了，如同他說的那樣。」

「她給了妳一個地址，告訴妳在哪裡可以找到她？」

「正如他說的那樣。」

「妳試著搭一班火車，而有幾個人要來護送妳？」

「他們是粗暴的人，」幽妮絲說。「我不知道該怎麼辦。」

「但是妳從他們旁邊脫逃了。」

「是的，像他所說的。」

「他告訴我，有一個學校的老朋友是叛徒。」

「那是眞的。我的朋友金妮。她的父親是我母親認識的一個人，他是學校監督理事會中的一員。我的心因爲她出賣我而碎掉了，而我已經爲了母親的事傷透了心。」

「那麼當妳逃離開那些野獸時，跑到哪裡去？」

「我那時在當僕人，在一個可怕又殘暴的女人家裡，不過我回到那兒去了。算我幸運有另一位女士到那兒拜訪。她對我很和善，像妳一樣，太太，她使我告訴她所有發生的事情，因爲我看起來似乎不是在一個正常的狀況裡。這位女士是那些替女性爭取投票權的組織中的一員。她正要到波士頓來，所以把我帶上一起。我不知道後來她發生了什麼事，不過這裡是她帶我來的地方。她非常欣賞艾爾肯先生，她有時也是這裡的客人。」

「所以妳就到這裡來了。」

「是的，太太。這是全部的故事。」

「我聽說有一位醫生。我想我記得那個名字。顧強生之類的。北歐的名字。」

「是的，但那是附加上去的。品先生有這樣一個鄰居，而他總是往他那兒跑。這個醫生是個酒鬼，成天醉醺醺的。不知道妳是否察覺到，但是品先生一直是有著醫學方面的天賦的。他有點像是那個人的學徒。」

「那這個品先生的社區鄰里在哪裡？」

「在劍橋靠近大學那兒。那麼漂亮的一條街，好似從來沒有見過似的。每一樣東西都很大，到處是樹。安靜的很。」

「妳去過那裡？」

她的眼睛垂下來看著地板。「拜託，如果妳不介意的話，我不會回答這個問題。」

「那麼品先生的父親是誰？」

「好像是一位學校的教授。」

「哪一種學科的？」

「數學，是他總是遇到麻煩的那一科。」

「他的母親是誰？」

「一位女士。她也是支持婦女要有投票權的那些人之一。我瞧見一幅她的畫像。她非常優雅，可以稱作爲『上流』的那種模樣。」

「當品先生帶妳去他家時，他的母親和父親不在家裡？」

「噢，他們經常出去旅行。他們去歐洲，去各式各樣的地方。」

門上。響起了謹慎小心、輕微的敲門聲。幽妮絲跳起身，而夏綠蒂阻止了她，也許會是亞瑟在門外。「是誰？」

「妳的午餐，希斯太太。」

是喬琪娜本人來了，遞進來一整塊餐巾裹起來的大三明治。「幽妮絲在這裡和妳在一起嗎？」

「她是的。」

「她沒事吧？」

「我還不知道。」

「告訴她到我那兒去。我需要她在飲茶間裡幫我服侍客人，在她可以過去的時候。」

「我會這樣做的。很抱歉派蒂太太必須離開，喬琪娜。」

「她眞是頭母牛。」

「噢，我瞭解。」

「不算眞的瞭解。」

「我瞭解的。謝謝妳餵飽我。」

「妳不用客氣。如果我自己來，就不算是逾越我的罷工界限。謝謝妳的，呃，贊助。」

「別客氣，妳不用對那個再多說什麼。可以很好心的幫我做一件事嗎？我知道那不是妳分內的工作，但既然妳現在已經在這裡，我想向妳提一下。」

「請說，希斯太太。」

「請妳要求艾爾肯先生替我打電話給另一家旅館，幫我預訂一間房間，從差不多一小時後開始。」

「艾爾肯先生出門了。他去找一位裝裱店的人，討論把可憐的辛格頓小姐的畫作裝框的事。何況無論如何，我現在不和他說話，因為他讓我等一位新廚子過海而來等這麼久，還是一個法國人，幾乎不會說一個英文單字。」

「那麼找莫克西里吧。」

「他不會去用電話的。他認為那會讓他的耳朵被電擊。對這點他很頑固，也許我可以向總管家提一下。」

「福斯太太。」

「如果妳不介意我如此說的話，她不會為了看見妳要離開而難過的。她對事情有很可怕的偏見，有時候。哪一家旅館？」

「它的名稱是艾塞克斯，靠近柯普利廣場。」

「我會找人打電話過去。妳需要一部出租馬車嗎？」

「路面已經清理得能夠讓馬車通行了嗎？」

「是的。駕雪橇車的人不會駛在外面那些稀泥上面。」

「那麼替我叫一輛馬車吧。請叫它在公園角落、州議會議院對面的地方與我碰面。我會走到那裡去。」

喬琪娜並不認爲璧翠蒙的客人得要到旅館外面去坐車是一件非比尋常的事。不過她說，「妳的腳會濕掉。因爲昨晚上下的那些雪，外面的融雪簡直像條河那麼深。」

「我不在意把腳弄濕。」

「但是我們沒有任何有空閒的人手可以陪妳一起去。」

「我不在意一個人過去。當妳可以和艾爾肯先生說話的時候，可不可以告訴他我是他的朋友，而且我會寫信給他。」

當說到「寫信給他」這幾個字時，幽妮絲又開始了一整遍的擤鼻子、咳嗽的啜泣。更多的淚水。

「另外再告訴他對白蘭琪小姐說，我會喜歡再去拜訪她的。」

「我聽說她非常欣賞妳。」

「我對她也是這樣。祝一切順利，喬琪娜，」夏綠蒂說。

她扣上門閂。回到椅子那兒，打開餐巾布，在衣裳上攤開。她不介意喉嚨有多乾渴——晚一點她會喝一些茶的。在幽妮絲的注視下，她沉默地吃了三個三明治。冷雞肉在麵包和肉之間，有一層凝結成凍一樣的油脂，那是蘿薇娜・派蒂會對之恐懼尖叫的食物。

還剩下兩個，夏綠蒂把它們給了小女僕。幽妮絲站起來接過它們還有那塊餐巾，把它們重新包好。「我把它們留下來晚一點吃，還有把這個拿回廚房，如果妳現在已經和我談完事情了的話，太太。妳現在和我談完了嗎？」

「我要妳知道我會保守妳的祕密，」夏綠蒂說。「妳想要找出妳媽媽出了什麼事嗎？」

「噢，我願意用一切來換取這個。」

「妳認爲是發生了什麼事？」

「我想有人意圖傷害她。我想那一定是和她在學校發現了什麼事有關係。我當時那麼小，妳知道的，一切都是那麼可怕的神祕。她是對諸如榮譽這些事如此在意的一個人。像那一類的事。妳知道，我有一次聽見她對我爸爸說，你會以爲如果某人是在教育相關範圍工作，他們應該是好人，不會像是壞人的樣子。」

「告訴我其他任何妳記得的事。」

「有兩個小女孩是差不多在我媽媽離家時同時間不見了的。沒有任何人說過這兩者之間有關聯。她們來自哈特佛的另一部分，那個比較好的區域。我在去幫傭的地方聽他們說起過。她們是雙胞胎。大約和我一樣的年紀。我想我媽媽認識她們，因爲她們在有她的女孩接受教師訓練的學校上課，那些女孩子是她的師範學校的學生。這全是如此的一個可怕的謎，像我所說的。」

「不要告訴我，妳認爲妳母親是個綁架孩子的人，」夏綠蒂說。

「噢，我永遠也不會的，它更像是相反的狀況。」

「比如說，是這些女孩子被其他的什麼人所傷害？」

「她們是我那位曾經一度爲好友的金妮的表親。」

「告訴妳，」夏綠蒂說。「如果我重新寫一封信給我的伯父，而這次改變要調查的人的名字，妳覺得如何？妳的姓氏是什麼？」

「英格司，太太。他們兩人是喬治與瑪麗・艾莉絲・英格司。」

「這不是我聽到的那一個。」

「不是的，他改了它們，就好像他略過那段有關兩個小女孩的部分。他所給的姓氏會是他自己的姓。」

「妳覺得爲什麼品先生用妳的遭遇，對我把它說成像是他自己的似的？」

「他喜歡這個勝過他自己的，」幽妮絲僅僅如此簡單地說。

「那麼他總是說這個故事給，妳知道我的意思，那些女客人聽？」

「只是有的時候。不是所有的時候都這樣。」

「而這件事困擾妳嗎，幽妮絲，知道那個，他——他在做這些他做著的事？」

「拜託。我不能回答這個。他很快就會離開了。那個他跑去和他一起解剖溺死在沼澤裡的那具屍體的教授需要他去那邊的醫院。教授說他不值得再花時間去念書。他不會有一個眞正的證書，不過他們說，在那邊這個不重要。」

「妳要和他一起去嗎？」

「我不要回答這個。而且我不能要求妳去做妳說的那件事，太太，爲我找一位平克頓的偵探。」

「妳沒有請求我這樣做。我會待在艾塞克斯旅館，但是我想，幽妮絲，如果有任何結果的話，我要聯絡妳好讓妳知道查到了什麼時，我會寫信給妳。不要因爲我說了那個字又再開始哀哀哭泣。不要再多說什麼了。不過我要妳現在出去找品先生，我很願意建議他一定就在附近。」

幽妮絲倒抽了一口氣。「噢！妳要對他做什麼？」

「我不會做任何事的。我不要見他。我不要看到他。到他那邊去，把他帶到什麼別的地方。他會要知道妳告訴了我些什麼，而妳不需要告訴他我都知道了些什麼事。當我說我會保守妳的祕密時，我是認眞的。妳不會相信我的，不過沒有寄出那封信，或許是幫了我一個大忙。」

「這不是事實。妳是在爲我覺得難過。」

「照妳希望的去想好了。他告訴過妳在寫給我伯父的信中，我也要他去調查我丈夫的事嗎？」

「他說過妳有一位和另一名女士在一起的丈夫。但是妳知道，並不是因爲這麼說會對妳有幫助，很多在這裡的女客人都有著相同的狀況。有著這樣的丈夫。」

「我很確定這個。這一次我寫信給我伯父時，我只會提到妳的事情。」

「妳不想知道另一位女士的事了？」

夏綠蒂對著她微笑。「我認爲，」她說，「把事情弄得簡單一點，對我會是比較好的。現在去吧，照我告訴妳的去做。把他帶到另一層樓去，到某個房間裡去。不要再回到這間房間了。」

「我會再見到妳嗎？」

「可能不會，」夏綠蒂說。

小女僕拎起圍裙的邊緣，彷彿就要對夏綠蒂行一個曲膝禮。夏綠蒂說，「不要那樣做。」幽妮絲走近她，踮起腳來——她比夏綠蒂矮很多——親吻著她的臉頰。

「幽妮絲？」

「什麼，太太？」

「不要忘記我嬸嬸的衣服。」

「噢，我不會的。」她把它從床上一把撈起來。

「再告訴品先生，如果他試圖和我聯絡，不論用什麼方式，我會去找艾爾肯先生，還會去他的學校，以及他的母親、父親那兒，而且會把事情弄得讓他覺得非常不愉快，不論他是否要去他教授的醫院。我預測品先生不會對我預備採取的這些行動很有興趣。」

「他會奇怪妳爲什麼要對他說這些話，如果我並沒有告訴妳所有的事實的話。」

「妳可以說我對他非常反感，因爲我不相信一個人居然可以去偷取別人的遭遇，把它當作自己的，這個算是基本規則。妳可以告訴他妳告訴我了這一部分，因爲是我強迫妳說的。」

小女僕點點頭。她把餐巾包起來的三明治塞在一隻胳膊下面，把衣服擁在胸前，彷彿已經在試穿它一樣。

「再見了，幽妮絲，如果妳還要再謝謝我的話，我會尖叫起來。」

「再見，太太。」

夏綠蒂抽開門閂，讓她出去。沒有人在走廊上。他可能在樓梯那邊等著幽妮絲。

她收拾起她的皮包、外套、大衣。把艾佛瑞特·葛森的露指大手套留在五斗櫃上；哪個女僕可以拿去。她點數一下所剩下來的錢。夠付給招租馬車。夠付房錢，如果艾塞克斯需要押金。也夠付飲茶的錢、午餐的錢。她已經又覺得餓了。嗯，那些三明治算是早餐，不是午餐。

她要盡早的洗一個澡。她想著那兒的浴缸看起來會是什麼樣子，水龍頭的水是出來時就是熱的，還是必須要先燒開。她往下看著她的鞋子。它們會在走出去的時候損壞掉。也許她早上可以去逛街購物。買一雙新鞋。

她打開門，偷偷地瞧著外面的走廊，一個聲音響起，「妳最好走那個隧道到隔壁去，希斯太太，再從那邊走到外面街上去。」

「太好了，謝謝你，莫克西里，外面有一位警察嗎？」

「有一位協會的女士。讓她自個兒定在那邊，像在推車邊賣熱蘋果一樣。我們對她瞭若指掌了，她並不覺得就是了。妳可能想要走和那蘋果車不同的方向。」

「那裡有一輛爲我準備的馬車嗎？」

「有的。」

「我應該早就知道你會出面的。」

「這是我的工作。妳要我和妳一起過去嗎？」

「我會沒事的。我知道路。」

「好吧，那麼，」莫克西里說，而夏綠蒂說，「你穿著你的軍服時，看起來眞是好極了，那一個晚上。」

他帶著些不值一提又有些粗魯的驕傲表情，接受了這句奉承話，不過他拉直了肩膀，而且稍稍挺起了胸膛。「至少我在那個場合可以適當的做點什麼，」他說。「當妳走到外面時，注意妳的腳步。那邊的爛泥又濕又滑。」

「我會小心的。」莫克西里伸出手來，她和他握手作別。「我會待在樓梯頂，看著妳進入妳要去的那邊。順便提一下，不是因爲這是我該說的，關於這件衣服，就像他們說的，妳知道，在妳身上眞是相稱極了。」她還沒有穿上大衣。他的笑容讓她臉紅。

「謝謝你。」

「不客氣。」

她安靜地走到走廊那邊牆上那一塊壁板前。把它推開。向裡面看著那灰色、發散出光澤的光線，就像是接近洞穴口的光亮。他說那個他會到那兒的會面時間是幾點？

五點。一間私人用餐房間。「我打賭他會提早一點到，」她想著，「我打賭他會自己一個人來。我打賭他的家人不知道他去了哪裡。我打賭他的大衣聞起來像是雪橇駕駛的那些馬兒。」

還有很多時間可以把她此刻剛剛開始計畫的事情草擬出來。旅館中的文具用品足敷使用。這回它會有一個印在信紙上方的名稱。

她不需要一名律師。她可以代表自己。一份自白書，是這樣的名稱嗎？一份莊嚴的、具法律效用的文件。她會像歐文伯父與契斯特伯父那樣行動，清楚又堅定。「我，夏綠蒂・希斯，本名夏綠蒂・坎普，藉此誓言，我將不追問我丈夫的行爲的相關問題，」她如此計畫著。

「行爲」會是一個合適的字眼嗎？它會的。

「我不會接收關於那些未被詢問之問題的相關訊息，假設這些之前提到的行爲被莊重地由我丈夫誓言停止，以一種將會造成它們永久終止的方式。而且我將期待由我丈夫那裡獲得交換性的完全相同的對待。」

她斟酌修飾著該用的字彙。在最後將先用正楷寫上她的姓名，再簽字。在他同意之前或之後簽字?之後。那麼如果他不同意呢?他會同意的。他不會。

他會。他必須要同意。她想著他盯著她看的表情，當她沒有提到有注意到他結上了那條條紋花樣的圍巾。他是希望她提出來的。他看起來像是受到了傷害的表情。

我打賭當他到旅館來時，心情是很不安的，她想著。我打賭他沒有想到我會比他早到那兒。我打賭他不知道我明白他在做什麼，當他到河谷區那邊去，那個他第一次找到我的地方。

「一切順遂，希斯太太，」莫克西里用粗嘎低沉的聲音悄聲喊過來，而夏綠蒂佇足片刻，讓自己的眼睛能習慣那個光線。也許，她想著，購物不會是她早上的第一件事。也許，她該把她的馬兒找來。靠近艾塞克斯的地方一定有馬廄的。

她步履穩健地往前走，以一種小跑步，輕鬆轉過通道的轉角處，她的心跳急促起來，而秀髮鬆脫了髮針，披散了下來。她沒有停下腳步去把髮針撿起來，或是去整理髮絲。她不在意自己看起來是否像是被風吹亂了頭髮。她的腿不用使喚就自動前行著，踩著有力的步伐，保持著速度，而且愈走愈快，已經接近跑步的速度，就像是那些在跑道上賽跑的幼兒，那些不會跌倒的小小孩。

國家圖書館出版品預行編目資料

優雅仕女的私密旅館 / Ellen Cooney著 ;
劉佳音譯. -- 初版. -- 臺北市 :
大塊文化, 2007[民96]
面； 公分. -- (to ; 48)
譯自 : A Private Hotel for Gentle Ladies
ISBN 978-986-7059-96-3(平裝)

874.57 96010924

LOCUS

LOCUS

LOCUS

LOCUS